Eric Malpass

Schöne Zeit der jungen Liebe
Roman

Deutsch
von
Anne Uhde

Rowohlt

Titel des englischen Originals
Summer Awakening
Schutzumschlag- und Einbandentwurf von
Eva Kausche-Kongsbak

1.–20. Tausend September 1978
21.–30. Tausend Oktober 1978

Gesamtherstellung Clausen & Bosse,
Leck/Schleswig
Printed in Germany
ISBN 3 498 04258 0

To our beloved Ruth Liepman

I

Angefangen hatte alles an einem schönen Sommerabend im Obstgarten der Pentecosts.

Charles Bunting war mit dem Wagen herübergekommen, um vom Garten seiner Freunde aus die Flußniederung zu malen. Seine Tochter Liz hatte beschlossen, ihn zu begleiten, was selbstverständlich *nichts* damit zu tun hatte, daß Gaylord Pentecost an diesem Abend nach Hause kommen sollte. Zumindest hoffte Liz, daß niemand ihren Entschluß mit dieser Tatsache in Verbindung brachte. Charles Bunting war ein berühmter Maler. Er besaß einen Rolls-Royce von 1935 und das Temperament eines Künstlers.

Jocelyn Pentecost beneidete ihn weder um seinen Ruhm noch um seinen Rolls, er war vernünftigerweise stets zufrieden mit dem, was er selber erreichen konnte. Nur um das Temperament beneidete er Charles. Er fand, daß ihm als Schriftsteller ebenfalls ein künstlerisches Temperament zustand. Doch das war ein Luxus, der ihm versagt blieb. Man konnte nicht mit May verheiratet sein *und* sich auch noch in Szene setzen, ohne sich lächerlich zu machen. Und da er auf dem Hof seines eigenwilligen alten Vaters lebte, verboten sich auch Gefühlsausbrüche von selber. Und im Grunde, dachte er manchmal, konnte man sich überhaupt nichts erlauben, wenn man eine zehnjährige Tochter hatte, die einen ebenso lauernd wie unschuldig beobachtete, begierig, die geringste Abweichung ihres Vaters von der psychologischen Norm lautstark der ganzen Welt zu verkünden.

Wie eine goldene Orange versank im Westen die Sonne hinter den Apfelbäumen. Amanda saß auf der alten Schaukel und ließ sich sanft hin und her schwingen, wie das Pendel einer alten Uhr. Charles Bunting stand vor der Staffelei und tupfte mit dem Pinsel ungeduldig auf die Leinwand, gereizt wie ein Huhn beim Futterpicken. Die anderen lagen auf ihren Liegestühlen im hohen Gras. Opa blickte versonnen dem Rauch seiner Zigarre nach, der sich in Spiralen nach oben drehte, durch die Blätter und Zweige und schließlich wohl gar bis zu den noch unsichtbaren Sternen hinauf. May blätterte mit heiterem Lächeln in einer Zeitschrift. Liz wandte den Blick nicht von der immer noch leeren Straße, die unten am Fluß entlangführte. Jocelyn beobachtete die anderen und dachte: Was hätte Turgenjew oder Tschechow aus diesem friedlichen Sonnenuntergang gemacht – welchen Aufruhr hätten sie entdeckt unter all den ruhig schlagenden Herzen! Und ich – was sehe ich? Nichts. Nur friedliche Stille unter einem englischen Himmel. «Eigentlich müßte Gaylord schon hier sein», sagte May. Opa zog genießerisch an seiner Zigarre. «Noch reichlich Zeit, May.»

Sie wandte sich mit gespieltem Erstaunen um. «Was heißt denn das, Vater – freust du dich nicht auf deinen lieben Enkel?»

«Nein, nicht besonders. Sobald er kommt, stürzt ihr Frauen alle durcheinander. Dann kann ich meine Zigarre nicht mehr in Ruhe zu Ende rauchen. Selbst die Sonne kann dann nicht mehr in Ruhe untergehen.»

Liz Bunting blickte mit wachsender Spannung auf die Straße am Fluß. Immer noch nichts? Wenn ihm nun etwas zugestoßen war?

«Zum Teufel mit der Sonne – sie hält aber auch nicht einen Augenblick still!» sagte Bunting gereizt.

«Du bist ja auch nicht Josua», meinte May, «der die Sonne und den Mond still stehen ließ!»

Er drehte sich um und sah die nachdenklich an. May lachte, aber er lächelte nicht zurück, sondern wandte sich wieder seiner Leinwand zu. Hatte er sich über sie geärgert? Sei's drum, dachte sie. May schätzte Charles Bunting, er war leicht beleidigt, aber hätte man nie etwas sagen wollen, das er womöglich gleich übelnahm, dann hätte man überhaupt nichts mehr sagen dürfen.

Amandas Schaukel schwang langsam aus und hielt inne. Sie sagte laut: «Wenn ich Mr. Bunting wäre, dann würde ich Mummy malen. Bestimmt!»

Charles trat einen Schritt von der Staffelei zurück und betrachtete Amanda mit einer Mischung aus Ärger und Staunen. «Genau das möchte ich ja. Bestimmt!»

«O Gott!» sagte Jocelyn. Er wußte, daß er eine sehr hübsche Frau hatte. Aber May war doch keine Mona Lisa! Trotzdem . . . Er überlegte. Ein Bild von May im Abendkleid, in Goldrahmen über dem Kamin – gar nicht schlecht, die Idee. «Das ist doch nicht dein Ernst, Charles?»

Charles Bunting hatte ein ungeduldiges hageres Gesicht mit glimmenden grauen Augen und einem schwarzen hängenden Schnurrbart. Jetzt flammten die Augen auf wie glühende Kohlen. «Natürlich ist es mein Ernst! Wenn's May recht ist.»

«Wir hatten mal einen hier, der hat deine Mutter gemalt», sagte Opa zu Jocelyn. «Furchtbarer Stümper!»

Zum Erstaunen aller sagte jetzt May: «Nein, ich glaube, lieber nicht, Charles. Trotzdem, vielen Dank.» Sie lächelte noch, aber um das Kinn herum zeigte sich ein trotziger Zug.

«Komm, sei kein Spielverderber, Liebling», sagte Jocelyn. «Ich hätte so gern dein Bild über dem Kamin!» Er war ganz begeistert von der Idee.

«Als das Bild fertig war, sah deine Mutter darauf aus wie Ophelia in der letzten Szene», setzte Opa seine Erinnerungen fort.

«Ich dachte ja bloß, Mr. Bunting würde es gern tun», sagte Amanda, die alle mit ihren weit auseinanderstehenden schmalen Augen beobachtete. Ihre Augen waren immer unter ihren langen Wimpern verborgen, aber ihr ganzes Gesicht konnte plötzlich überströmen von Fröhlichkeit oder Mitleid oder Liebe, oder es verriet, wenn sie eine menschliche Schwäche durchschaute.

«Natürlich würde ich's gern tun! May, hör doch auf, die Spröde zu spielen. Ich werde dich beim Nähen malen, am Kamin.»

«Ach, und ich dachte», sagte Jocelyn schüchtern, «in dem blauen Abendkleid – und mit einer Frisur von Mabel Higgins – Madame Teresa.»

«Und vielleicht auch noch mit dem Hosenbandorden quer über der Brust, wenn's recht ist», sagte Charles bissig.

«Oh, bitte, Mrs. Pentecost, lassen Sie sich doch von Daddy malen!» bat Liz, ganz Feuer und Flamme. Für sie war May Pentecost die schönste und auch die netteste Frau, die sie je kennengelernt hatte. Seit dem Tod ihrer eigenen Mutter war May für sie oft wie eine Freundin oder wie eine zweite Mutter gewesen.

May ging nicht weiter darauf ein. Sie sagte: «Wenn Gaylord jetzt nicht bald kommt, muß ich –» Aber in diesem Moment rief Amanda: «Da kommt er! Da!» Sie sprang von der Schaukel und vollführte drei schnelle Radschläge im hohen Gras. Alle blickten zur Straße hinunter, wo jetzt ein hochaufgeschossener Schuljunge angeradelt kam.

Opa hatte recht gehabt. Kaum näherte sich Gaylord, war es mit der friedlichen Ruhe aus und vorbei. May und Jocelyn sammelten die Zeitschriften ein, Charles Bunting legte die Farben beiseite, und sogar die Sonne verschwand hinter dem Horizont. Amanda war immer noch dabei, Rad zu schlagen, und stieß dazu schrille vogelartige Freudenschreie aus. Nur Liz Bunting saß regungslos auf ihrem Stuhl und sah so aus, als ob ihr das Atmen schwerfiele.

Wie gern, wie gern wäre sie an die Pforte gerannt, um sich zu überzeugen, ob er wirklich so gut aussah und so nett war, wie er in ihrer Erinnerung lebte! Und um festzustellen, ob er sich in dem Dreizehn-Wochen-Semester sehr verändert hatte. Für sie waren es dreizehn Wochen voll langer unausgefüllter Tage gewesen, verlorene Sommertage, weil Gaylord nicht dagewesen war. Und nun kam er zurück – wie gern wäre sie hingelaufen, um ihn zu begrüßen. Aber sie traute sich nicht. Und so blieb sie im Garten, still wie der Sommerabend und in eine Zeitschrift vertieft, und wartete darauf, daß endlich ein Schatten über die Seiten fiel. Dann würde sie aufblicken und ganz erstaunt rufen: ‹Ach, du bist's, Gaylord! Du hast mich aber erschreckt.›

Amanda war solche Zurückhaltung fremd. Sie stürzte ins Haus und vorn hinaus auf den Vorplatz und fiel dem sonnenverbrannten Jungen um den Hals. «Gaylord! Wir sind hinten im Garten. Mr. Bunting will Mummy gern malen, aber sie will nicht, komisch nicht? Irgendwelche Hemmungen, nehme ich an, meinst du nicht auch? Bist du versetzt, Gaylord?»

Gaylord Pentecost trug seinen Schulblazer und die graue Flanellhose, und die Mütze saß schief auf seinem Kopf. Er lächelte ernst: jeder Zoll der lässig-würdevolle Oberschüler. Doch sogar Oberschüler können zuweilen, wenn niemand aufpaßt, ihre Würde vergessen, und das tat Gaylord jetzt: er nahm die jubelnde Amanda huckepack und lief mit ihr in den Obstgarten.

«Gaylord!» rief May und streckte ihm die Hände entgegen. «Wie schön, daß du da bist!»

Er nahm ihre Hände und schwang sie hin und her. «Tag, Mum!» Er beugte sich über sie und gab ihr einen Kuß aufs Haar. «Du wirst ja schon ganz grau, Mum!»

«Ja, ich weiß.»

«Henry Bartlett sagt, seine Mutter hat noch genauso schwarzes Haar wie mit siebzehn. Sie kauft so ein Zeug in der Drogerie – ich kann ihn ja mal fragen, wie es heißt, wenn du willst.» Er hockte sich auf einen Stuhlrand und ließ seine begeisterte Schwester ins Gras rollen.

«Tag, Dad, Tag, Großvater, Tag, Mr. Bunting. Wenn Sie meine Mutter malen, hat sie dann wie bei Picasso beide Augen auf der einen Seite?»

Charles Bunting warf ihm einen verärgerten Blick zu. Dann erwiderte er steif: «Ich denke an eine Studie in heiterer Gelassenheit und Ruhe, Gaylord.»

«Ja – wie Buddha», sagte May kichernd und ärgerte sich im nächsten Moment über sich selbst. Andererseits war Charles aber auch zu empfindlich.

Er schlug gereizt mit dem Pinsel auf seine Palette.

May sagte: «Entschuldige, Charles. Ich hab's wirklich nicht böse gemeint.»

Er knurrte, dann mußte er plötzlich gegen seinen Willen lachen und sah sie grinsend an.

Gaylord saß da und schlug mit der Schulmütze auf sein

Knie. Liz war immer noch in ihre Zeitschrift vertieft und beobachtete ihn aus dem Augenwinkel. Sie war die einzige, von der er noch keine Notiz genommen hatte. Es war zum Sterben. Am liebsten wäre sie zu ihm hingegangen, hätte ihn kräftig auf den Fuß getreten und gesagt: ‹Kennst du mich nicht mehr? Ich bin Liz!› Aber solche dramatischen Auftritte lagen ihr nicht, und sie wußte, daß er bloß gelacht und zurückgetreten hätte.

Es war wirklich ein Elend.

«Mum, du kennst doch Roger Miles?» fragte Gaylord. «Er geht jetzt ab. Aber er war der beste Sportler von der Schule, Mannschaftskapitän in Kricket *und* Fußball.»

«Und was ist mit ihm?» fragte Amanda eifrig und mit klopfendem Herzen. Roger war der Junge, den sie anbetete.

May jedoch wußte, wenn Gaylord etwas so beiläufig mitteilte, mußte man sich beeindruckt zeigen. «Meine Güte», sagte sie erstaunt. «Das ist ja toll!»

«Sein Onkel Franz fährt im August mit einer Pfadfindergruppe nach Deutschland und hat Roger gefragt, ob er mitkommen will. Und er kann auch noch einen Freund mitbringen. Ja, und da – da hat Roger mich gefragt.» Er hielt inne, immer noch überwältigt. «Das wäre natürlich große Klasse.»

May kannte ihren Sohn. Sie wußte, ihm bedeutete die Einladung mehr, als wenn ihn Prinz Philip zu einer Jagdpartie nach Sandringham aufgefordert hätte. Aber immerhin mußte man auch an die Familie denken. Und so sagte sie vorsichtig: «Junge, wir fahren doch nach Wales. Und wir wollten doch auch Liz mitnehmen. Außerdem –»

«Oh, Mummy, darf *ich* mit nach Deutschland?» schrie Amanda. Ins Ausland mit ihren beiden liebsten Männern.

«Nein, mein Herz», sagte May klipp und klar.

«Nein, natürlich nicht», fügte Gaylord hinzu. «Ist doch keine Kindergartengruppe!»

«Nach Deutschland?» fragte Opa. «Was, zum Teufel, willst du in Deutschland?» Er begriff nie, warum die Familie auch nur nach Wales fuhr, wo die Luft hier so gut war. Aber nach Deutschland – wozu, um Himmels willen?

«Klingt doch eigentlich sehr gut», meinte Gaylord verträumt. «Findest du nicht? Und kostet auch nur fünf Pfund. Oder – oder waren es fünfzig?»

Lieber Gott, mach, daß sie nein sagen, betete Liz. *Mach, daß sie sagen, er soll mit nach Wales kommen.*

«Frag mal deinen Vater», entschied May.

Gaylord hielt das für völlig überflüssig. Wer traf denn hier im Haus die Entscheidungen? Sein Vater sagte oft, er habe genug Probleme in seinen Büchern, er brauche nicht noch Probleme in der Familie. Aber man mußte wohl so tun als ob. «Darf ich, Dad?» fragte er höflich.

«Was?» fragte Jocelyn zurück und sah seinen Sohn an, als hätte er ihn eben zum erstenmal erblickt. Er war in Gedanken weit weg. Die Sonne war untergegangen, eine goldene Orange, und kleine gelbrosa Wolken schwebten am Himmel, süß und unschuldig wie kleine Engel. Die Luft ringsumher war durchtränkt von Farben – blau und rosa und gelb. Irgend jemand hatte etwas von Deutschland gesagt. «Was?» fragte er noch einmal.

«Nach Deutschland. Im August.»

«Ja – warum nicht? Du wirst einen Paß brauchen.»

«Ich hab einen, in der Schule.»

«Du bist richtig gemein, Gaylord», sagte Amanda empört.

May dachte an Wales. Ferien mit den Kindern, als beide noch klein waren. Strahlende Morgen, wenn man barfuß über den Strand zum Wasser hinunterlief, Tage voller Spiel und Gelächter, und stille Abende mit der Lampe auf dem Tisch, wenn die Kinder im Bett waren und der Regen aufs Dach trommelte und Jocelyn mit Pfeife und Buch in seinem Sessel saß. Ferien in Wales! Und nun hieß es: Darf ich nach Deutschland? Fünf Pfund oder fünfzig, ich weiß nicht mehr. Damals hätten wir für fünzig Pfund das Häuschen in Wales ein ganzes Jahr lang mieten können. Aber das war albern – die Welt veränderte sich. Ihre geliebte alte Welt war dabei, sich aufzulösen wie eine Sandburg, wenn die Flut kam. Und die Familie, die kleine, fest zusammengehörende Familie, die sie geformt und beschützt hatte, auch sie veränderte sich. Ihr Sohn – jetzt ein junger Mann – hatte keine Lust mehr, in heimatlichen Gewässern herumzupaddeln, und das war recht so. Gaylord meinte, sie brauchte ein Färbemittel für ihr Haar. Und Charles wollte sie als brave Ehefrau malen. Irgend etwas sträubte sich in ihr dagegen. Und sie, die sonst ihre eigenen Motive so klar und nüchtern erkannte, konnte nicht sagen, warum sie es nicht wollte. Sie blickte in den roten Abendhimmel. Sie, die immer behauptete, sie sei nie ohne Grund bedrückt oder deprimiert, fühlte, wie sich ihr etwas, das sie nicht recht bestimmen konnte, schwer auf die Schultern legte. War es das Alter, waren es ihre und Jocelyns vierzig Jahre? Oder war es einfach die Tatsache, daß ihr kleiner Gaylord nun zu einem kräftigen jungen Mann herangewachsen war, dem die Familie nicht mehr genügt? «Du wirst uns allen fehlen, Gaylord», sagte sie. «Vor allem Amanda und Liz.»

Amanda nickte stürmisch, und Liz faßte Mut und rief: «Das macht nichts, Mrs. Pentecost. Wir kommen schon zurecht, was, Mandy?»

Gaylord blickte auf. «Heh, Lizzie!» rief er fröhlich, ging zu ihr hinüber und zog ihr den Strohhut über die Augen.

Liz war selig. «Hallo, Gaylord», flüsterte sie und zog den Hut zurecht, damit sie ihn bewundernd anlächeln konnte.

Gaylord warf sich neben ihrem Stuhl ins Gras. Er pflückte einen Grashalm, kaute darauf herum und sah sie grinsend an.

Ein leichter Abendwind war aufgekommen; er kräuselte die Wasseroberfläche des Flusses, brachte Aufruhr in die Mückenschwärme und bewegte die Blätter der Zeitschrift auf Liz' Knien. «Kommt, wir gehen ins Haus», sagte May. Und Charles Bunting rief: «Komm, Liz, wir müssen heim, es ist Zeit.»

John Pentecost zertrat den Rest seiner Zigarre im Gras. Wie viele Zigarren würde er noch rauchen in diesem Garten, bevor Zigarren und Gärten und Erde und Sonne für ihn versanken? Wieder ein Sommerabend dahin, dachte er und seufzte. Jocelyn trat heran. «Soll ich helfen, Vater?» Der alte Mann warf ihm aus seinem Liegestuhl einen finsteren Blick zu. «Nein, danke, ich brauche keine Hilfe. *So* klapprig bin ich noch nicht.» Er kam mühsam auf die Füße. Verdammt, ja, es war beschwerlich, aber das hatte mit seinem Alter nichts zu tun – es lag einfach daran, daß die Liegestühle heutzutage so niedrig waren.

May schob ihren Arm unter den ihres Sohnes. «Wie schön, daß du wieder bei uns bist, mein Kleiner.»

«Schön, wieder zu Haus zu sein, Mum.»

Über den Rasen kam ein Ruf, dem man die bemühte Fröhlichkeit anhörte. «Wiedersehen, Gaylord!»

Mutter und Sohn wandten sich um. Liz stand neben dem offenen Rolls-Royce. Sie lächelte verzweifelt und winkte. May sah ihr an, wie sehr sie sich nach einem freundlichen Wort, nach einem Kuß von Gaylord sehnte.

Gaylord rief: «Bis bald, Liz!» und ging fröhlich weiter.

Der Wagen fuhr an und überholte die kleine Gruppe, die langsam auf das Haus zuschlenderte. Charles Bunting hupte und beschleunigte das Tempo. Der Wagen glitt mit einem langen Schatten die Straße am Fluß entlang und verschwand schließlich hinter der Kurve.

May drückte Gaylords Arm. «Du wirst doch vorsichtig sein in Deutschland, ja?»

«Ja, natürlich, Mutter.» Er grinste. «Ich werde Miles' Onkel sagen, er soll auf der Autobahn höchstens fünfzig fahren.»

«Ich spreche nicht von der Autobahn. Ich meinte es ganz allgemein. Die Mädchen sollen sehr hübsch sein.»

«Mädchen!» Er lachte geringschätzig. «Nein, da gibt's wichtigere Dinge – Sport, Fußball . . .»

Sie lächelte. «Ja, natürlich, mein Großer.» Insgeheim dachte sie: Warte nicht zu lange, mein Sohn. Küsse verlieren mit den Jahren ihre Süßigkeit. Und Liz gäbe ihre rechte Hand für einen Kuß.

Aber sie wußte, die kleine Liz würde wohl vergeblich warten.

Sie war immer noch leicht deprimiert, als sie später am Abend Amanda einen Gutenachtkuß gab. Im Hinausgehen wandte sie sich noch einmal um und fragte sie: «Übrigens, woher wußtest du denn, daß Mr. Bunting mich gern malen würde?»

Sie sah Amanda nicht an, aber sie wußte, daß die großen offenen Augen des Kindes sie genau beobachteten. Nachdenklich sagte Amanda: «Das weiß ich nicht, Mummy. Ich dachte, er wär vielleicht in dich verliebt. Aber das *könnte* er doch gar nicht, nicht? Weil du schon verheiratet bist.»

«Nein, mein Kleines, natürlich könnte er das nicht»,

sagte May mit ruhiger Stimme. Doch nachdem sie die Tür geschlossen hatte, wurde ihr auf einmal klar, daß Amanda recht hatte. Sie lachte – ein kurzes ärgerliches Lachen. Sie, die Jocelyn gehörte, die Jocelyn gehörte bis zum letzten Atemzug, wurde von einem anderen Mann geliebt! Es war lächerlich! Sie mußte dem sofort ein Ende machen. Aber – und wenn nun alles nur Einbildung war?

Nein, dachte sie. Amanda hat es bemerkt. Amanda, der kleine Satan, weiß Bescheid. Wie blind bin ich gewesen! Wie lange geht das wohl schon? Seit Rachels Tod? Ja, so war es. Die Einsamkeit nach dem Tod seiner Frau, das war's. Und natürlich ist er ein Ehrenmann, er würde eher sterben, als Jocelyn oder mir auch nur eine Spur seiner Gefühle zu offenbaren. Der Arme. Sie bemühte sich, Mitgefühl aufzubringen, aber zu ihrer eigenen Überraschung fühlte sie sich nur verletzt und empfand gleichzeitig eine Spur fast arroganter Befriedigung. Gegen ihren Willen stellte sie mit einer gewissen Genugtuung fest, daß sie sich doch offenbar noch einigermaßen sehen lassen konnte – auch ohne das Zeug aus der Drogerie.

Als sie endlich ins Bett schlüpfte, sagte sie mit ernstem Gesicht: «Mir kam heute ein merkwürdiger Gedanke, Jocelyn.»

«Ja, Liebes? Moment mal eben, ich will mir nur noch schnell die Zähne putzen.» Er ging ins Badezimmer und kam nach einer Weile zurück. «Also, diese Zahnpasta – ich meine, diese neue mit dem fabelhaften Zusatz – schmeckt wie Lederpolitur!»

«Ich habe Lederpolitur noch nie probiert.»

Klang das nicht etwas kühl? Er dachte nach. Ach ja – der merkwürdige Gedanke, natürlich! Übertrieben eifrig fragte er: «Also, dann erzähl mal – was war das für ein merkwürdiger Gedanke?»

«Na ja, es klingt sicher schrecklich eingebildet, aber ich dachte auf einmal, ob Charles Bunting vielleicht in mich verliebt ist.»

«Charles? Na klar. Seit Jahren.»

Sie fuhr hoch und setzte sich im Bett auf. «Wieso – du hast es *gewußt*?»

Jocelyn setzte ein kleines selbstgefälliges Lächeln auf. «Ach, weißt du, ein Schriftsteller merkt so etwas ganz instinktiv.»

Sie saß still da, die Hände um die Knie geschlungen. Nach einer Pause sagte sie: «Ich dachte schon, er hätte was zu dir gesagt. Ich dachte, ihr beide hättet vielleicht ein Gespräch von Mann zu Mann darüber gehabt.»

«Nein, nein!» sagte er, und es klang erschreckt. «Das gehört sich doch wohl nicht, findest du nicht auch, May?»

«Ich weiß nicht. Ich hätte eigentlich angenommen, es gehört sich auch nicht, daß man sich in die Frau eines anderen Mannes verliebt.»

«Nein, sicher nicht, aber so etwas kommt natürlich vor. Und du *kannst* ja auch sehr reizend aussehen.»

«Danke.»

Sie schwieg und rieb das Kinn an den Knien. Dann sagte sie: «Aber ich bin schon vierzig, Jocelyn.» Es klang fast wehklagend. «Gaylord findet, ich müßte mir das Haar färben.»

Er betrachtete sie nachdenklich und schüttelte den Kopf. «Nein, das paßt nicht zu dir. Mit Charme und Anmut alt werden, das ist eher dein Stil, May.»

Wieder sagte sie eine Weile nichts. Dann: «Ja, das mag stimmen.» Sie legte sich wieder hin und seufzte. «Jocelyn?»

«Ja –?»

«Du bist nicht böse? Ich meine, wegen Charles?»

Er lachte herzlich. «Aber May! Ich hoffe doch, ich bin zivilisiert genug . . .» Er kroch ins Bett und gähnte.

«Ja», sagte sie nachdenklich. «Von der Seite hatte ich es noch gar nicht betrachtet. Gute Nacht, Jocelyn.»

«Gute Nacht, Liebes.»

Sie konnte nicht schlafen. Ob auch Jocelyn alt wurde? Ältlich, gesetzt und vielleicht sogar pathetisch? Jocelyn, dessen trockener Humor, dessen belustigte Selbstironie sie immer so entzückt hatte? *Ich hoffe doch, ich bin zivilisiert genug . . .*

Wir werden alle älter, dachte sie düster und immer noch hellwach. «Wir müssen Liz die Möglichkeit geben, jetzt andere Ferienpläne zu machen. Ohne Gaylord ist es für sie zu langweilig.»

«Oh, sie wird sich schon amüsieren. Und sie kann sich ein bißchen um Amanda kümmern. Außerdem kann sie dir doch auch im Häuschen zur Hand gehen.»

Sie wandte ihm das Gesicht zu und sagte langsam: «Weißt du was, Jocelyn? Wenn du nicht gut aufpaßt, bist du bald ebenso ein Egoist wie dein Vater.»

Er hob den Kopf vom Kissen und sah sie erstaunt an. «*Ist* Vater denn so egoistisch?» überlegte er. «Ja, du hast recht, manchmal ist er es wirklich. Du bist ein kluges Kind!»

«Danke», sagte sie.

Er lag still da und sagte nichts mehr. May war heute abend offenbar empfindlich. Hoffentlich schlief sie bald ein.

Charles und Liz Bunting kamen nach Hause, stellten den Wagen in die Garage und gingen ins Haus. Liz zitterte leicht – wie immer, wenn sie mit Daddy im Auto unterwegs gewesen war.

Aber heute lag es nicht nur an der haarsträubenden Fahrweise ihres Vaters. Sie hatte Gaylord wiedergesehen, das war es – ein paar bittersüße Minuten lang. Und sie hatte erfahren, daß er den größeren Teil der Ferien in Deutschland verbringen wollte. Sie hatte erfahren, daß er nicht mit nach Wales kommen würde.

Charles legte seinen Arm um ihre Schultern. «Wollen wir uns ein bißchen was bruzzeln?» meinte er. «Vielleicht Eier mit Speck?»

«Ja, und Würstchen.»

«Und Tomaten.»

«Mit geröstetem Brot.»

«Du kannst schon mal den Tisch decken», sagte er. «Ich stell mich inzwischen an den Herd.»

Während er in der Küche die Eier in die Pfanne schlug, sagte er leise und liebevoll: «Tut mir ja leid, daß Gaylord nicht mitkommt nach Wales, Liz.»

Sie fühlte, wie ihr das Blut ins Gesicht schoß. Zum Glück wandte er ihr den Rücken zu. «Danke, Daddy. Aber es ist nicht so wichtig, wirklich.»

«Komm, Liz. Du bist doch ganz verliebt in ihn.»

Tiefe Verlegenheit, Scham und Erstaunen kämpften in ihrem Gesicht. Und sie hatte sich solche Mühe gegeben, sich ihre Gefühle nicht anmerken zu lassen. «Woher weißt du das, Daddy?»

«Kindchen, die erste Liebe kann man nicht verbergen. Gibst du mir bitte mal den scharfen Senf?»

«Soll ich dir eine Flasche Bier aufmachen? Ich dachte nicht, daß man's so deutlich merkt.»

«Ja, gern. Ein Ale.» Er ließ den Inhalt der Bratpfanne auf zwei Teller gleiten und trug sie hinüber zum Küchentisch. Sie setzten sich. Durch das weit geöffnete Fenster blickte man in das letzte stille Abendrot. Doch um den

Duft von Kletterrosen und Lavendel wahrzunehmen, roch es in der Küche jetzt zu sehr nach Spiegeleiern, Speck und Würstchen. Trotz ihres Liebeskummers lief Liz das Wasser im Mund zusammen. Sie war selber bitter enttäuscht über ihren Appetit, aber sie konnte es kaum abwarten, mit dem Essen zu beginnen, und hielt schon die Gabel in der Hand.

Charles aß schweigend. Er war ein einsamer Mann geworden. Er hätte gern wieder eine Frau gehabt, aber sie hätte so sein müssen wie seine geliebte Rachel, und solche Frauen gab es nicht viele. May Pentecost war eine von ihnen, aber May Pentecost war nicht mehr zu haben. Und er, der einige der schönsten Frauen Englands gemalt hatte, wußte, daß nur wenige es mit May aufnehmen konnten; und die wenigen waren alle vergeben. Er trank einen großen Schluck aus seinem Bierglas, stellte es auf den Tisch und schob die eigenen Gedanken und Sehnsüchte energisch beiseite. Er sah lächelnd zu Liz hinüber und nahm den Faden der Unterhaltung wieder auf. «Hoffentlich kann ich's besser verbergen, daß ich seine Mutter liebe», sagte er.

Sie starrte ihn an und legte langsam die Gabel nieder.

Er beugte sich über den Tisch und drückte ihre Hand. «Mach dir keine Sorgen, Kleines. Ich werd schon damit fertig.» Sie starrte ihn immer noch an und begann dann heftig zu zittern.

«Die Kleine hat's gespürt – Amanda», sagte Charles. «Deshalb dachte ich, du hättest es wahrscheinlich längst gemerkt.»

Sie fand endlich die Sprache wieder. «Mrs. Pentecost? Ja, aber . . . Und ihr Mann?»

«Lieber Himmel», sagte er, «ich bin ein alter Narr. Es ist doch nichts. Nichts als ein Gefühl, Liz, ein sentimentales Gefühl, verstehst du? Und mehr wird es auch nie sein.»

Ihr Blick schien in ihn einzudringen. Auch Liebe lag darin, und der verzweifelte Versuch, ihn zu verstehen. Endlich sagte sie tastend, als wollte sie sich vergewissern: «Ja, natürlich. Mehr *kann* es doch auch gar nicht sein, nicht, Vater? Ich meine, bei Menschen wie dir und Mr. und Mrs. Pentecost.»

«Nein, selbstverständlich nicht», versicherte er.

Vater und Tochter blickten sich an. Dann nahm Liz langsam die Gabel wieder auf und aß weiter.

2

Draußen hinter der Kasse im Supermarkt stand ein Mann, der hastig und ungeschickt Lebensmittel in einen der kleinen Rollwagen lud. Neben der Kasse stand eine elegante, heiter lächelnde Frau, die gerade dabei war, die Sachen zu bezahlen. Das sind ja Gaylords Eltern! dachte Liz Bunting und wurde puterrot. Ob Gaylord auch da war? Sie sah sich rasch um. Nein, kein Gaylord weit und breit. Aber jetzt hob Mrs. Pentecost den Kopf, sah Liz und winkte ihr. Liz trat mutig näher. «Hallo, Mrs. Pentecost. Hallo, Mr. Pentecost.»

Jocelyn warf ihr einen gehetzten Blick zu. «Guten Tag, Liz», sagte er, während er mit einem tiefgefrorenen Puter kämpfte, der nicht in den Einkaufswagen passen wollte. Er hatte das Mädchen gern, aber er mußte hier erst zurechtkommen, ehe er sich unterhalten konnte. Er hatte Angst, den ganzen Betrieb aufzuhalten.

Aber jetzt kam May Pentecost heran, faßte Liz' Arm und sagte freundlich: «Hallo, Liz. Wie schön, wir wollten nämlich gern mit dir sprechen, nicht wahr, Jocelyn?»

«Oh. Ach so, ja, natürlich», sagte Jocelyn etwas verwirrt. Sein Wagen strebte nach Südosten, sollte aber nach Südwesten rollen.

«Wir wollten dich fragen, ob du denn überhaupt noch Lust hast, mit uns nach Wales zu kommen. Du weißt ja,

Gaylord kommt nicht mit. Ich – wir würden es also durchaus verstehen . . .»

«Ich weiß, Mrs. Pentecost. Aber ich komme gern mit, ehrlich.»

May spürte die Anspannung in ihrer Stimme, hörte die Enttäuschung, die in der Antwort mitschwang. Und sie dachte, wie sie schon mehrmals gedacht hatte: Sie liebt meinen Jungen. Und sie wird leiden, denn Gaylord macht sich nichts weiter aus ihr, Kricket und Fußball sind ihm wichtiger. Liebevoll sagte sie: «Wir werden uns Mühe geben, daß du dich gut amüsierst, Liz. Aber ich fürchte, es wird ein bißchen langweilig für dich werden.»

«Bestimmt nicht, Mrs. Pentecost.» Liz bemühte sich, so zu tun, als sei es ihr völlig gleichgültig, ob Gaylord mitkam oder nicht. Jocelyn, der inzwischen mit seinem Rollwagen zurechtgekommen war und nun mit der Miene einer viktorianischen Amme, die im Park ihren Kinderwagen vor sich herschiebt, dem Parkplatz zustrebte, fiel prompt darauf herein. Die Kleine, dachte er, freute sich offenbar auf seine Gesellschaft und fühlte sich geschmeichelt. Er kam sich weise vor – weise und väterlich und anziehend wie ein reifer Mann in den besten Jahren. Sie würde Gaylord gar nicht vermissen.

May wußte es besser. Sie sagte: «Es tut mir leid, daß Gaylord nicht mitkommt, Liz.»

«Macht *wirklich* nichts, Mrs. Pentecost.» Das Lächeln war eine Spur zu strahlend. Schmerz und Tapferkeit der ersten Liebe, dachte May.

Wie immer, wenn die Familie verreist war, fuhr John Pentecost nach London. Er wohnte in seinem alten Club, und wie immer wunderte er sich auch in diesem Jahr wieder darüber, wie sehr die anderen Mitglieder in den vergangenen zwölf Monaten gealtert waren. Unbegreiflich. Sicherlich waren es seine robuste Konstitution und seine vernünftige Lebensart, die ihn vor diesem traurigen Schicksal bewahrten.

Die jungen Pentecosts fuhren nach Wales und zogen wieder in das alte Häuschen, wo sich jeder Teller, jedes Bild, jeder Stuhl noch am selben Fleck befand wie vor zwölf Monaten. Die Felder und Wege waren die gleichen wie seit hundert Jahren, und der leere Strand war der gleiche wie seit hunderttausend Jahren. Liz machte lange, einsame Wege und staunte über die Sonnenuntergänge, die Einsamkeit, das Meeresrauschen. Und wenn sie abends heimkehrte, staunte sie über den liebevollen Empfang, den man ihr bereitete, den gedeckten Tisch – und über den Appetit, mit dem sie trotz Liebeskummer über Roastbeef und Apfelkuchen herfiel.

Die Trossen wurden gelöst, und England begann kaum merklich, aber stetig davonzuschwimmen. Gaylord hatte ein merkwürdiges Gefühl im Magen, und irgend etwas schnürte ihm die Kehle zusammen. Er warf einen verstohlenen Blick zu Henry Bartlett hinüber. Auch Henry starrte verzagt auf die sich langsam entfernenden weißen Felsen von Dover. Auch Pfadfinder waren offenbar nicht gegen Heimweh gefeit.

Doch als sie dann in Bayern ankamen, war alles Heimweh verschwunden und vergessen. Schon auf der Fahrt im Kleinbus durch Frankreich waren Namen aus langweiligen Geographie- und Geschichtsbüchern plötzlich lebendig geworden: Reims, Verdun, Metz, Strasbourg. Dann der Rhein, der Schwarzwald und schließlich München mit seiner herrlichen Umgebung.

Von München aus waren sie weiter nach Süden gefahren, und dann, endlich, hatten sie die Berge vor sich: dunkle, merkwürdig gezackte Riesen, die in den Himmel ragten wie düstere Wolken, mit glitzerndem Eis und blendenden Schneeflächen. Staunend fuhren sie weiter, tief hinein in ein bewaldetes Tal, das rings von weißen Riesen umgeben war. Der schmale Weg schien kein Ende zu nehmen. Sie kamen an eine Lichtung: eine kleine Wiese, ein Bach, am Rande hohe Bäume, und dahinter drohend der eisgezackte Berg. Hier schlugen sie ihr Lager auf.

Am ersten Nachmittag kam Roger Miles zu Gaylord und sagte: «Du, Pentecost, ich finde, diese Pfadfinder nehmen hier alles reichlich ernst. Jeder Berg muß erklettert werden – man kann's auch übertreiben. Wollen wir uns nicht mal allein in die Büsche schlagen?»

Eine seltene Ehre, so ein Vorschlag. Gaylord machte Sandwiches zurecht, füllte eine Thermosflasche mit Tee, packte alles in seinen Rucksack, und sie machten sich auf den Weg.

Gaylord war tief beeindruckt von der großartigen Umgebung. Der Wald, dahinter hin und wieder ein schimmernder Schneegipfel, die Stille, und dann ein schmaler tanzender Bach. – Gaylord, der gerade die Kindheit hinter sich gelassen hatte, konnte kaum glauben, was er ringsum sah.

Und dann war er plötzlich wieder ein Schuljunge: er nahm den Rucksack ab und begann zu laufen. Roger setzte sich ebenfalls in Trab. «Fang!» rief Gaylord und warf ihm den Rucksack zu; Roger fing ihn auf, lief nach vorn und warf ihn dann zurück. Sie rannten weiter und ließen sich keuchend auf einer Wiese an einem kleinen See fallen. Dann zogen sie sich hastig aus, gingen ins Wasser und schwammen im See. Ein paar Wasservögel flogen entrüstet auf. Als sie wieder angezogen waren, aßen sie, was sie mitgebracht hatten, und lagen auf der Wiese in der Sonne.

Bis auf einmal ein Schatten über den Wald fiel und ein kühler Wind die Oberfläche des Sees kräuselte. Gaylord blickte besorgt zum Himmel auf. Die Sonne war hinter den Bergen verschwunden. «Miles –?» sagte Gaylord.

«Was?»

«Weißt du den Rückweg?»

Roger lag auf dem Rücken, die Hände im Nacken verschränkt. Jetzt hob er den Kopf und blickte Gaylord an. «Nein», sagte er. «Und du?»

«Ich auch nicht.»

Sie gingen los. Vor ihnen lagen Berge und Bäume und Waldwege, genau wie vor Stunden, als sie hergekommen waren.

Plötzlich hörte Gaylord in der drohenden Stille der Wälder ein noch drohenderes Geräusch. «Was ist das?» fragte Gaylord verzagt.

«Pferde», sagte Roger. «Sicher die Walküren persönlich!» Er packte seinen Freund an der Schulter. «Laß dich bloß nicht mitschleppen, Gaylord!»

Und da erschien das Pferd auf dem Weg vor ihnen, und der Reiter zog die Zügel an. Es war gar kein Reiter, es war eine Reiterin. Sie beugte sich herab, klopfte ihrem Pferd den Hals und sagte etwas zu Roger, auf deutsch.

«Hier bist du dran, Pentecost», sagte Roger bedauernd. «Du kannst Deutsch.»

Gaylord sah das Mädchen an. «Entschuldigen Sie bitte», sagte er. «Wir sind Engländer, und wir haben uns . . . wir haben –»

«Sie können Englisch mit mir sprechen», sagte das Mädchen auf englisch.

«Sie sprechen aber prima Englisch», sagte Roger. Ausländer, so glaubte er, wollten immer gelobt sein, auch in ihrem eigenen Land.

«Ja, natürlich», antwortete das Mädchen.

«Wir haben uns verlaufen», sagte Gaylord. Er wollte endlich zur Sache kommen.

«Verlaufen? Wo wollen Sie denn hin?»

«Das wissen wir nicht», gab Gaylord kleinlaut zur Antwort.

«Das macht die Sache allerdings etwas schwierig», meinte das Mädchen mit ernstem Gesicht und versetzte dem Pferd einen leichten Schlag auf den Hals. Das Pferd bebte und stampfte mit dem Fuß. Das Mädchen sah wieder Gaylord an.

«Sie haben ein tolles Pferd», sagte Roger, der sich etwas vernachlässigt vorkam.

Das Mädchen reagierte nicht darauf. «Sie müssen zu uns nach Hause kommen», sagte sie. «Ich heiße Christine Haldt. Warten Sie, wir gehen zusammen. Es ist nicht weit.»

3

Und nun also war Gaylord aus Deutschland zurückgekommen. «Du, Mutter», sagte er zu May, «du wolltest doch immer ein Au-pair-Mädchen haben, weißt du noch?»

«So? Wollte ich das?»

«Ja, das hast du immer gesagt, weißt du nicht mehr?»

«Doch, jetzt weiß ich wieder. Das muß vor zehn Jahren gewesen sein. Du warst damals ein kleiner Junge, und Amanda lag noch im Kinderwagen.»

Wenn Mutter ihn doch nicht jedesmal, sobald er etwas wirklich Wichtiges zu verkünden hatte, so geschickt ins Abseits schieben wollte! Leicht pikiert sagte Gaylord: «Na, jedenfalls hab ich eins für dich.» Erwartungsvoll strahlte er sie an.

«Aber Junge, ich will doch gar keins!» protestierte May. «Damals ja. Aber heute – nein!» Welche Mutter eines halbwüchsigen Jungen würde wohl ein Au-pair-Mädchen ins Haus nehmen?

Gaylord war tief enttäuscht. Daß die Erwachsenen immer ihre Meinung ändern mußten! «Ich hab ihr aber gesagt, daß sie kommen soll», teilte er seiner Mutter mit.

«Dann mußt du ihr wieder absagen.» Die leichte Schärfe in Mays Stimme war nicht zu überhören. Sie war freundlich und liebenswürdig, aber sie hatte ihren eigenen Willen, und sie dachte nicht daran, das Haus mit deutschen

Fräuleins zu füllen. Sie sah in Gedanken eine ganze Schar Brunhilden und Loreleien vor sich. «Du mußt ihr absagen», wiederholte sie.

«Das geht nicht», erklärte Gaylord rundheraus. «Das wäre nicht anständig!» O Gott, dachte May. Ihr Sohn klammerte sich stets wie ein Blutegel an seine Prinzipien. Und im Grunde bewunderte sie das ja auch – nur machte es das Zusammenleben etwas schwierig. Sie seufzte, stellte das elektrische Bügeleisen ab und setzte sich. Das Gespräch mit Gaylord würde Zeit erfordern – Zeit und Takt. «Erzähl mal von ihr», sagte sie.

«Sie heißt Christine. Sie spielt Klavier und Tennis und kann unheimlich gut reiten. Sieht auch ganz gut aus, für ein Mädchen jedenfalls.»

«So? Wirklich? Wenn sie dann auch noch ein bißchen kochen und saubermachen kann, wäre sie ja geradezu die ideale Hilfe.» Ihr Blick wurde härter. «Aber zu uns kommt sie nicht, Gaylord.»

Das frische Gesicht ihres Jungen lief rot an unter der Sonnenbräune. «Aber ich hab ihr doch gesagt, sie könnte kommen, Mutter.»

«Dazu hattest du nicht das Recht. Wie kannst du so etwas einfach über meinen Kopf hinweg abmachen? Du mußt ihr gleich schreiben, daß sie nicht kommen kann.»

«Das geht nicht.»

«Warum nicht?»

«Weil ich ihre Adresse nicht weiß.»

«Du bist ein Dummkopf, Gaylord!» sagte sie wütend. «Du weißt nicht einmal ihre Adresse und lädst sie ein – in mein Haus!»

«Oh, *wo* sie wohnt, das weiß ich. Ich bin dort gewesen. Es ist ein Schloß in Bayern. Aber in Bayern gibt es haufenweise Schlösser.»

Sie sah ihn böse an. «Und du hast tatsächlich zu ihr gesagt, sie könnte kommen?»

«Ja.» Er blickte so beleidigt drein, wie er nur konnte. «Weil du immer gesagt hast, du wolltest ein Au-pair-Mädchen haben.»

«Um Himmels willen, aber das war vor zehn Jahren.»

«Ich konnte ja nicht wissen, daß du es dir anders überlegt hast», erwiderte er vorwurfsvoll.

May suchte und fand einen Strohhalm, an den sie sich halten konnte. «Na, ihre Eltern werden sie doch sicher nie nach England fahren lassen, ohne vorher an mich zu schreiben. Sie wissen doch gar nichts über mich.»

«Doch, ich glaube, sie lassen sie, Mutter. Christine sagt, ihre Mutter ist sehr streng und nimmt so etwas sehr genau. Aber sie hat zu ihr gesagt, du wärst eine Cousine der Königin.»

Es kam nicht häufig vor, daß es May die Sprache verschlug. Jetzt war es soweit. Sie starrte ihren Sohn nur wortlos an.

Gaylord erklärte: «Sie hat irgendwo gelesen, daß in England jeder irgendwie weitläufig mit der Königin verwandt ist. Klingt durchaus glaubhaft», schloß Gaylord etwas lahm.

«Das kann ja sein. Aber hat sie ihren Eltern auch gesagt, daß ich diese Ehre mit zwanzig Millionen anderen Engländerinnen teile?»

«Nein, das wahrscheinlich nicht.»

May schwieg einen Augenblick. Dann sagte sie mit ruhiger Stimme: «Und du redest von Anstand.»

«Aber Christine *ist* ein anständiges Mädchen, Mutter», sagte Gaylord hastig. «Du würdest es ihr sofort ansehen.» Und leise, als spräche er zu sich selbst, fügte er hinzu: «Es steht in ihrem Gesicht geschrieben.»

May glaubte es, merkwürdigerweise. Sie glaubte Gaylord immer.

Die Tür ging auf, und der alte John Pentecost kam herein. «Hallo – was ist denn los mit euch?» rief er, als er ihre bedrückten Gesichter sah. Er mischte sich immer gern ein, wenn es irgendwo eine Meinungsverschiedenheit gab. Er verlangte Erklärungen und gab zu allem seinen Senf dazu, bis zum Schluß das Durcheinander noch größer und die Gesprächspartner verbittert waren, während er in dem Gefühl davonging, daß man seiner, sobald er zur Tür hinaus war, liebevoll als des «weisen alten Mannes und Friedensstifters» gedachte.

«Gaylord hat in den Ferien in Deutschland ein Au-pair-Mädchen für uns angeheuert!» sagte May.

Opas weiße Schnurrbarthaare sträubten sich. «Du kannst sie gleich wieder feuern. Ich will hier keine Au-pair-Mädchen. Nicht in meinem Haus! Die sitzen bloß den ganzen Tag rum und dudeln Schallplatten und streichen sich das Haar aus den Augen.»

«Christine nicht!» sagte Gaylord aufgebracht.

Der alte Mann beachtete ihn nicht. Mit erhobenem Zeigefinger sagte er zu seiner Schwiegertochter: «Sieh zu, daß sie gar nicht erst herkommt, May. Jack Walters hatte auch mal eine. Und denk dir, die hat mit seiner besten Dunhillpfeife Hasch geraucht!» Er wurde blaß bei der Vorstellung.

«Wir können ihr nicht abschreiben», sagte May mit tonloser Stimme. «Gaylord weiß ihre Adresse nicht.» Sie schloß die Tür hinter sich und ging nach oben ins Arbeitszimmer ihres Mannes. Jocelyn Pentecost saß an seinem Schreibtisch. Das schmale nachdenkliche Gesicht wurde hell, als sie hereinkam.

«Hallo, Liebling. Ob du wohl diesen Brief für mich abtippen könntest?»

«Ja.» Dann berichtete sie ihm von dem Mädchen. Jocelyn spielte mit seinem Füllfederhalter. «Mich beunruhigt vor allem», fuhr May fort, «daß er sich aller Wahrscheinlichkeit nach in sie verlieben wird. Ein Mädchen, das kein Mensch kennt, irgendwo aus Mitteleuropa. Und ich hatte doch immer gehofft, er und die kleine Liz Bunting würden sich vielleicht . . .»

Amanda saß an der Fensterbank und arbeitete emsig. Daddy nahm an, sie sei ausschließlich damit beschäftigt, die Manuskriptseiten seines neuen Romans für ihn zu lochen. Aber gleichzeitig machte sie Konfetti für die Hochzeit ihrer Puppe Cleo mit ihrem Teddybär. Denn Teddy war – wie Amanda ihrem erstaunten Großvater erzählt hatte – zu dem Entschluß gekommen, Cleo nicht länger in Unehre leben zu lassen.

Jetzt unterbrach Amanda ihre Tätigkeit und blickte neugierig und beunruhigt zu ihrer Mutter hinüber. Amanda wünschte keine Konkurrenz von ausländischen weiblichen Teenagern. Nein, vielen Dank. Nicht nur, weil sie zärtlich an ihrem geliebten Bruder Gaylord hing, sondern auch, weil sie in Gaylords wunderbaren Freund Roger Miles verliebt war. Und je weniger Mädchen in der Nähe waren, um so besser, fand sie. Amanda, die erst zehn war, hatte schon manchmal bemerkt, daß das Interesse siebzehnjähriger Jungen an ihr auf unerklärliche Weise erlosch, wenn irgendein gleichaltriges Mädchen aufkreuzte. Außerdem hatte sie beschlossen, daß Gaylord Liz heiraten sollte. Sie drückte den Locher energisch mit der Faust herunter und legte insgeheim ein Gelübde ab: Wenn Gaylord wirklich dieses Mädchen hier anschleppte, dann würde sie, Amanda, dafür sorgen, daß die Fremde in Windeseile wieder verschwand.

Jocelyn Pentecost hatte seine heitere Frau nur selten so

fassungslos erlebt. Er sah sie mit seinem liebevollen Lächeln an. «Vielleicht kommt sie gar nicht», sagte er. «Ich glaube, in Deutschland sind die Eltern viel strenger –»

In diesem Augenblick klingelte es an der Haustür. May ging hinunter und öffnete. Draußen stand ein Mädchen. Das Gesicht war fast versteckt hinter einer riesigen Sonnenbrille und weich herabfallendem, glattem Haar von dem warmen Braun einer eben aus der Schale gesprungenen Kastanie. Ein schönes Mädchen, dachte May, aber keine üppige blonde Schönheit. Nein, sagte sie sich erleichtert, das war bestimmt nicht Gaylords Schwarm.

«Mrs. Pentecost? Guten Tag», sagte das Mädchen. «Ich bin Christine Haldt. Ihr Sohn hat Ihnen gewiß von mir erzählt, ich komme als Ihr Au-pair-Mädchen. Ich kann einige französiche und italienische Gerichte kochen, aber englische noch nicht. Haben Sie ein Klavier?» Ein kräftiger Händedruck folgte.

4

«Kommen Sie herein», sagte May etwas beklommen. Sie hatte das Gefühl, daß ihr der Boden unter den Füßen schwand.

«Danke.» Christine stellte ihren Koffer und einen Reisesack in die Diele. Dann ging sie noch einmal hinaus und kam zurück mit Skiern, Skistöcken und Skistiefeln.

«Mein Gott», sagte May schwach. «Aber in England können Sie nicht Ski laufen.»

«Nein – nicht hier am Trent, und im August, das weiß ich.» Christine lachte fröhlich. «Aber in Aviemore geht es ja sicher.»

«Aviemore ist ein paar Meilen von hier entfernt.»

«Ja, ich weiß, in Schottland.»

«Entschuldigen Sie», sagte May reuevoll. «Wir Engländer sind oft ein bißchen ironisch, wissen Sie?» Sie deutete mit einer Handbewegung auf einen Sessel. «Wenn Sie bleiben würden, müßten Sie sich daran gewöhnen, Miss Haldt. Aber Sie können leider nicht bei uns bleiben. Es war sehr, sehr unrecht von meinem Sohn, daß er Ihnen gesagt hat, ich brauchte ein Au-pair-Mädchen. Er hat sich geirrt, ich brauche keins.»

Christine blickte sie ernst an. «Sie schicken mich also weg? Ich gefalle Ihnen nicht?»

«Doch, Sie gefallen mir. Aber ich brauche kein Au-pair-Mädchen.»

«Vielleicht denken Sie, ich will Ihren Sohn verführen. Aber das stimmt nicht. Ich weiß, was sich gehört. Außerdem ist er zu jung.»

May war pikiert. «Wieso – wie alt sind *Sie* denn?»

«Siebzehn.»

«Nun, Gaylord ist auch fast siebzehn.»

«Kann sein, aber er ist noch ein Kind. Ein Baby.»

Es lag May auf der Zunge zu sagen: Lerne ihn nur kennen, dann wirst du sehen, wie klug und reif er ist für sein Alter. Aber sie hatte keine Lust, sich in die Rolle der stolzen Mutter drängen zu lassen. Sie sagte: «Wir werden Ihnen natürlich die Rückreise bezahlen und Ihnen in jeder Weise behilflich sein. Es ist mir schrecklich unangenehm, daß Sie sich unseretwegen so viele Umstände gemacht haben. Aber offen gesagt –» sie lächelte – «Sie haben vielleicht auch ein bißchen überstürzt gehandelt, nicht wahr? Natürlich dürfen Sie gern ein, zwei Tage bei uns bleiben. Es kommt gar nicht in Frage, daß wir Sie gleich wieder wegschicken.»

«Das ist gut!» Sie bedachte May mit einem strahlenden Lächeln. «Dann habe ich Zeit, Ihre Herzen zu erobern, so daß Sie mich nicht mehr wegschicken werden.» Sie nahm ihre große Sonnenbrille ab und sah May mit großen braunen Augen an.

May warf einen Blick auf ihre Armbanduhr. «Abends treffen wir uns immer gegen sieben im Wohnzimmer zu einem Glas Sherry. Ich zeige Ihnen jetzt Ihr Zimmer, dann haben Sie noch Zeit, zu baden und sich umzuziehen. Um sieben hole ich Sie dann ab und mache Sie mit der Familie bekannt. Ich dachte, so ist es vielleicht angenehmer für Sie.»

Christine senkte den Kopf. «Sie sind so gütig und rücksichtsvoll, Mrs. Pentecost. Ich gebe mir immer Mühe, nicht schüchtern zu wirken, aber trotzdem bin ich sehr schüchtern. Haben Sie eine große Familie?»

«Nein, nicht sehr. Da ist Gaylords Großvater – das hier ist übrigens sein Haus; die Landwirtschaft hat er allerdings längst aufgegeben. Er ist ein Hitzkopf, könnte aber keiner Fliege etwas zuleide tun. Und dann ist da mein Mann. Er wird Ihnen gefallen. Er ist Schriftsteller.»

«Schriftsteller!» rief Christine begeistert. «Warum hat Ihr Sohn mir das denn gar nicht erzählt?»

«Er hat wohl nicht daran gedacht.»

«Aber ein Schriftsteller – das ist doch wundervoll!»

«Es ist ein Beruf wie viele andere. Eine Art, sich seinen Lebensunterhalt zu verdienen», sagte May. «Schlecht und recht.» Sie hatte immer ein paar kleine «Feuerlöscher» parat für junge Mädchen, die Jocelyn als eine Kombination von Tolstoij, Balzac und Dostojewskij sahen, Jocelyn reagierte auf Bewunderung wie ein trockener Schwamm auf Wasser.

«Bei uns in Deutschland», sagte Christine, «bringt man Schriftstellern den gleichen Respekt entgegen wie allen anderen kreativen Künstlern.»

«In England», erwiderte May, «sind Schriftsteller oft junge Männer, die aus einem spärlichen Bart und einem kümmerlichen Talent mehr zu machen versuchen, als dahintersteckt.»

Christine lachte. «Das trifft aber sicher nicht auf Ihren Mann zu!»

«Nein, ganz sicher nicht. Jocelyn hat sehr viel Talent. Und keinen Bart.» May lächelte jetzt. «Ja, und dann sind da noch die Kinder. Gaylord kennen Sie ja schon. Und Amanda ist zehn – ein weises kleines Äffchen.» (Und unglaublich unschuldig, dachte sie bei sich.) «Das sind alle.» Sie erhob sich. «Kommen Sie, ich zeige Ihnen jetzt Ihr Zimmer.»

5

Es wurde sieben. Der alte John Pentecost saß bereits seit sechs Uhr in seinem Sessel im Wohnzimmer und las die *Times*, soweit man von lesen reden konnte, wenn Amanda im Zimmer war. Sie erkundigte sich: «Hast du schöne Ferien gehabt in deinem Club, Opa?»

«Ferien? Ich war nicht in den Ferien. Ich war ausquartiert, während deine Eltern sich in Wales amüsierten.»

«Die Leute in deinem Club, sind das alles alte Männer?»

Er raschelte leicht gereizt mit der Zeitung. «Nein, keineswegs. Einige sind sogar noch jünger als ich.»

Das schien ihr keinen Eindruck zu machen. «Sind denn nicht viele gestorben seit dem letzten Jahr?» fragte sie teilnahmsvoll.

Da hatte sie leider recht, aber er wollte es nicht zugeben. «Nein – wie kommst du denn darauf, du kleines morbides Geschöpf?»

«Bestimmt sind welche gestorben. Wetten? Unsere Lehrerin sagt, der Tod ist das letzte große Tabu. Die Menschen reden nicht gern darüber, sagt sie. Bestimmt sind viele gestorben, sie haben es dir bloß nicht gesagt.»

«Hach!» machte Opa und versuchte sich auf den Leitartikel zu konzentrieren.

Charles Bunting sagte zu seiner Tochter: «Komm, Liz, wir fahren auf ein Gläschen Sherry zu den Pentecosts rüber.

Vielleicht kann ich May wegen des Porträts festnageln.»

Liz unterdrückte einen Jubelschrei. Gaylord mußte inzwischen aus Deutschland zurück sein. Sie hatte sich schon hundert Gründe für einen Besuch bei den Pentecosts ausgedacht, hatte sie aber wieder fallen lassen. Seit ihr Vater sie durchschaut hatte, gab sie sich noch mehr Mühe, ihr Geheimnis vor anderen zu verbergen.

Gaylord hatte am Nachmittag sein Boot neu angemalt und trat jetzt ins Wohnzimmer. Amanda begrüßte ihn: «Ich finde es ganz gemein von dir, daß du nicht mit nach Wales gekommen bist, Gaylord. Findest du nicht auch, daß es gemein war von Gaylord, daß er nicht mit nach Wales gekommen ist, Opa?»

«Nein, ich verstehe nicht warum. Du hattest doch deine Eltern. Und dann noch die kleine – die kleine Bunting.»

«Ja. Aber meine Eltern sind doch schon in den Jahren, nicht?»

«Stimmt, mit dem einen Fuß im Grabe – beide», erwiderte Opa säuerlich. Er war noch immer nicht bis ans Ende des Leitartikels vorgedrungen, aber jetzt mußte er erst einmal ein paar freundliche Worte mit Gaylord sprechen, das sagte ihm sein Pflichtgefühl. Er hatte den Jungen noch kaum gesehen, seit er zurück war. Er ließ die Zeitung sinken und wandte sich mit tigerhaftem Lächeln seinem Enkel zu. «Na, mein Junge, hast du deine Lektion gelernt? Froh, wieder in England zu sein? Hast wohl genug vom Ausland, wie?»

Gaylord hatte sich von seiner Enttäuschung noch nicht wieder erholt. «Ich nehme an, du findest das mit dem Au-pair-Mädchen auch keine gute Idee, nicht?»

«Eine blödsinnige Idee, mein Lieber. Ich will keine jungen Ausländerinnen in meinem Haus haben. Den ganzen Tag Schallplatten, Orgelfugen von Bach oder Popmusik.» John Pentecost ließ auf musikalischem Gebiet nur Marschmusik oder Operettenklänge von Gilbert und Sullivan gelten. Andere Musik war ihm ein Greuel.

«Die Eltern von Joan Carpenter hatten einmal eine Spanierin», berichtete Amanda. «Die spielte ewig Gitarre und sang baskische Volkslieder, ganz traurige und immer einen Ton zu tief.»

Opa schauderte es, was Amanda nicht entging. Sie fuhr fort: «Joan sagt, von da an wäre es mit ihrem Großvater abwärts gegangen. Zuletzt wollte er bloß noch ins Altenheim.»

«Na, was gibt's?» fragte Jocelyn, der in diesem Augenblick ins Zimmer spaziert kam.

«Mutter hat einmal gesagt, sie wollte ein Au-pair-Mädchen haben», sagte Gaylord. «Jetzt hab ich ihr in Deutschland ein Mädchen besorgt. Und nun will sie gar keins!» Er sah seinen Vater bekümmert und ohne Hoffnung an. Man konnte von Vater nie erwarten, daß er irgend etwas *tat.* Aber es war so gut, hin und wieder mit ihm zu reden. Oft hörte er nur halb zu, und es machte deshalb auch gar nichts, wenn man immer weiterredete.

Es klopfte an der Tür, und Opa rief: «Herein!» Charles Bunting trat ein, mit Liz. Sie sah eigentlich prima aus. Gaylord merkte zum erstenmal, daß sie kein Kind mehr war, sondern ein junges Mädchen von siebzehn, und dabei ging ihm auf, daß siebzehnjährige Mädchen tatsächlich recht interessante Wesen sein konnten.

«Hallo, Lizzie», sagte er. «Komm, trink einen Sherry mit mir.» Er füllte zwei Gläser und trug sie zu ihr hinüber. Fast ehrerbietig nahm Liz das Glas aus seiner Hand entgegen und lächelte ihn glücklich an. Er war heil und gesund zurückgekommen! Und es waren immer noch Ferien. Sie fragte: «War es schön in Deutschland?»

«Ja, sehr schön, danke. Und wie war's in Wales?»

«Herrlich. Deine Eltern waren reizend zu mir.» Sie stießen an und lachten. So nett war er noch nie zu ihr gewesen. Sie hatte das Gefühl, daß er sie mit neuen Augen sah.

Und dann kam May mit Christine herein.

Christine hatte frische Jeans angezogen und sah hinreißend aus. Opa erhob sich schwerfällig und verbeugte sich höflich. Er hatte keine Ahnung, wer das war, aber ein hübsches Mädchen war immer willkommen. Charles und Jocelyn hatten sich ebenfalls erhoben. May machte bekannt: «Mein Schwiegervater, John Pentecost. Mein Mann. Das ist Mr. Bunting, und Liz. Gaylord kennen Sie schon. Amanda.» Dann: «Das ist Fräulein Christine Haldt aus Deutschland. Sie bleibt ein paar Tage bei uns.»

Liz erstarrte. Gaylord mußte das Mädchen mitgebracht haben, eine andere Erklärung gab es nicht. Amanda kochte vor Wut. Sie hatte nur einen Gedanken: Dieses Mädchen mußte so schnell wie möglich nach Deutschland zurückverfrachtet werden! Aber wie? Von Zauberei hielt sie nicht viel, und im Augenblick wollte ihr nichts anderes einfallen.

Begrüßungsgemurmel, Verbeugungen, Kopfnicken. Nur bei Gaylord streckte Christine anmutig die Hand aus, und zum Erstaunen seiner Mutter, zu Liz' Verzweiflung und zu Amandas Wut beugte Gaylord sich über die Hand, berührte sie mit den Lippen und flüsterte: «Wie sind *Sie* denn hergekommen?» Dann sagte er, zu seiner Mutter gewandt, mit fester Stimme: «Wieso ein paar Tage, Mutter? Wenn Christine extra die lange Reise gemacht hat, um als Au-pair-Girl zu uns zu kommen, kannst du sie doch nicht einfach wieder wegschicken.» Er sah sich nach Verstärkung um. Vater zu fragen war sinnlos, wie sehr er ihn auch liebte. Er blickte John Pentecost an. «Findest du nicht auch, Großvater?»

«Nun, zunächst kann die junge Dame als unser Gast hierbleiben, und dann sehen wir weiter. Kommen Sie, Kind, setzen Sie sich zu mir.» Er blieb neben seinem Sessel stehen. «Und was darf ich Ihnen zu trinken anbieten, Miss –»

«Oh, irgend etwas, bitte. Champagner oder Cola – ganz egal.»

Er schenkte ihr einen Sherry ein und ließ sich in seinen Sessel fallen. «Wie war doch Ihr Name – Christine? Ein schöner Name. In England sagen wir allerdings Chris*teen*», fügte er mit einem winzigen Vorwurf hinzu.

Ihr Lächeln war wirklich hinreißend. Er rief zu May hinüber: «Weißt du, May, wir müssen uns das sorgfältig überlegen. Du könntest wirklich eine Hilfe gebrauchen. In der letzten Zeit siehst du etwas spitz aus, finde ich.»

«Quatsch mit Soße», murmelte Amanda und schob die Unterlippe vor. Zum Glück hatte niemand sie gehört.

«Ja, das stimmt, Liebes», sagte nun auch Jocelyn und blickte erst das hübsche Mädchen aus Deutschland und dann seine Frau an.

«*Du* möchtest gern, daß sie bleibt, nicht wahr, Daddy?» gurrte Amanda. Die Frage war an ihren Vater gerichtet, aber sie behielt dabei ihre Mutter im Auge.

May kam sich plötzlich alt vor. Und sie fühlte sich noch älter, als Gaylord ihr zu Hilfe kam und sagte: «Ach, ich weiß nicht. Ihr könnt von Mum nicht erwarten, daß sie wie eine Siebzehnjährige aussieht. *Ich* finde, für ihr Alter ist sie prima in Schuß.»

«Danke, mein Junge», sagte May gerührt und wandte

sich an ihren Schwiegervater. «Ich werde sehr gut allein fertig», sagte sie ruhig und bestimmt.

«Klar», murmelte Amanda.

«Trotzdem ... Ich meine, du könntest Hilfe gebrauchen, May», sagte der alte Mann und betrachtete Christine mit sichtlichem Wohlgefallen.

May fragte: «Hat sich *irgend*wer von euch vernachlässigt gefühlt?»

«Mein Gott, nein, bestimmt nicht», versicherte Jocelyn.

«Ich habe doch nur an *dich* gedacht, May», sagte Opa gekränkt. Diese Frauen – immer waren sie gleich beleidigt!

«Gut, dann würde ich vorschlagen, daß ihr beide es mir überlaßt, wie ich mit dem Haushalt fertig werde.»

«Prima!» flüsterte Amanda. «Prima!»

Gaylord stand neben Christine und sagte: «Kommen Sie, Sie müssen Liz kennenlernen.» Er führte sie hinüber. «So, das ist Liz Bunting – wir haben als Kinder zusammen gespielt, nicht wahr, Liz?»

«Ja», sagte Liz. Etwas Gescheiteres wollte ihr nicht einfallen.

«Wollen wir jetzt bitte zum Essen gehen?» rief May.

«Also, May, wann fangen wir an mit dem Porträt?» fragte Charles Bunting. Jocelyn hatte ihn ermuntert, mit Liz zum Essen zu bleiben.

«Aber Charles, denkst du denn immer noch daran?» erwiderte May.

«Oh, zier dich doch nicht so, May. Ich komme morgen nachmittag rüber. Eine Stunde kannst du immer für mich erübrigen, das weißt du selber.»

«May – bitte!» sagte Jocelyn.

«Also gut. Danke, Charles. Ich weiß, es ist eine Ehre.

Nur ich frage mich, wer ich denn schon bin, um mich in Öl malen zu lassen?»

«Du bist May Pentecost», sagte Jocelyn ruhig.

«Mit einem recht interessanten Knochenbau», fügte Charles hinzu.

«Und im ganzen keine schlechte Mutter», sagte Gaylord.

«Und eine verdammt prächtige Frau.» Opa hob sein Glas.

May war tief gerührt. All diese lobenden Worte! Sie waren so plötzlich, so unerwartet gekommen. Ihre Stimme schwankte leicht, als sie sagte: «Ich danke euch sehr. Es wäre albern, sich noch länger zu weigern. Komm morgen mit Liz zum Mittagessen, Charles.»

Christine meldete sich. «Ich werde mich um das Haus und um die Bewohner kümmern, während Sie für das Porträt sitzen, Mrs. Pentecost. Ich werde mich unentbehrlich machen, dann können Sie mich nicht mehr wegschikken», schloß sie mit reizendem Lächeln.

Amanda amüsierte sich damit, Christine anzustarren und dabei ein winziges Stückchen von ihrer Zungenspitze zwischen den Lippen zum Vorschein kommen zu lassen, so daß nicht einmal Mummy behaupten konnte, sie strecke die Zunge heraus. Aber *sie* wußte, was sie tat, und sie war tief befriedigt.

Opa blickte etwas skeptisch drein. «Ich lebe allerdings nicht gern von *Sauerkraut und Würstchen*, mein Kind.»

«Das brauchen Sie auch nicht, Sir. Nicht umsonst habe ich mein Examen in *haute cuisine* abgelegt. Dagegen ist die englische Küche vermutlich –»

«– ein Stück Kuchen?» fragte Gaylord.

Sie sah ihn interessiert an. «Was soll das heißen? Ist das eine englische Redensart? Oder glauben Sie im Ernst, ich würde Ihrem Großvater ein Stück Kuchen zum Frühstück servieren?» fragte sie voller Verachtung, wobei sie jedoch gleichzeitig dem alten John Pentecost ermutigend zulächelte. Dann wandte sie sich an Jocelyn. «Sir, Mrs. Pentecost hat mir gesagt, daß Sie Schriftsteller sind. Es wäre mir eine große Ehre, wenn ich Ihnen mit meinen bescheidenen Möglichkeiten helfen dürfte – Maschine schreiben oder Korrektur lesen oder irgend etwas, was Sie sonst von Ihrer eigentlichen Arbeit abhält.»

«Das würde dir doch bestimmt gefallen, nicht, Daddy?» sagte Amanda begeistert.

Jocelyn, gerührt und geschmeichelt, dankte Christine auf seine charmante Art. Doch in May begann es zu kochen. Sie hatte bisher das Tippen und Ordnen seiner Manuskripte besorgt. Im Geiste sah sie schon den reizenden Mädchenkopf über *ihre* Schreibmaschine gebeugt, während Jocelyns Geist sich ungehindert in die Lüfte schwang ... Und diese von Christine angedeutete und von Amanda listig unterstrichene Vision gefiel ihr gar nicht. Was Jocelyn betraf, war sie geizig, wie sie freimütig zugab – sie mochte ihn mit niemandem teilen und nicht einmal ein Stückchen von ihm abgeben. Und Jocelyn war ein Mann. May hatte da eine sehr einfache Theorie: Vertraute man einem Mann eine hübsche Siebzehnjährige an, mußte man auf alles gefaßt sein. Jocelyn war da keine Ausnahme. Außerdem hatte sie immer noch den erstaunlichen Anblick ihres Sohnes vor Augen, wie er einem Mädchen die Hand küßte – und offensichtlich gern.

Auch Gaylord hatte es nicht vergessen. Christines Hand war herrlich weich und kühl gewesen, und als er sie mit den Lippen berührte, hatte er einen ganz zarten, süßen Duft gespürt. Es war wie die Verheißung einer neuen Welt gewesen, einer Welt bisher ungeahnter Aufregungen und

Freuden. Er sagte langsam: «Es wäre wirklich praktisch, wenn Christine bleiben könnte, Mum.» Und stimmte das nicht? Wäre nicht jedem damit geholfen, seiner Mutter, seinem Vater, Christine? Vielleicht war es auch – obwohl das natürlich nicht weiter wichtig war – für ihn selber ganz nett, wenn sie im Haus blieb.

Die alte Uhr in der Diele schlug zehn. John Pentecost gähnte, ließ den Deckel seiner Taschenuhr aufschnappen und sagte: «Ich für mein Teil gehe jetzt ins Bett.» So tat er es jeden Abend, wenn die Uhr in der Diele zehn schlug.

Christine war erstaunt, als niemand Notiz davon nahm. Etwas unsicher sprang sie auf. May sagte: «Sie sind gewiß müde. Sie müssen ja müde sein nach der langen Reise. Gute Nacht. Ich bringe Ihnen morgen früh eine Tasse Tee, wenn es Zeit zum Aufstehen ist.»

«Tee? In mein Zimmer? Wenn ich noch im Bett bin?»

«Ja, natürlich.»

«Wo soll ich ihn denn trinken?»

«Im Bett, normalerweise», sagte May lächelnd.

Christine sah sie verwirrt an. Gaylord kam ihr zu Hilfe: «In Deutschland gibt es keinen Frühmorgentee, Mum.»

«Allmächtiger», stöhnte Opa. Er hatte es ja immer gesagt, diese Ausländer waren wirklich verdammt unenglisch.

Jocelyn sagte: «Ohne Tee wird man doch gar nicht richtig wach. Er ist – er ist sozusagen der Kuß des Lebens.»

«Aha», sagte Christine, «man schläft also, und dann kommt jemand ins Zimmer und bringt einem eine Tasse Tee. Auch wenn man gar nicht krank ist. Der Hahn kräht, man wacht auf, man trinkt den gräßlichen Tee, *im Bett*, und dann zieht man sich an?»

«Den lebenspendenden Tee», verbesserte Jocelyn sie.

Diese Engländer, dachte Christine, hatten wirklich komische Sitten.

Schweigend fuhren Charles Bunting und Liz durch die Nacht. Er fuhr langsam, in Gedanken versunken. Morgen würde er mit einer neuen Arbeit beginnen, einem erregenden Vorhaben. Die Frau aus Fleisch und Blut konnte er nicht haben. Aber er konnte sie noch einmal erschaffen – auf der Leinwand.

Er hatte in der Stille seines Ateliers schon mehrere Skizzen von ihr gemacht. Morgen nun würde er das richtige Werk in Angriff nehmen, ein Bild, das nicht nur die Schönheit der Augen und Wangen und Lippen zeigte, sondern auch etwas von dem Geist und der Seele dieser Frau vermittelte. Ob es auch meine Liebe zu ihr verraten wird? Er schob den Gedanken beiseite. Nein, das Bild sollte May Pentecost zeigen, jede Facette ihrer Persönlichkeit, und er würde sein ganzes Talent, alle seine künstlerischen Fähigkeiten daran wenden, um das zu erreichen. Das war er May schuldig. Das Bild sollte ein Meisterwerk werden. *Porträt einer unbekannten Frau von Charles Bunting* – so würden spätere Generationen vielleicht auf einem Schild darunter lesen.

Er wollte sie so darstellen, wie sie war: kein Mädchen mehr, sondern Frau und Mutter, immer noch schön, ruhig am Feuer sitzend. Er wollte ihre heitere Gelassenheit zeigen, ihren Humor, ihren starken Willen. Er wollte May Pentecost Unsterblichkeit verleihen . . .

Morgen! Morgen würde sich zeigen, ob seine Hand imstande war, das Bild zu schaffen, das er im Geist schon vor sich sah. Im Grunde zweifelte er nicht daran. Er hatte seine Hände über die Jahre hin darin geübt, den Bildern seines Geistes Gestalt zu verleihen. Er zweifelte eher an dem Modell. Er war auf Mays Mitarbeit angewiesen. May war manchmal unberechenbar und neigte zu spöttischen Bemerkungen. Wenn sie die Sitzungen als Ulk betrachtete, würde irgendwann der Zorn mit ihm durchgehen – und dann war alles verdorben.

Liz war froh, daß ihr Vater während der Heimfahrt schwieg. Sie hatte sich tief in das weiche Lederpolster gelehnt und ergab sich ihrem Kummer.

Immer wieder mußte sie an den Augenblick denken, als Gaylord ihr den Sherry gebracht hatte. «Hallo, Lizzie. Komm, trink einen Sherry mit mir.» Und wie er sie angesehen hatte – überrascht und voller Bewunderung. Und sie hatte gemeint, seine Gedanken lesen zu können. *‹Mein Gott, Lizzie ist erwachsen geworden, eine schöne hübsche junge Frau. Warum habe ich es nicht längst bemerkt? Ich muß blind gewesen sein!›* Und dann war die Tür aufgegangen, und gleich darauf hatte sich Gaylord elegant über die Hand des fremden Mädchens gebeugt. O Gott, wie dumm sie gewesen war, sich einzubilden, daß er das alles über sie gedacht hatte! Wenn er sie heute abend überhaupt beachtet hatte, dann doch nur, um sie mit dem Mädchen aus Deutschland zu vergleichen. Und dabei hatte sie haushoch verloren!

Und morgen waren sie bei den Pentecosts zum Essen eingeladen . . . Nein, sie würde nicht mitgehen, sie würde sich eine Ausrede ausdenken. Es war zu demütigend, neben der Hauptperson die Rolle der kleinen Freundin aus den Tagen der Kindheit zu spielen.

6

May stieß ihren Mann an, der schlafend neben ihr lag. «Jocelyn, wach auf! Unten ist jemand im Haus, ich hör's schon eine ganze Weile.»

«Wo?»

«Unten. Ich glaube, da räumt jemand das Haus aus.»

Für Jocelyn mußten immer erst alle Fakten geordnet sein, bevor er sich – wenn überhaupt – zum Handeln entschloß. Er fragte: «Bist du sicher, Liebes, daß du nicht geträumt hast?»

«Aber *ja.* Absolut sicher.» Sie horchte wieder. «Jetzt kommt einer die Treppe rauf», flüsterte sie angstvoll.

Jocelyn sah auf seine Uhr. Kurz nach sechs. Morgenlicht sickerte durch die Gardinen. «Die scheinen Überstunden zu machen», sagte er.

Es klopfte an der Tür. May klammerte sich an Jocelyn. Er knipste das Licht an. «Nein», flüsterte May; «im Dunkeln sind wir sicherer.» Zu spät. Die Tür ging auf ... Christine Haldt erschien. Sie brachte ein Tablett mit zwei Gläsern und einer Teekanne darauf und trug dabei, wie May fand, reichlich viel Busen zur Schau. «Guten Morgen!» rief sie fröhlich. «Sehen Sie – ich habe mich schon eingelebt. Jetzt schenke ich Ihnen Ihren lebenspendenden Tee ein, Mr. Pentecost.»

«Oh, danke, vielen Dank», sagte Jocelyn.

«Es ist noch etwas früh für uns, Christine», sagte May.

«Ja –? Dann nehme ich den Tee wieder mit runter und komme in einer halben Stunde noch mal.» Sie nahm das Tablett. «Gaylord sagte auch, es sei ja noch mitten in der Nacht. Aber ich dachte, das wäre wieder so ein englischer Scherz.»

«Sie haben Gaylord auch Tee gebracht?» fragte May und zog instinktiv den Ausschnitt ihres Nachthemds höher. Christine sah es und deutete es richtig. «Meine Brust?» fragte sie.

May ärgerte sich. Ihre Geste mußte prüde gewirkt haben. «Sie sehen sehr nett aus. Nur – wenn sie Gaylords Großvater Tee bringen –, er ist da ein bißchen altmodisch.»

«Sie finden doch nicht, daß ich mich wie ein loses Mädchen benehme? Das ist wirklich nicht meine Absicht, Mrs. Pentecost.»

«Aber Christine – wie käme ich dazu, so etwas zu denken!»

«Geben Sie mir bitte doch schon das Tablett», sagte Jocelyn.

Sie gab es ihm. «Zitrone konnte ich leider nicht finden. So – jetzt gehe ich und mache mich anständig, damit ich Opa den Tee bringen kann.» Sie ging zur Tür.

«Ich glaube, Sie warten besser bis acht», meinte May. «Er ist sicher noch nicht ganz ausgeschlafen . . .»

«Gut, dann bringe ich ihm den Tee um acht.» Aber sie war noch immer nicht ganz beruhigt und wandte sich noch einmal um. «*Sie* finden doch auch nicht, daß ich mich wie ein loses Mädchen benehme, Mr. Pentecost?»

«Um Gottes willen, nein!» sagte Jocelyn. Enttäuscht betrachtete er das Glas mit dem Tee ohne Milch und ohne Zucker, in dem unzählige Teeblätter schwammen. Als die Tür sich hinter Christine schloß, sagte er: «Sie hat lauwarmes Wasser genommen.»

«Wie spät ist es?» fragte May erschöpft.

«Zehn nach sechs.»

Schweigend tranken sie ihren Tee. Wieder klopfte es.

«Herein!» rief Jocelyn und blickte erwartungsvoll zur Tür. May war noch zu schläfrig, um es wahrzunehmen.

Christine kam herein. Sie trug jetzt einen Rollkragenpullover und einen dicken Wollschal. Jocelyn gab sich alle Mühe, sich seine Enttäuschung nicht anmerken zu lassen.

«Ich hab jetzt meine Brust bedeckt. Ist es besser so?»

«*Ich* finde schon, Kind. Morgens jedenfalls. Das andere wäre sehr schön bei einem großen, festlichen Ball . . .»

«Vielen Dank. Ich möchte mich gern richtig benehmen. Und nun, wenn es Ihnen recht ist, werde ich Ihnen Ihr Bad einlassen. Fünfundfünfzig Celsius, oder hätten Sie es lieber kalt?»

«Hören Sie, Miss Haldt», sagte May, «wir stehen gewöhnlich nicht so früh auf. Ich schlage vor, daß Sie wieder zu Bett gehen und gegen acht aufstehen. Wir frühstücken dann um halb neun.»

«Ja. Vielleicht gehe ich wieder ins Bett, vielleicht auch nicht. Ich könnte ja schon mit dem Staubsaugen anfangen.» Sie bedachte May mit dem süßesten Lächeln und verschwand.

May ließ sich stöhnend zurücksinken. «Versuch noch etwas zu schlafen, Jocelyn. Wenn sie um halb sieben Uhr morgens mit Staubsaugen anfängt, kriegt dein Vater einen Wutanfall und weckt das ganze Haus auf.»

Die Tür öffnete sich. May fuhr auf wie von der Tarantel gestochen. Aber diesmal war es nur Gaylord. «Morgen, Mum. Kann ich mit dem Ruderboot fahren?»

«Jetzt? Weißt du, wie spät es ist, Junge?»

«Viertel nach sechs. Es ist so ein herrlicher Morgen –»

«Ja. Aber sei vorsichtig, hörst du?» Es wäre ihr lieber

gewesen, wenn er noch etwas gewartet hätte. Später am Morgen waren mehr Leute unterwegs, die ihn herausfischen konnten, wenn er ins Wasser fiel. Aber solche Ängste behielt sie für sich. «Und fahr nicht zu dicht ans Wehr, ja?»

«Ich werde mich bemühen.» Er lachte und küßte sie auf die Stirn. «Bis dann. Wiedersehen, Dad. Zum Frühstück bin ich wieder da.»

Er schloß die Tür und ging nach unten. Christine war in der Küche und versuchte, den Staubsauger aus dem Besenschrank zu holen. Sie lächelte ihn freundlich an und fragte: «Möchten Sie Frühstück!»

«Nein, danke. Ich gehe fort.»

Er hätte sie gern aufgefordert mitzukommen. Andererseits wollte er sich den schönen friedlichen Morgen nicht durch das Geplapper eines Mädchens verderben lassen. Er wunderte sich über ihren dicken Pullover. «Sie wollen wohl Skilaufen?» fragte er.

Sie blickte ihn kühl an. «Soll das ein Witz sein?»

«Ja. Entschuldigen Sie, Christine.»

Sie war beschäftigt. «Mrs. Pentecost möchte, daß ich passend angezogen bin, wenn ich Opa den Tee bringe.»

«Aha. Ich verstehe», sagte Gaylord. Wenn er es recht bedachte, hatte sie eigentlich vorher sehr hübsch ausgesehen. Sehr anziehend. Ein alter Mann wie Opa würde so etwas doch gar nicht bemerken. Er seufzte. Mum war manchmal reichlich penibel. Immerhin. «Also, bis nachher», sagte er und ging hinaus in den Morgen.

Er ging über den Hof und über die taubeglänzte Wiese. Die Äpfel im Obstgarten schimmerten im Licht der Morgensonne rund und rosig an den Zweigen. Er schritt durch das hohe, nasse Gras, er roch den herben Duft von Gras und Brennesseln, und jetzt stieg ihm auch der sommerliche

Geruch des Flusses in die Nase. Er kam zur Flußbiegung und zu dem kleinen Anlegesteg, wo das Boot vertäut war.

Er sprang ins Boot, stieß ab und war mit ein paar kräftigen Ruderschlägen in der Mitte des Flusses. Stromaufwärts wollte er rudern – das war das Schönste: gegen die Strömung, wenn man die ganze Kraft von Armen und Beinen brauchte, wenn die Ufer und Hecken und Bäume langsam vorüberglitten, genauso wie er es wollte, wenn das Holz protestierend ächzte und die kleinen Wellen ohnmächtig gegen die Bootswand schlugen. Und dann lag er keuchend und erschöpft in dem treibenden Boot, roch das Flußwasser, fühlte die Sonne im Gesicht und auf seinen Beinen, hörte das Wasser plätschern, ließ die Hand ins strömende Wasser hängen und trank mit den Augen das Blau des Himmels ...

Das Boot lag quer in einem Stauwasser. Träge nahm er das eine Ruder und brachte das Boot wieder in die Strömung. Seine Gedanken wanderten zurück. Er dachte an seine Heimkehr am letzten Schultag vor den Ferien, als die Familie im Garten saß: Opa, Dad, seine kleine Schwester (so übel war sie gar nicht) und Mum – er hätte es nie laut gesagt, aber sie war wirklich große Klasse. Er lächelte. Ja, und Liz und ihr Vater. Liz war in Ordnung. Ein bißchen überspannt, aber so waren Mädchen eben.

Das Boot trieb weiter, etwas schneller jetzt: der Fluß spürte schon den Sog des fernen Wehrs. Und plötzlich fiel ihm etwas ein: Christine war nicht überspannt. Ihre Hände waren weich und dufteten. Christine. Als sie ihm in der Frühe den Tee gebracht hatte, war er sich zum erstenmal im Leben plump und schüchtern vorgekommen. Christine. In der Küche hatte sie einfach freundlich und tüchtig und verdammt anziehend ausgesehen. Er hätte sie vielleicht doch mitnehmen sollen ... Nein. Als Junge kam man besser allein zurecht. Ein Mädchen war nur ein Mädchen. Trotzdem, Christine hatte ihm sehr gefallen in ihrem blauen Morgenrock . . .

Die Strömung war jetzt ziemlich stark, und da war auch schon der Landesteg. Er setzte sich auf, ruderte hinüber, vertäute das Boot und machte sich fröhlich auf den Heimweg zum Frühstück. An der Flußbiegung traf er Roger Miles, der gerade vom Baden kam.

«Hallo, Pentecost», sagte Roger lässig.

«Hallo, Miles», sagte Gaylord. (Im Ausland hatten sie sich eine Weile mit ihren Vornamen angeredet, aber jetzt, in der Heimat, machte Roger klar, daß er die Formen zu wahren gedachte.) «Du, erinnerst du dich an das Mädchen, das wir in Deutschland kennengelernt haben?»

«Welches?» fragte Roger. Er hatte mehrere kennengelernt.

«Christine Haldt.»

«Ach so, die. *Sehr* nettes Mädchen. Was ist mit ihr?»

«Sie ist hier.»

«Hier – wo?»

«Bei uns zu Hause. Als Au-pair-Mädchen für meine Mutter. Bloß daß meine Mutter jetzt kein Au-pair-Mädchen mehr will», fügte er melancholisch hinzu.

«Großer Gott – sie ist tatsächlich in England? Hier?»

«Ja.» Die Mitteilung hatte offensichtlich tiefen Eindruck auf sein Idol gemacht. Gaylord fühlte sich geschmeichelt.

Sie gingen zusammen weiter. «Dies Handtuch ist ekelhaft kalt und naß», sagte Roger.

«Gib's mir.»

Roger gab es ihm. «Hast du heute morgen irgendwas vor?» fragte er plötzlich.

«Nein, nichts Besonderes, Miles.»

«Dann komme ich später mal vorbei. Falls ich Zeit habe.»

Gaylord traute seinen Ohren nicht. Roger Miles, der Mannschaftskapitän, wollte bei ihm vorbeikommen! Gaylord fühlte das nasse Gras nicht mehr. Er ging auf Wolken.

Sie kamen an die Wegkreuzung, und Gaylord wollte Roger das Handruch zurückgeben. Aber Roger sagte: «Kannst du es vielleicht irgendwo für mich auf die Leine hängen? Ich nehme es dann mit, wenn ich vorbeikomme. Ich mag keine nassen Handtücher.»

«Klar, natürlich.» Es war Gaylord eine Ehre.

«Also, bis später», sagte Roger. «Wirklich komisch, daß dieses Mädchen hier ist!»

Jocelyn war noch einmal eingeschlafen, aber May lag hellwach. Gedanken wirbelten ihr im Kopf herum wie Wäsche in einer Waschmaschine. Da war der beunruhigende und doch irgendwie schmeichelnde Gedanke, daß Charles Bunting sie liebte, daß sie ihm heute nachmittag Modell sitzen würde und daß er, der glänzende Porträtmaler, tief in ihr Inneres blicken und das, was er sah, auf der Leinwand festhalten würde. Sie dachte an Christine – so jung und frisch und fraulich am frühen Morgen! Sie dachte an Gaylord, ihren geliebten Jungen, und an die süße kleine Amanda. Und sie dachte auch an Liz und ihre große traurige Liebe. Alle waren sie so jugendfrisch und unschuldig wie der junge Morgen. Wenn sie an die Müdigkeit und die Zweifel in ihrem Herzen dachte . . .

Hier im Zimmer sah man vom Morgen nur ein paar Strahlen, die sich zwischen den Gardinen hindurchdrängten. Aber draußen flogen jetzt die Schwalben, sangen Lerchen, und mitten in all der Fröhlichkeit war Gaylord, ihr Junge, zwischen glitzernden Wellen und blauem Himmel, sorglose Ferientage vor sich, das ganze Leben, Süße und

Schmerz der Liebe, Kampf und Erfolg, die stillen Freuden des Alltags – all das hatte er vor sich. Nein. Sie beneidete ihn nicht. May Pentecost beneidete niemanden. Aber an diesem Morgen, nur eine Stunde lang, wäre sie gern noch einmal siebzehn gewesen.

Plötzlich ein Getöse – ein Heulen, das von unten heraufdrang, von heftigen Stößen unterbrochen. Jocelyn hob den Kopf einen Fingerbreit vom Kopfkissen.

«Was ist das?»

«Miss Haldt mit dem Staubsauger.»

Er ließ sich zurückfallen. «Ich dachte, es wär die Concorde.» Und schon schlief er wieder.

May, noch wacher als vorher, saß da, die Hände um die Knie geschlungen, und dachte, nicht ganz ohne Schadenfreude: «Wart's nur ab!»

Es dauerte nicht lange. Oben wurde eine Tür aufgerissen, jemand stampfte die Treppe hinunter. Dann der entrüstete Ausruf eines alten Mannes, der ohne Rücksicht und Bedenken um halb sieben Uhr morgens aus dem Schlaf aufgeschreckt worden war. «Liebling», murmelte May ihrem schlafenden Mann ins Ohr, «noch ein schwerer Schlag für die englisch-deutschen Beziehungen!» Jocelyn antwortete nicht. Zufrieden seufzend kroch May unter die Decke und sank in Schlaf.

John Pentecost riß die Wohnzimmertür auf. «May, was fällt dir ein – oh, Entschuldigung, ich wußte nicht, daß Sie es waren.»

Christine blickte erschrocken drein. Den Zorn des alten Pentecost zu erregen, das war gewiß der sicherste Weg, um schnell nach Hause geschickt zu werden. Sie fragte: «Sie möchten nicht, daß ich Staub sauge?»

Opa sah den bestürzten Blick und war sogleich voll

Reue. «Nein, nein, Kindchen, es ist nur – wissen Sie, in meinem Alter schläft man nicht sehr gut, und wenn man dann mal eingeschlafen *ist* –» Tatsächlich schlief Opa ein, sobald sein Kopf auf dem Kissen lag, und wachte erst wieder auf, wenn Jocelyn morgens mit dem Tee erschien.

«Ich wollte Ihnen Tee bringen», sagte Christine, «aber Mrs. Pentecost hat gesagt, es ist noch zu früh. Deshalb habe ich mit dem Staubsaugen angefangen.»

«Sehr richtig, mein Kind. Sehr nützlich.»

«Den hab ich mir extra angezogen für Sie!» Sie zeigte auf ihren Pullover. «Sie finden mich doch anständig, nicht wahr?»

«Sehr anständig», sagte der alte John Pentecost etwas verunsichert. Er war es nicht gewohnt, daß ihm die Unterhaltung auf solche Weise aus der Hand genommen wurde.

«Mein Opa interessiert sich sehr für Wildfütterung und Jagd. Sie haben hier wohl kein Wild?» fragte sie mitfühlend.

«Leider nicht», sagte Opa bedauernd.

«Es ist gut, wenn man viel Wild hat. Dann geht man auf die Jagd und kriecht den ganzen Tag in den Bergen auf dem Bauch herum. Das macht furchtbar müde, und dann kann man nachts gut schlafen.» Sie lachte fröhlich. «Dann macht es Ihnen nichts aus, wenn das Au-pair-Mädchen schon früh am Morgen mit Staubsaugen anfängt.»

«Sie sind aber nicht das Au-pair-Mädchen», berichtigte John Pentecost. Auf solche Schliche fiel er nicht herein.

Sie ließ den Kopf hängen. «Aber Sie sind der Opa. Wenn Sie sagen: Christine muß bleiben, dann darf ich bleiben. Ein Wort von Opa ist wie Gottes Wort.»

«Mein liebes Kind, Sie kennen meine Schwiegertochter nicht. Mrs. Pentecost ist eine prächtige Frau, aber kommen Sie ihr nicht mit Gottes Wort! Und außerdem – ich sage es nicht gern, aber Ehrlichkeit muß sein – liegt auch *mir* nichts daran, ein Au-pair-Mädchen im Haus zu haben.»

«Nein? Auch nicht, wenn ich verspreche, daß ich nie wieder vor acht mit dem Tee komme oder vor neun mit dem Staubsaugen anfange?»

«Nein. Auch dann nicht.»

Christine sagte nichts mehr. Ohne ihn noch einmal anzusehen, ging sie mit gesenktem Kopf aus dem Zimmer, schleppte sich – ein Häufchen Elend – die Treppe hinauf, warf ihre Sachen in den Koffer, sammelte ihre Skiausrüstung ein und ging hinüber zu Mrs. Pentecost.

May erwachte vom Klappern der Skier und der Skistöcke draußen im Flur. Sie sah auf ihre Uhr: zehn Minuten nach sieben. Sie ging an die Tür, um zu sehen, was da draußen los war.

Vor ihr stand Christine, traurig und verloren, die Skistiefel um den Hals gehängt, in den Händen den Koffer und den Reisesack.

«Aber Christine – was ist denn los, Kind?» fragte May.

«Der Opa hat gesagt, ich soll gehen.»

«Unsinn. Das gibt's doch gar nicht. Sie sind unser Gast – für ein oder zwei Nächte», setzte sie vorsichtig hinzu.

«Aber Opa kann man nicht widersprechen.»

«Und ob man ihm widersprechen kann! Ich tue es jeden Tag. Jetzt gehen Sie in Ihr Zimmer und packen Ihre Sachen wieder aus; ich spreche nachher mit Mr. Pentecost.»

Christine rührte sich nicht. «Ich habe zu früh Tee gemacht, und ich habe gehört, wie Mr. Pentecost gesagt hat, ich hätte lauwarmes Wasser genommen. Ich war nicht anständig angezogen. Ich habe Opa mit dem Staubsauger aus dem Schlaf geschreckt. Und jetzt sagt er: ‹Ich will kein

Au pair-Mädchen im Haus haben, und Mrs. Pentecost will auch kein Au-pair-Mädchen.›» Sie brach in Tränen aus. «Also reise ich ab», schloß sie schluchzend.

May, von plötzlicher Zuneigung überwältigt, schlang die Arme um das weinende Mädchen. «Kommen Sie, Christine. Sie haben den alten Mann bestimmt falsch verstanden. Er ist eine Seele von Mensch. Er – ich – wir alle freuen uns, Sie ein paar Tage bei uns zu haben.»

«Aber nicht als Au-pair-Mädchen!» schluchzte Christine vorwurfsvoll.

«Das müssen wir dann sehen. So schnell geht das ja auch nicht, da wäre noch vieles zu regeln – die Arbeitserlaubnis und so weiter.»

Christine schüttelte den Kopf. «Nein, ich gehe lieber. Das ist besser. Es sind nur ein paar Kilometer bis zum Bahnhof, und irgendwann wird schon ein Zug kommen, selbst in England. Es ist besser so.»

Jetzt erschien Gaylord. Er war verblüfft, als er seine Mutter erblickte, wie sie im Nachthemd Christine umarmte, die offensichtlich im Begriff war, eine Reise in den Wintersport anzutreten. Er betrachtete beide und schüttelte den Kopf. «Das geht über meinen Horizont», sagte er.

«Dein Großvater hat Christine durcheinandergebracht», sagte May. «Sie will gehen.»

«O nein, Sie *dürfen* nicht gehen!» sagte Gaylord. «Roger kommt nachher vorbei. Er möchte Sie gern wiedersehen.»

«Roger Miles? Der Junge, der mit in Bayern war?»

«Ja, der.»

Christine wandte sich an May. «Mrs. Pentecost, wenn Sie – wenn wir beide Mr. Pentecost bitten, ob ich bleiben darf, meinen Sie, daß er dann nachgibt?»

«Das überlassen Sie nur mir», sagte May. «Aber nur einen oder zwei Tage, das ist klar.»

Christine sah sie mit einem glücklichen Lächeln an. Doch im Innern staunte sie, was sich die Frauen in England alles herausnahmen. Wie die mit den Männern umsprangen!

«Ich hab geträumt, du unterhältst dich mit jemand», sagte Jocelyn schläfrig.

«Das war kein Traum, Lieber, das war das Gefecht der Nachhut.» May überlegte einen Augenblick. «Du, Jocelyn, würdest du von mir sagen, daß ich festbleibe, wenn ich einmal einen Entschluß gefaßt habe?»

«Und ob. Ich würde sogar sagen, du und der Felsen von Gibraltar, ihr seid euch in vielem ähnlich.»

«Ach, ich weiß nicht. Vielleicht ist da jemand, der es mit mir aufnehmen kann. Stell dir vor, Jocelyn, ich stand da draußen im Nachthemd und bestürmte unsere Erlkönigstochter, sie sollte noch nicht nach Deutschland zurückfahren. Und dabei liegt mir daran, daß sie abreist. Sie *muß* abreisen.»

Sie war erstaunt, daß er tatsächlich erleichtert schien. «Ich denke, sie sollte vielleicht doch hierbleiben, May. Du kannst Hilfe gebrauchen, außerdem hat Gaylord sie rübergeholt, und sie scheint ja auch ein gutes Kind zu sein –»

«Und behandelt Schriftsteller mit der gebührenden Verehrung», fügte May trocken hinzu.

«Ja. Also, ich würd's mal mit ihr versuchen, May.»

«Na schön, wenn du meinst, bin ich natürlich einverstanden», sagte May ungewöhnlich nachgiebig. «Dann mußt du jetzt aber wohl sofort aufstehen, Jocelyn.»

«Aufstehen? Wieso? Warum denn so eilig?»

«Na, damit du dich um all die Formalitäten kümmern

kannst. Das wird vermutlich einige Zeit in Anspruch nehmen.»

«Formalitäten?» Das Wort war Jocelyn verhaßt.

May lachte. «Liebling, mach doch nicht so ein entsetztes Gesicht! Beim Arbeitsamt werden sie dir ganz genau sagen, was alles zu tun ist. Sie helfen dir auch beim Ausfüllen der Formulare, wenn du irgend etwas nicht verstehst. Die Leute sind dort sehr hilfsbereit.» May ließ ihren Mann nicht aus den Augen; sie sah, wie er blaß wurde. Der liebe arme Jocelyn – ein Vorhaben, für das er Fragebogen auszufüllen hatte, würde er mit ziemlicher Sicherheit fallenlassen.

Ihr fiel noch etwas anderes ein. «Du mußt dich auch darum kümmern, daß sie nachmittags irgendwo englischen Unterricht bekommt.»

«Aber May, wo soll sie denn hier englischen Unterricht nehmen? Vielleicht in Shepherd's Warning?»

«Oh, da darfst du mich nicht fragen. Bei mir kann sie kochen lernen, Yorkshire-Pudding und so. Du mußt eben ... du, sag mal, warum fragst du nicht einfach Miss Ferris?» Das war ein herzloser Vorschlag. Miss Ferris war eine pensionierte Lehrerin aus Jocelyns Schulzeit, die jetzt in Shepherd's Warning wohnte – wenn Jocelyn sie nur von weitem sah, machte er sich schleunigst unsichtbar.

«Ich hatte keine Ahnung, daß da so viel zu unternehmen ist», sagte er. «Ich dachte, sie könnte einfach hierbleiben und uns helfen.»

Sie sah ihn liebevoll an, aber er kam sich dabei trotzdem leicht beschränkt vor.

«Scheint alles ja doch recht schwierig zu sein», sagte er kleinlaut.

«Dann möchtest du wohl lieber, daß sie *nicht* bleibt?»

«Ja, ich glaube, das wäre dann doch besser», sagte er kläglich.

«Na schön, Lieber, wie du meinst. Vielleicht kannst du irgendwann mal mit ihr sprechen und ihr klarmachen, daß sie höchstens bis Freitag bleiben kann. Wie spät ist es eigentlich? Erst fünf nach halb acht? Na, dann werde ich jetzt mal mein Bad nehmen.»

Amanda hatte in ihrem kurzen Leben wiederholt die Erfahrung gemacht, daß die Erwachsenen, sobald etwas Interessantes passierte, sofort die Schotten dichtmachten, damit die Kinder möglichst nichts davon erfuhren. Sie fand das unnötig, unfair und richtig gemein. Aber alles Reden war vergeblich. Wann hörten Erwachsene jemals auf eine Zehnjährige? Und so nahm sie ihre Zuflucht zu anderen Mitteln. Und hatte keine Gewissensbisse, wenn sie heimlich lauschte oder durch Schlüssellöcher spähte. Man mußte sich schließlich informieren.

Ihr Zimmer lag neben dem der Eltern, und da an diesem schönen Morgen alle Fenster weit offenstanden, brauchte sie sich nur ein bißchen hinauszulehnen, um jedes Wort des Gesprächs zu hören. Danach saß sie tief befriedigt auf der Fensterbank. Sie sah sich als Anführerin der Partei, die ‹Christine raus!› auf ihr Banner geschrieben hatte. Nun war also auch noch Daddy dazugestoßen! Gaylord, der einzige Opponent, war jetzt eindeutig in der Minderheit.

Aber Amanda schätzte die Lage realistisch ein. Daddy war lieb, aber schwach – ein schwankendes Rohr. Auf Mummy kam es an. Man durfte nichts dem Zufall überlassen. Amanda rutschte von der Fensterbank herunter, setzte ihre freundlichste Miene auf und machte sich auf den Weg zu Christine.

Als May aus dem Badezimmer kam, hörte sie ein unerwartetes Geräusch: das schnelle Rattern einer Schreibmaschine. Sie ging in das kleine Zimmer, wo ihre Maschine stand. Da saß Christine, ihre Hände glitten über die Tasten, und Amanda diktierte ihr den Brief, den Jocelyn ihr, May, gestern zum Tippen gegeben hatte. Amanda sah ihre Mutter mit einem strahlenden Lächeln an. «Morgen, Mummy. Du, mir war der Brief eingefallen, den Daddy dir gestern gegeben hat, und weil ich wußte, daß du nicht mehr dran gedacht hast, hab ich Christine gebeten, ihn zu tippen. Sie kann fabelhaft tippen, Mummy, sogar auf englisch!»

May, der plötzlich bewußt wurde, daß sie einen schäbigen alten Bademantel und auf dem Kopf eine häßliche, eng anliegende Badekappe trug, und daß sie den Brief tatsächlich vergessen hatte und daß Christine offensichtlich besser Maschine schrieb als sie selber, war wütend – wütend auf Christine, auf Amanda und vor allem auf sich selbst.

Christine nahm den Bogen aus der Maschine, sprang auf und gab ihn May. «Sehen Sie sich bitte an, ob so alles in Ordnung ist?»

Der Brief war tadellos. «Sehr schön», sagte May. «Und eine Kopie haben Sie auch gemacht.»

«Ja, natürlich. So, dann lege ich den Brief auf Mr. Pentecosts Schreibtisch, damit er ihn unterschreibt, ja? Und die Kopie lege ich dann ab.»

«Daddy wird sich bestimmt unheimlich freuen», sagte Amanda. «Glaubst du nicht auch, Mummy, daß Daddy sich unheimlich freuen wird?»

«Bestimmt», erwiderte May. Sie ging ins Schlafzimmer und sagte: «Jocelyn, entschuldige, ich hab vergessen, den Brief an den Verlag zu schreiben.»

«Das macht doch nichts, Liebes. Ich weiß ja, du hattest andere Sorgen.»

Sie erwiderte: «Miss Haldt hat ihn geschrieben, gerade eben.»

«Fein. Ist er einigermaßen in Ordnung?»

«Einigermaßen? Er ist tadellos.» Sie schwieg einen Augenblick. Dann sagte sie langsam: «Weißt du, Liebling, ich habe das Gefühl, irgendwie untergräbt diese junge Person meine Moral.»

Um 8 Uhr 29 kam May nach unten. Christine begrüßte sie fröhlich. «Schauen Sie, Mrs. Pentecost, es ist alles bereit.»

May betrachtete den gedeckten Tisch. Tassen, Untertassen, Teller, Messer, Butter, Marmelade, die sanft gurgelnde Kaffeemaschine und etwa fünfzig Scheiben Toast.

«Da der Bäcker keine Brötchen und keine Croissants gebracht hat, hab ich reichlich Toast gemacht. Ich glaube, es ist alles da», sagte Christine.

May legte den Arm um die Schulter des Mädchens. «Noch nicht ganz, Christine», sagte sie lächelnd.

«Habe ich wieder etwas falsch gemacht?» fragte Christine kläglich.

«Nein, nein, das nicht. Aber wenn mein Schwiegervater zum Frühstück nur Toast bekommt, ist er bis zum Mittagessen verhungert. Meint er jedenfalls.»

«Aber es sind keine Brötchen vom Bäcker gekommen, Mrs. Pentecost.»

«Ich spreche auch nicht von Brötchen», sagte May lächelnd. «Ich spreche von Porridge, Eiern, Speck, Würstchen.»

Christine schwieg. Dann wandte sie sich energisch um und schickte sich an, in die Küche zu marschieren. «Eier, Speck, Würstchen – alles klar. Und wie macht man, bitte, Porridge, Mrs. Pentecost?»

«Man nimmt etwas Hafermehl, gießt kochendes Wasser

darauf und läßt das Ganze fünf Minuten kochen. Hier, das ist das Hafermehl.»

Christine betrachtete es mißtrauisch. «Und das kocht man?»

«Ja.»

«Und dann ißt man es?»

«Ja.»

Christine suchte in Mays Gesicht nach Anzeichen dafür, daß es sich hier wieder einmal um einen englischen Scherz handelte, fand aber keine. «Aha», sagte sie.

«Es schmeckt *wirklich* gut», versicherte May, leicht irritiert.

In diesem Augenblick wurde die Tür aufgerissen und der alte John Pentecost erschien. Er war wie üblich ins Eßzimmer gegangen und hatte seinen Augen nicht trauen wollen, als er auf dem Frühstückstisch weder Löffel noch Gabeln erblickte. Alles, was er sah, deutete auf eine jener lächerlichen und gehaltlosen Mahlzeiten hin, die man als ‹Kontinentales Frühstück› bezeichnete. Zum Henker, das ging zu weit. Diese Deutsche war ja ein nettes kleines Ding, und es war angenehm, sie im Haus zu haben, aber falls sie sich einbildete, daß sie hier in seinem Haus, seine und seiner Väter Eßgewohnheiten revolutionieren konnte, dann nahm sie besser das nächste Schiff nach Deutschland. «May!» rief er laut. «Wo ist mein Porridge?»

«Bloß keine Panik, Schwiegervater», erwiderte May kühl. «Miss Haldt macht ihn dir gerade.»

«Oh. Guten Morgen, Miss Haldt.»

Christine strahlte ihn an und machte einen Knicks.

Ein guterzogenes Mädchen! dachte John Pentecost. Außerdem hatte sie sich umgezogen. Sie trug jetzt ein bayerisches Dirndlkleid mit weitem Rock und einer bunten Schürze. Reizend! Wirklich angenehm, sie im Haus zu haben. Er lächelte freundlich, was nicht sehr häufig vorkam, und sagte: «Ich dachte schon, Sie wollten mir heute morgen nur Toast zum Frühstück vorsetzen, *kleines Fräulein.*»

«Das wollte ich auch», gestand Christine, während sie im Topf rührte. «Aber Mrs. Pentecost hat mir gesagt, daß Sie zuerst dies Haferzeug essen.» Sie spähte angewidert in den Topf. «Hat es jetzt lange genug gekocht, Mrs. Pentecost?»

«Ja, das genügt, Kind. – Nimm nur schon Platz, Schwiegervater, Christine bringt dir gleich dein Porridge.»

Er ging ins Eßzimmer und setzte sich an seinen Stammplatz, am Kopfende des Tisches. Da erschien auch schon Christine mit einem Tablett, auf dem die Schüssel mit seinem Porridge stand. Sie stellte sie vor ihn hin, nahm den Löffel, polierte ihn flink mit ihrer Schürze und legte ihn neben die Schüssel; dann nahm sie seine Serviette, breitete sie aus und legte sie ihm über die Knie. «Guten Appetit, Opa!» sagte sie freundlich und machte wieder einen Knicks.

John Pentecost war entzückt. Charme, Höflichkeit, Rücksicht auf ältere Menschen – wie selten fand man so etwas bei der heutigen Jugend! Und obendrein sah sie ordentlich und appetitlich aus! Reizend! Obwohl sie keine Engländerin war. Wirklich erstaunlich! Hoffentlich machte May nun keine Schwierigkeiten mehr und ließ sie eine Weile bleiben.

7

Christine sah wirklich reizend aus in ihrem Dirndlkleid! Nach dem Frühstück hatte Gaylord das Gefühl, es sei seine Pflicht, sich ein wenig um sie zu kümmern. Dabei stieß er auf zwei schwerwiegende Hindernisse – ein deutsches Gewissen und seine Mutter.

«Soll ich dir mal den Hof zeigen, Christine?» fragte er das Mädchen, während er seine Serviette zusammenfaltete.

«Nett von dir, Gaylord», sagte May entschieden. «Aber ich glaube, Miss Haldt möchte bei uns im Haushalt lernen. Nicht wahr, Christine?»

«Ja, Mrs. Pentecost. Und ich möchte auch so viel wie möglich helfen.»

«Aber du hast doch gesagt, als Au-pair-Mädchen könne sie nicht bei uns bleiben.»

«Da ist es um so wichtiger, daß sie in der kurzen Zeit, die sie bleibt, so viel wie möglich lernt», erwiderte May mit einem liebenswürdigen Lächeln.

Christine war schon dabei, das Geschirr abzuräumen. Sie hielt nur kurz inne, um zu fragen: «Wann wollte Roger Miles kommen?»

«Oh, das hat er nicht gesagt. Er legt sich nicht gern fest.»

Christine wirkte enttäuscht. Offenbar hatte sie kein Verständnis für derart unbestimmte Verabredungen. Sie nahm das schwerbeladene Tablett und trug es hinaus in die Küche.

Lustlos schlenderte Gaylord ins Wohnzimmer hinüber, wo Teile von Opa zu sehen waren: seine in Pantoffeln steckenden Füße und acht Finger hinter der aufgeschlagenen *Times.* Dann geschah etwas Merkwürdiges. Beiläufig, so als hätte es nichts zu tun mit dem, was in seinen Gedanken vor sich ging, fragte Gaylord: «Du, Opa, was hältst du eigentlich von Mischehen?»

«Nichts!» brummte Opa hinter seiner Zeitung hervor.

Gaylord trat ans Fenster und blickte hinaus. «Manche Leute halten aber eine ganze Menge davon.» Er suchte nach einem überzeugenden Beispiel. «Denk an Othello!»

«Hat ja auch nicht lange gedauert», knurrte Opa.

Gaylord spielte mit dem Schlüssel der Glastür herum. «Ich weiß nicht, was schlecht sein soll an einer Mischehe.»

Der alte Mann ließ die Zeitung sinken und sah seinen Enkel gereizt an. «Das ist doch sonnenklar! Das Heiraten ist ein Lotteriespiel, so oder so. Aber wenn du dann auch noch eine Pechschwarze, mit einem Ring durch die Nase nimmst, dann ist das Risiko doch tausendmal größer!»

«Ich dachte ja auch nicht an eine Pechschwarze mit einem Ring durch die Nase. Ich dachte, wenn man zum Beispiel eine Französin heiratet. Oder eine Deutsche.»

«Alles das gleiche. Nichts geht über die englische Rose, mein Junge! Laß dir das gesagt sein. Wunderbarer Teint. Ehrlich. Gottesfürchtig. Außerdem können sie anständig kochen – nicht diesen ausländischen Schlangenfraß.» Plötzlich ging ihm ein Licht auf. Verständnisvoll sah er seinen Enkel an, tief beeindruckt von seinem eigenen Scharfsinn. «Großer Gott, *jetzt* verstehe ich. Du hast auf Christine ein Auge geworfen!»

«Nein, hab ich nicht.»

«Na klar!»

«Nein, hab ich nicht! Es war eine rein hypothetische Frage.»

«Hypothetisch – daß ich nicht lache! Sie ist ja auch ein reizendes Mädchen, und ich gebe zu, wenn ich so alt wäre wie du ... Aber du weißt ja, sie verblühen schnell.»

«Das sind die Südländerinnen, Opa.»

Der alte Mann schüttelte den Kopf. «Nein, nein, *alle* Ausländerinnen. Und außerdem – merk dir gut, was ich dir jetzt sage!» Eine dramatische Pause folgte. «Eines garantiere ich dir, wenn du sie heiratest. Keine sechs Monate, und du kriegst sieben Tage in der Woche ein ‹Kontinentales Frühstück› vorgesetzt.»

Gaylord lächelte verträumt vor sich hin und dachte bei sich, daß eine Ehe mit Christine es vielleicht wert war, sieben Tage in der Woche ein ‹Kontinentales Frühstück› vorgesetzt zu bekommen. Aber da seine Frage rein hypothetisch gewesen war, konnte er das Opa nicht gut entgegenhalten. Außerdem war Opa auch noch nicht fertig. «Und ihre Söhne», fuhr er fort, «würde sie Siegfried und Dietrich und Ludwig und Wolfgang nennen. Stell dir das doch bloß mal vor: Siegfried Pentecost!» Aber da war noch etwas. Er grübelte – es gab noch ein schlagendes Argument. Es wollte ihm bloß nicht wieder einfallen ...

Doch, jetzt hatte er es. «Die Deutschen sind ein Volk», sagte er gemessen und in feierlichem Ton, «das weder Kricket noch Rugby spielt. Könntest du dir im Ernst vorstellen, mit einer Frau verheiratet zu sein, die nicht weiß, was eine Keule oder ein Malfeld ist?» Und damit zog sich Opa wieder hinter seine *Times* zurück.

Gewöhnlich waren Gaylords Vormittage von rastloser Aktivität erfüllt. Heute trieb er sich ständig in der Küche herum, trocknete eine Tasse ab, legte eine Gabel in die

Schublade – bis seine Mutter die Geduld verlor und sagte: «Geh doch um Gottes willen endlich an die frische Luft, Junge.»

«In Deutschland», sagte Christine zu May, «sind die Jungen sehr sportlich. Sie spielen Fußball, steigen auf Berge und wandern singend durch die Wälder. Immer sind sie draußen in der Sonne.»

«Ich wollte mich ja bloß nützlich machen», sagte Gaylord gekränkt.

«Schon gut. Geh, mein Lieber», sagte May.

Er ging langsam die Treppe hinauf, in sein Zimmer. Er wußte nicht, was er anfangen sollte, bis Roger kam. Allein rudern oder radfahren – dazu hatte er heute keine Lust. Er fühlte sich überhaupt nicht sehr unternehmungslustig. Hoffentlich wurde er nicht krank! Er sah sich schon mit Fieber im Bett liegen. Und Christine in ihrem blauen Morgenrock wischte ihm den Schweiß von der Stirn.

Am besten, er nahm sich ein Buch und setzte sich in den Obstgarten. Er las gerade ‹*Leutnant Hornblower*›. Ein spannendes Buch, aber – das fiel ihm jetzt erst auf – es kamen gar keine Frauen darin vor. Nach kurzem Zögern nahm er deshalb ‹*Romeo und Julia*› mit. Ihn interessierte es plötzlich, was Shakespeare über die Liebe geschrieben hatte.

Er setzte sich auf eine Bank unter einem alten Birnbaum und begann zu lesen. Nach einer Weile hörte er Schritte. «Was liest du denn da?» fragte eine Stimme.

«Christine!» Strahlend sprang Gaylord auf. «Komm, setz dich. Warte – Moment.» Mit seinem Taschentuch wischte er den Sitz ab.

«Danke», sagte sie lächelnd und setzte sich. «Aus welcher Richtung wird Mr. Miles kommen?»

«Von der Straße unten am Fluß – da. *Wenn* er kommt. Er hat sehr viel zu tun. Seinem Vater gehört das Hotel zum Schwan in Ingerby, und in den Ferien hilft Roger dort aus.» Eigentlich fabelhaft, daß ein so begabter Junge wie Roger in einem Hotel aushalf. «Er war der beste Sportler der Schule. Und jetzt geht er nach Oxford.»

«Aha.»

«Und Mannschaftskapitän war er auch noch. Kricket und Rugby.» Die Worte seines Großvaters fielen ihm wieder ein. «Du weißt doch, was Kricket und Rugby ist?»

«Ja. Bevor ich hierherkam, habe ich ein Buch über den Sport in England gelesen. Golf, Rugby, Fußball, Tischtennis, Netzball, Kricket.» Gaylord war entzückt. «Fußball ist ein schnelles und klares Spiel. Rugby ist sinnlos und unverständlich. Ein Kricketspiel dauert drei Tage und ist abhängig vom Wetter, und da es in England niemals drei schöne Tage hintereinander gibt, wird kein Spiel je zu Ende gespielt. Bei Golf –»

«Also mit Rugby, da irrst du dich», sagte Gaylord. Christine hatte ihn ahnungslos an einer empfindlichen Stelle getroffen. «Rugby ist bei weitem das bessere Spiel. Fußball ist nur ein schwacher Abklatsch davon.»

«Du hast sicher beides gespielt?»

«Großer Gott, nein.»

«Aha. Aber du hast bei Spielen zugesehen?»

«Nein, auch nicht.»

«Woher willst du es dann wissen? Typisch englisch!» fügte sie voller Verachtung hinzu.

Er war so konsterniert, als hätte sie ihm einen Schlag versetzt. Er schwieg. «Siehst du», rief sie triumphierend, «mein Buch hat also doch recht. Die Engländer sind Snobs mit ihrem Rugby-Fußball. Ich mag keine Snobs.»

Er schwieg noch immer. Nach einer Weile sagte er: «Du hast wohl recht. Ich hatte mir das nie so klargemacht.»

Sie sah ihn nachdenklich an. «Ich glaube, ihr macht euch

manches nicht so recht klar. Ihr lebt hier auf eurer Insel, und Rugby und Porridge und Disziplin sind gut. Und Fußball und Kaffee und Brötchen und Busen vor dem Frühstück sind schlecht.»

Gaylord starrte sie fassungslos an. Der englische Mittelstand erschien ihm auf einmal in einem neuen, nicht sehr erfreulichen Licht. Aber an so etwas wollte er jetzt nicht denken. Christine saß neben ihm, und Christine war süß. Und obwohl er es nicht billigen konnte, wie sie die Engländer kritisierte – wenn die Engländer sich selber kritisierten, war das gut und richtig, aber als Ausländer, fand er, sollte man sich etwas zurückhalten –, änderte das doch nichts an seinen zärtlichen Gefühlen für sie. Er rückte etwas näher an sie heran. Sie sah ihn an und lächelte, und sie rückte nicht weg. In einem Anflug von Todesmut nahm er ihre Hand. Sie tat, als wollte sie sie wegziehen, ließ sie dann aber in seiner Hand. Und jetzt überlegte er voller Angst, was er wohl als nächstes tun mußte.

Er war glücklich, als sie ihren Kopf an seine Schulter legte und leise murmelte: «Laß nur, wir wollen nicht streiten. *Wann*, meinst du, kommt Roger Miles?»

«Wenn er käme, müßte er eigentlich schon hier sein.»

«Ach – du meinst, daß er vielleicht überhaupt nicht kommt?»

Gaylord, für den Loyalität oberstes Gesetz war, merkte zu seinem Entsetzen, daß er hoffte, Roger werde *nicht* kommen. Unfaßlich. Was war mit ihm geschehen, daß er so etwas denken konnte?

Ihre Hand war weich und warm und voller Leben – sie zu berühren war der Himmel auf Erden. Er hätte gern den ganzen Tag lang so dagesessen.

Ab und zu sah Christine ihn an und lächelte halb amüsiert, halb zärtlich. Dann blickte sie wieder hinunter ins

Gras. Wenn dieser Augenblick doch nie enden würde! dachte Gaylord.

Aber es dauerte nicht lange, da hörte er das hohe Gras rascheln: jemand näherte sich, und Gaylord hatte gerade noch Zeit, Christines Hand loszulassen und ein Stück von ihr wegzurücken, ehe Amanda erschien. Es war nicht gut, dachte Gaylord, wenn man von einer kleineren Schwester in einer heiklen Situation ertappt wurde. Kleine Schwestern merkten sich jede Einzelheit und rieben sie einem unter die Nase.

«Na, Gaylord», sagte Amanda zuckersüß. «Magst du nicht mehr Händchenhalten?»

Gaylord wurde puterrot im Gesicht. Fieberhaft überlegte er, für welche Taktik er sich entscheiden sollte: leugnen, Unverständnis vortäuschen oder Verachtung bekunden. Er wählte das letztere. «Lästiges Gör», murmelte er von oben herab.

«Ha! Ich hab's doch gesehen. Ich bin schon vor fünf Minuten vorbeigekommen, als Sitting Bull.»

«Was ist Sitting Bull?» erkundigte sich Christine interessiert.

«Man kriecht auf dem Bauch durchs hohe Gras», antwortete Amanda in kühlem Ton. Wozu sollte sie freundlich sein zu einer Ausländerin, die eindeutig nur darauf aus war, ihr Gaylord wegzunehmen.

«Und wozu?» fragte Christine.

«Um anderen Leuten nachzuspionieren», sagte Gaylord mit einem Blick auf Amanda.

«Spionieren finde ich nicht schön», sagte Christine. «Aber warum nennt man es Sitting Bull? Ist das eine englische Redensart?»

Amanda blickte gen Himmel und stieß einen langen Seufzer aus. Gaylord wollte ihre Grobheit wiedergutmachen und sagte zuvorkommend: «Die Indianer tun das, Christine.»

«Ja, aber warum nennt man es so?»

«Weil – also, Sitting Bull war ein berühmter Indianerhäuptling.»

«Aha. Aber in England gibt es doch gar keine Indianer?»

«Nein, leider nicht», murmelte Amanda. «Sonst würden sie hier einige Leute skalpieren.»

Christine wandte sich an Gaylord. «Was sagt das Kind?»

«Das Kind heißt Amanda!» wies Amanda sie eisig zurecht.

Gaylord sah, daß von freundschaftlichen Beziehungen zwischen Christine und seiner Schwester nicht die Rede sein konnte. «Los, lauf, Amanda», sagte er ruhig.

«Warum?»

«Mum braucht sicher Hilfe.»

«Gar nicht wahr. Christine hat schon alles gemacht.» Sie sah das deutsche Mädchen mit ihrem süßesten Lächeln an. «Hast du doch, nicht, Christine?»

Christine verstand die Welt nicht mehr. Porridge, die unerklärliche Verbindung zwischen Indianern und einem englischen Garten, Roger Miles, der nicht gekommen war, das flache Land ringsum, das Entsetzen der Engländer, wenn jemand morgens vor acht irgend etwas unternahm, der lauwarme Empfang, den die Pentecosts ihr bereitet hatten, außer Gaylord, der jetzt ein bißchen *zu* begeistert war ... «Ich glaube, ich fahre besser nach Hause», sagte sie. «England ist mir zu kompliziert.»

In Amandas Gesicht veränderte sich nichts – bis auf die Nüstern, die sich einen Moment lang blähten wie bei einem Tennisspieler, der den ersten Satz gewonnen hat.

Gaylord war verwirrt und erschrocken. «Kompliziert?

Wir sind doch nicht kompliziert! Mit uns kommt doch jeder aus.»

«Ich meine nicht auskommen, ich meine verstehen.» Sie sah Amandas amüsierten Blick, der zwischen ihr und Gaylord hin und her wanderte, und merkte, wie das Kind die Szene genoß. Sie wurde wütend. «Ihr seid alle so verdreht – man kommt sich vor wie in ‹*Alice im Wunderland*›, dem Buch, das euch so viel gilt wie die Bibel und Shakespeare. Und immerzu macht ihr eure englischen Scherze, immer und immer.»

Ihre schönen Augen funkelten vor Zorn.

Gaylord sagte mit ruhiger Stimme: «Nicht immer, Christine – jetzt zum Beispiel nicht. Und es tut uns sehr leid, wenn wir über Dinge gelacht haben, die du nicht verstehst. Entschuldige, bitte, es tut uns wirklich leid. Nicht wahr, Amanda?»

«Ja, ja, sicher», sagte Amanda etwas obenhin. Wenn Gaylord jetzt versuchen wollte, Christine umzustimmen, mußte sie das verhindern. Gaylord gehörte ihr, er war ihr großer Bruder.

Aber Christine blieb fest. «Ich fahre nach Hause», sagte sie.

«Nein, bitte nicht», sagte Gaylord und legte ihr den Arm um die Schulter. Aber sie schüttelte ihn ab.

«Komm», sagte er, «laß uns darüber sprechen.» Er machte noch einmal einen Versuch, Amanda fortzuschikken. «Also, bis später, Mandy.»

«Oh, ich hab's nicht eilig», sagte Amanda und drängte sich zwischen Christine und Gaylord auf die Bank. «Also, dann wollen wir mal darüber sprechen.» Was bildeten die sich ein? So leicht ließ sie sich nicht abschieben!

«Findest du nicht, es sieht dumm aus», begann Gaylord, «wenn du jetzt nach drei Tagen wieder nach Hause fährst, wo du doch eigentlich ganz lange fortbleiben wolltest?»

Christine ließ den Kopf hängen. «Meine Mutter weiß gar nicht, daß ich als Au-pair-Mädchen nach England gefahren bin. Sie hatte es mir verboten.»

Gaylord sah sie fassungslos an. «Und was *glaubt* sie, wo du bist?»

«Im Harz, in einer Jugendherberge.» Sie sah jetzt bedrückt aus. «Und das ist auch ein Grund, warum ich nach Hause will. Ich mag eigentlich so eine Lügerei nicht, und schon gar nicht, wenn sie mir nicht einmal Spaß einbringt.»

«Soll das heißen», fragte Amanda, «daß du deiner Mum gesagt hast, du fährst in die Jugendherberge, und dann bist du in Wirklichkeit nach England gefahren?»

«Ja», sagte Christine beschämt.

«Mann!» sagte Amanda und musterte ihre Feindin voller Respekt und Bewunderung. «Die wird toben, wenn sie dahinterkommt. Wetten?»

«Deshalb will ich nach Hause und ihr alles sagen.»

«Mann, in deiner Haut möchte ich nicht stecken», sagte Amanda. «Trotzdem, je länger du hierbleibst, desto schlimmer wird es, das ist klar.»

«Und wenn nun meine Mutter an deine Mutter einen Brief schreibt und ihr alles erklärte?» fragte Gaylord.

Christine schüttelte den Kopf.

«Das macht es doch nur noch schlimmer», sagte Amanda und sah Christine mitfühlend und verständnisvoll an. «Ich wette, du hast auch Heimweh. Die Berge und Wälder . . . Ich wette, hier kommt dir alles flach wie ein Pfannkuchen vor.»

«Ja, das stimmt.»

Amanda deutete in Richtung des Elektrizitätswerks jenseits des Tals. «So was Häßliches siehst du da, wo du wohnst, sicher auch nicht. Wetten?»

«Hör doch mit deinem ewigen ‹Wetten› auf!» sagte Gaylord gereizt.

«Warum soll sie nicht ‹Wetten› sagen?» fragte Christine. «Ist es vulgär?»

«Nein. Aber man sagt so etwas nicht dauernd.»

Christine sah ihn an. Amanda sagte: «Oben von der Wiese aus kann man *fünf* Elektrizitätswerke sehen.»

«Bei uns zu Hause», sagte Christine wehmütig, «kann man die Zugspitze und die hohen Gipfel der Bayerischen Alpen sehen.»

«Warum bist du dann bloß nach England gekommen? Und ausgerechnet in die Midlands?» fragte Amanda.

«Das möchte ich auch gern wissen», antwortete Christine.

8

«Wie eiskalt ist dein Händchen», sang Charles Bunting leise vor sich hin, während er seine Pinsel und Farben zusammenpackte. *La vie de bohème*, dachte er, während er alles im Kofferraum seines Rolls-Royce verstaute.

«Du, Liz», rief er, «vergiß nicht, daß wir bei den Pentecosts zum Lunch eingeladen sind.»

«Ich komme nicht mit», sagte Liz müde.

«Klar kommst du mit. Was ist denn los? Ärger gehabt?» Er sah sie prüfend an. «Hat doch wohl nichts damit zu tun, daß Gaylord sich gestern auf die Deutsche gestürzt hat?»

«Er hat sich nicht auf sie gestürzt», sagte sie empört, «er hat ihr bloß einen Handkuß gegeben!»

Er lachte und sagte scherzend: «Deine kleine Pfote hat er sicher noch nie geküßt, wie?»

«Hör doch auf!» sagte Liz kühl.

O Gott, dachte er. «Entschuldige», sagte er reuevoll. «Da bin ich wohl mal wieder ins Fettnäpfchen getreten!»

Sie ließ sich nicht erweichen.

«Komm, bitte, nur ein ganz kleines Lächeln, bitte, bitte.»

Ein trauriges Lächeln glitt über ihr Gesicht. «Er wird sich ganz bestimmt in sie verlieben, Vater.»

«Unsinn. Warum sollte er, wenn er ein so nettes Mädchen wie dich um sich hat?»

«Gründe gibt's genug. Sie ist hübsch und sehr intelligent.»

«Das bist du auch, mein Kind.»

«Nein, Vater, das bin ich *nicht*. Und außerdem sieht er mich gar nicht als Frau», sagte sie kläglich. «Gestern habe ich's mal einen Moment geglaubt, und ausgerechnet da kam *sie* dazwischen.»

Er blickte aus dem Fenster auf all das Blau und Grün und die unzähligen anderen Farbtöne da draußen. «Und du meinst, wenn du ihr die Bahn überläßt, ist das der beste Weg, das Rennen zu gewinnen?» fragte er nachdenklich.

Sie schwieg einen Augenblick. Dann sagte sie: «Es ist ganz egal, ob ich mitkomme oder nicht, er würde mich gar nicht bemerken.»

Er kam wieder zu ihr. «Mit Mangel an Courage gewinnt man weder ein Rennen noch eine Schlacht, noch einen Freund, Liz.»

Sie wurde rot, sagte aber nichts.

«Ich weiß, Kind, das war hart. Verzeih mir.» Es tat ihm leid.

«Schon gut», sagte Liz und gab sich Mühe, ein Lächeln zustande zu bringen.

«Kommst du nun also mit?»

«Nein.»

«Ich verstehe», sagte er mit ruhiger Stimme. Er ging hinaus und stieg in seinen Wagen.

Liz stand geknickt da. Sollte sie hinter ihrem Vater herlaufen und doch mitfahren? Ein schrecklicher Tag lag auch vor ihr, wenn sie zu Hause blieb und immerfort daran denken mußte, daß Gaylord das Mädchen aus Deutschland anhimmelte.

Sie hörte, wie der Wagen anfuhr. Jetzt war ihr die Entscheidung aus der Hand genommen. Die Reifen knirschten auf dem Kies, die Hupe ertönte zum Abschied. Ihr Vater hielt nichts davon, ihr die Entschlüsse abzunehmen – sie mußte sie selber fassen.

Es war ein so herrlicher Tag, und es war immer so lustig bei den Pentecosts. Liz kam sich so einsam vor wie nie in ihrem Leben.

May war gerade dabei, ein paar Schreibarbeiten zu erledigen, als das Telefon klingelte. «Mrs. Pentecost? Hier ist Liz. Es tut mir leid, aber ich kann heute nicht zum Lunch kommen.»

«Oh, Liz, wie schade!» Das Mädchen hörte sich an, als sei sie bedrückt.

«Was ist denn, Liz? Dir fehlt doch nichts?»

«Nein, nein. Ich bin bloß nicht ganz auf dem Damm. Daddy ist schon unterwegs zu Ihnen.»

«Und du bist ganz allein zu Haus?»

«Ja, aber das macht nichts.»

«Du Arme. Na, ich rufe nachher noch mal an. Vielleicht kann ich dich ein bißchen aufmuntern.»

«Vielen Dank, Mrs. Pentecost.» May legte den Hörer auf. Was war da los? Jocelyn sagte oft, sie, May, zähle zwei und zwei zusammen und bekomme sechs heraus, weil sie die Dinge nicht so nehmen wolle, wie sie aussähen, sondern immer irgend etwas dahinter suche. Aber es war merkwürdig, wie oft tatsächlich sechs herauskam, wenn man zwei und zwei zusammenzählte.

Sie hatte sich gerade wieder an die Schreibmaschine gesetzt, als Christine hereingestürzt kam und verkündete: «Mrs. Pentecost, ich fahre nach Hause!»

«Schön, mein Kind», sagte May und blickte lächelnd von ihrer Arbeit auf. «Bleiben Sie noch zum Essen, oder fahren Sie gleich?»

Christine sah sie überrascht an, dann grinste sie reuevoll. «Stimmt, ich habe einen Mordshunger.»

«Gut. Dann sehen wir uns also um eins.» May wandte sich wieder ihrer Arbeit zu, und Christine ging nach oben in ihr Zimmer. Es war wirklich kein Wunder, dachte sie, daß so wenige Opern ihren Schauplatz in England hatten. Die Engländer hatten keinen Sinn für dramatische Szenen – sie aus ihrer Ruhe zu bringen, war ungefähr so schwierig, wie ein Zündholz an einer nassen Reibfläche anzuzünden.

May rückte ihre neue Brille zurecht und schrieb weiter. Jetzt kam Charles herein.

«Charles!» sagte sie erfreut, erhob sich und nahm die Brille ab.

«Laß – nimm sie nicht ab», sagte er. «Sie paßt zu dir.»

«Unsinn. Was ist mit Liz? Sie hat eben angerufen. Sie kam mir ein bißchen bedrückt vor.»

Er setzte sich auf die Ecke des Schreibmaschinentischs. «Liebeskummer. Die Erlkönigstochter.»

«Das heißt –?»

«Sie liebt Gaylord, und sie glaubt, daß die kleine Deutsche ihn behext hat und ihn ihr wegnimmt. Und sie hat nicht die Courage, herzukommen und zu kämpfen.»

«Du bist hart, Charles. Sie ist eben keine Kämpfernatur.»

Sie sah seine dunklen, hungrigen Züge, und sie sah den Schmerz darin.

«Die Liebe ist hart, May. Nicht ich.» Er blickte ihr in die Augen.

«Ich muß mich jetzt ums Essen kümmern, Charles. Geh und mach dir schon einen Drink zurecht.»

«Danke.» Er erhob sich lässig und hielt ihr die Tür auf.

«Hast du deine Farben mitgebracht?» fragte sie im Hinausgehen.

«Ja.»

Wenn er doch aufhören wollte, sie so anzustarren. Es machte sie ganz unsicher. Ihr Instinkt hatte sie gewarnt, als er gesagt hatte, er wolle sie malen, und sie hatte nur eingewilligt, weil Jocelyn offenbar daran lag. Jetzt war es zu spät, nein zu sagen.

Sie waren noch beim Essen, als Amanda plötzlich vom Stuhl aufsprang. «Entschuldigung!» rief sie und stürzte jubelnd aus dem Zimmer.

«Amanda!» rief May ärgerlich. «Du kommst sofort wieder her!» Zu spät.

«Das Kind nimmt sich zuviel heraus», sagte Jocelyn. «Ich werde mit ihr reden.»

Christine sah ihn respektvoll an. «Es ist gut, wenn der Vater Autorität zeigt», sagte sie. Jocelyn sah aus wie ein Spaniel, dem jemand den Kopf getätschelt hat.

«Ja, tu das», ermunterte ihn May. «Schlechte Manieren dulde ich nicht. Außerdem haben wir Gäste.» Sie wandte sich Christine zu. «Ausgerechnet bei Ihrer letzten Mahlzeit mit uns.»

«Das macht nichts», sagte Christine. «In Deutschland spricht man auch viel vom Zerfall der elterlichen Autorität.»

«Letzte Mahlzeit?» fragte Opa, der die Angewohnheit hatte, immer die vorletzte Bemerkung noch einmal aufzugreifen, was die anderen oft irritierte.

«Miss Haldt hat sich entschlossen abzureisen», erklärte May und fügte in Gedanken hinzu: ich kann nicht sagen, daß es mir leid tut. Zerfall der elterlichen Autorität – das war nun wirklich die Höhe.

«Liebe Miss Haldt, können wir Sie denn nicht überreden –» Opa hatte sich schon auf das nächste und übernächste von einem bayerischen Dirndl servierte Frühstück gefreut.

Gaylord lief rot an. «Also, *ich* finde es unerhört, Christine zurückzuschicken, nur weil du plötzlich deine Meinung geändert hast und kein Au-pair-Mädchen mehr haben willst.»

«Mein lieber Gaylord, in zehn Jahren kann sich so manches ändern.»

«Ich wüßte nicht wieso», erwiderte er patzig.

«Red nicht in diesem Ton mit deiner Mutter!» befahl Jocelyn energisch und hoffte auf einen weiteren respektvollen Blick von Christine.

Gaylord saß da mit finster gerunzelter Stirn.

«Du benimmst dich wie ein Siebenjähriger», sagte May. Wenn Gaylord schlechter Laune war, hatte es keinen Zweck, länger mit ihm zu reden. Sie wandte sich ihrem anderen Gast zu. «Charles, es ist so herrlich draußen. Viel zu schön zum Drinnensitzen. Kannst du mich nicht auch draußen malen?» (Draußen würde sie sich sicherer fühlen.)

«Nein.»

«Warum nicht?»

«Zunächst einmal wegen des Lichts.»

«Wieso? Leonardo *hat* draußen gemalt. Die Mona Lisa sieht aus, als ob sie an einem Berghang säße.»

«Du hast keine Ahnung, wie ein Maler arbeitet», sagte er mürrisch. «Das merkt man sofort.»

Sie sah, sie mußte die Taktik ändern. «Charles, *bitte.* Ich bin so ungern drinnen, wenn ich draußen sein könnte.»

«Na schön, meinetwegen», sagte er widerwillig.

«Fein. Vielen Dank, Charles. Das ist lieb von dir.» Ein bezauberndes Lächeln belohnte ihn. «Also gut. Ich muß nur noch schnell das Geschirr spülen und ein bißchen Farbe in mein Gesicht bringen, dann bin ich soweit.»

Er war entsetzt. «Um Gottes willen – bloß keine Schminke! Ich will dich ganz natürlich haben, ohne alles.»

«Mit Schminke – oder gar nicht. *Au naturel* sehe ich wie neunzig aus.»

«Blödsinn!»

«Das ist doch die Wahrheit, nicht, Jocelyn?»

«Was denn, mein Herz?»

«Ach, nichts. Schon gut.»

«Ich werde das Geschirr spülen, Mrs. Pentecost, dann können Sie sich schon zurechtmachen», erbot sich Christine.

«Ich helfe Ihnen, Miss Haldt», sagte Charles.

«Ich auch», sagte Gaylord.

Christine sah die beiden strahlend an. «Ich werde Ihnen zeigen, wie wir in Deutschland Geschirr spülen», sagte sie eifrig. «Hier in England haben Sie das sicherlich nicht so gut organisiert.»

«Fein, dann werden wir was lernen», sagte Charles.

In diesem Moment flog die Tür auf und Amanda kam herein, Arm in Arm mit Roger Miles.

Von ihrem Platz bei Tisch hatte Amanda weit entfernt auf der Straße am Fluß seine Gestalt erkannt, und so war sie hinausgestürzt und ihm mit fliegenden Haaren und ausgebreiteten Armen entgegengerannt, schneller, immer schneller. Roger hatte anhalten müssen, und sie hatte sich ihm selig in die Arme geworfen. «Roger! Miss Haldt ist bei uns, Gaylord ist ganz verknallt in sie! Nimmst du mich auf den Lenker?»

Er hob sie hoch und fuhr weiter. Sie sah ihm in die Augen. «Ich hab dich furchtbar lieb, Roger. Du *wartest* doch auf mich, nicht?»

«Na klar.»

«Ich weiß, jetzt bist du natürlich viel älter als ich, aber

wenn ich achtzig bin, bist du erst siebenundachtzig. Los, fahr mal so schnell wie du kannst.»

Er legte sich in die Pedale, und sie jagten dahin. Himmlisch, wenn die Straße so vorbeisauste und man sich dabei an Rogers starkem Arm festhalten konnte.

«Miss Haldt will nach Hause, hat sie gesagt. Ich glaube, sie mag uns nicht besonders.

«Warum denn nicht?» Es war ihm noch nie in den Sinn gekommen, daß es Leute geben konnte, die den englischen Mittelstand *nicht* mochten. Es war eine Klasse von großem natürlichem Charme, auch im Umgang mit Vertretern anderer Klassen oder anderer Völker. War man nicht stets, der Tradition gehorchend, bemüht, Ausländern, Händlern und Angehörigen der Arbeiterklasse entgegenzukommen, um sie nicht fühlen zu lassen, daß sie nicht zu den Privilegierten gehörten? «Warum denn nicht?» fragte er noch einmal.

«Weiß nicht.»

Komisch, dachte er. Die Pentecosts mußten sich irgendwie ungeschickt benommen haben. Gut, daß er hergekommen war – er würde die Sache in Ordnung bringen. So etwas machte er im Handumdrehen. Es ging ja schließlich nicht an, daß so eine kleine Biene nach Deutschland zurückfuhr und dort andere kleine Bienen beeinflußte und gegen England aufbrachte. Roger hielt es für wichtig, daß die Bienen aller Länder – deutsche, französische, amerikanische, spanische – England und die Engländer gern hatten. Schließlich würden die Bienen in den nächsten Jahren vermutlich eine große Rolle in seinem Leben spielen.

«Tag, Miles», sagte Gaylord. Es klang, als riefe er: Heil dir, Caesar.»

«Tag, Roger», sagte May. «Eine Tasse Kaffee?»

«Danke, gern, Mrs. Pentecost», sagte Roger. May fühlte, wie sie rot wurde. Zu albern, dachte sie. Ein Freund meines Sohnes und halb so alt wie ich. Lächerlich. Geradezu kindisch.

«Er sieht doch unheimlich gut aus, nicht?» In Amandas Worten schwang so etwas wie Besitzerstolz mit.

Aber sie hatte recht: die weiße Tenniskleidung betonte die sonnenbraune Haut und das glatte, dunkle Haar.

«Unheimlich gut», sagte Mary lächelnd. «Christine, ich glaube, Sie kennen Roger schon.»

«Hallo!» sagte Roger und winkte mit dem Tennisrakket. Mit der Würde einer Königin neigte Christine den Kopf.

«Hallo!» erwiderte sie und wurde rot wie eine Tomate.

«Ich dachte an ein Doppel – Sie sagten doch, daß Sie Tennis spielen, Miss Haldt, nicht wahr?»

«Ja. Nicht gerade glänzend, aber auch nicht ganz schlecht.»

«Ich denke, du willst nach Hause!» schrie Amanda wutentbrannt. Roger braucht bloß ins Zimmer zu treten, und schon ist sie bereit, den ganzen Winter zu bleiben, dachte sie. Erst nimmt sie mir Gaylord weg, und nun auch noch Roger!

Christine lächelte Roger strahlend an. «Oh, eine Partie Tennis können wir ruhig noch spielen, das macht doch nicht viel aus.»

«Nein, natürlich nicht», sagte Roger.

«Natürlich nicht», rief Gaylord begeistert. «Wer ist der vierte?»

«Oh, ich dachte, Liz Bunting wäre hier», sagte Roger leicht verstimmt. «Ruf sie mal an, Gaylord. Mit dem Fahrrad ist sie ja schnell hier.»

«Ich halte es für möglich, daß sie dem Befehl nicht Folge

leisten wird», warf May ein. «Sie fühlte sich vorhin nicht ganz wohl.»

«Ich kann ja mitspielen», erbot sich Amanda.

«Du kannst den Balljungen spielen», sagte Roger huldvoll.

Amanda schob die Unterlippe vor und machte eine Kopfbewegung zu Christine hin. «So gut wie die spiele ich bestimmt auch. Wetten? Wir haben hier schon Tennis gespielt, als *die* noch mit Keulen aufeinander losgingen.» Sie erschrak selbst, nach dem sie das gesagt hatte, ohne es jedoch zu bereuen.

«Amanda!» rief May. «Das geht zu weit. Du entschuldigst dich auf der Stelle, hast du gehört!»

Gaylord sagte: «Entschuldige, Christine. Beachte bitte dieses aufsässige Kind gar nicht.»

Christines Bemerkung bei Tisch war bei Jocelyn auf fruchtbaren Boden gefallen. Er sagte ruhig und streng: «Geh in dein Zimmer, Amanda. Und wage es nicht, die Tür wieder aufzumachen, bevor ich es dir erlaube.»

Amanda stand vor ihrem Vater und starrte ihn an. Sie bebte vor Wut. Dann machte sie kehrt, lief aus dem Zimmer und ging mit einem Gepolter die Treppe hinauf, das wie die Schritte eines Riesen mit Nagelstiefeln klang.

Der alte John Pentecost blickte ernst zu seinem Sohn hinüber. «Das war sehr streng, Jocelyn.»

«Es war nötig», sagte May mit finsterer Miene.

Christines Augen leuchteten. «Bravo, Mr. Pentecost!» rief sie. «Ich dachte schon, der Vater ist zwar ein großer Schriftsteller und deshalb zu bewundern, aber welch ein Jammer, daß er, wie anscheinend alle englischen Väter, seiner Frau und seinen Kindern gegenüber so wenig Autorität besitzt. Jetzt sehe ich, daß es anders ist. Und ich bewundere Sie um so mehr, Mr. Pentecost.»

Bravo, Mr. Pentecost, dachte May. Sie sagte zu Christine: «Dann machen Sie sich jetzt nur fertig zum Tennis. Mr. Bunting und ich waschen das Geschirr ab. Was ich sagen wollte – Sie *müssen* ja nicht heute abreisen, oder?»

«Nein, wenn ich bis morgen bleiben darf . . .» sagte Christine und lächelte erst May zu und dann Roger, der ihr die Tür aufhielt.

Roger sah ihr nach und wandte sich dann Gaylord zu. «Du, warte bitte nicht zu lange mit dem Anruf bei Liz. Ich habe nicht allzuviel Zeit.»

Ob ich lieber mal raufgehe und mit Amanda rede? dachte May. Nein – ihr Vater hat ganz recht. Es würde ihr guttun, eine Weile lang in sich zu gehen.

Aber May irrte sich. Amanda dachte nicht daran, in sich zu gehen. Sie hatte sich in Christines Zimmer geschlichen und suchte nach Christines Adresse in Deutschland. Sie fand sie im Kofferdeckel. Sie schrieb sie sorgfältig ab, ging dann in ihr eigenes Zimmer, nahm eine mit Narzissen geschmückte Briefkarte und schrieb:

Cypresses Farm
Shepherd's Warning
Derbyshire
Sehr geehrte Mrs. Haldt, Ihre Tochter ist nicht im Harz. Das ist alles gelogen! Sie ist nämlich hier!!!

Hochachtungsvoll
Amanda Pentecost

Sie schrieb die Adresse auf den Umschlag, klebte ihn zu und nahm sich vor, den Brief schnell einzustecken, bevor ihr Gewissen sich meldete.

Aber wie konnte sie ihn einstecken, da Daddy sie doch zu Hausarrest verurteilt hatte? Nun, irgendein Ausweg fand sich stets. Noch immer voller Zorn sah sie sich in ihrem Zimmer um. Ihr Blick fiel auf das Bettlaken.

Liz mußte wieder einmal feststellen, daß Liebeskummer ihren Appetit keineswegs dämpfte. Sie kochte zwei Eier, bestrich drei Scheiben Brot mit Butter, legte die Eier in ein Nest aus Tomaten und Salat und Gurke und Radieschen, fand noch einen Rest Apfelkuchen und öffnete eine Flasche Coca-Cola. Dann trug sie alles in den Garten hinaus, setzte sich in die kleine Laube und fing an zu essen. Sie überlegte, was Gaylord und Christine jetzt wohl machten. Ob sie sich wohl küßten, draußen in der warmen Sommersonne . . .

Plötzlich hörte sie wie aus weiter Ferne ein Geräusch, das die Mittagsstille rings um sie her zerriß. Es dauerte eine Weile, bis ihr bewußt wurde, was es war. Sie rannte durch den Garten ins Haus. Das Telefon klingelte immer weiter, gleichmäßig und beharrlich – und hörte in dem Augenblick auf, als sie die Hintertür erreichte. Sie stürzte ins Haus, riß den Hörer ans Ohr und schrie: «Hallo! Hallo –– ?!» Nichts. Nur das normale Freizeichen.

Sie legte den Hörer auf und taumelte in den Garten hinaus. Sie weinte nicht, aber eine Träne lief ihr über die Wange. Sicher, es stand gar nicht fest, daß es Gaylord gewesen war. Aber wenn er es nun doch gewesen war? Wenn er sie bitten wollte zu kommen! Vielleicht liebte er das deutsche Mädchen gar nicht!

Wieder klingelte das Telefon. Sie rannte ins Haus und nahm den Hörer ab. Ihr Herz schlug so laut, daß er es am anderen Ende der Leitung hören mußte.

«Hallo – Liz? Ich dachte schon, du wärst nicht da», sagte Gaylord etwas vorwurfsvoll. «Ich habe eben schon einmal angerufen.»

«Ja, ich war im Garten – ich bin gerannt, aber du warst schon weg.»

«Na ja, macht ja auch nichts. Willst du nicht rüberkommen zum Tennis?»

«Oh, Gaylord, schrecklich gern. Wann? Jetzt gleich?»

«Ja. Nimm dein Rad, und komm ganz schnell!»

Liz lief in den Garten, stopfte sich das zweite Ei und eine Gurkenscheibe in den Mund, stürzte das Glas Coca-Cola hinunter, nahm das Tablett, brachte es im Laufschritt in die Küche, zog sich ihre Tennissachen an, band sich das Haar zu einem Pferdeschwanz und saß auch schon glücklich singend auf dem Fahrrad – in weniger als fünf Minuten.

Sie wußte nicht, was mit dem deutschen Mädchen los war, jedenfalls hatte Gaylord heute nachmittag offenbar nichts mit ihr vor. Vielleicht war er gar nicht in Christine verliebt! Sie dachte wieder an den Abend, als er sie, Liz, so angesehen hatte – vielleicht hatte da ja doch irgend etwas *«klick»* in ihm gemacht!

Der Fluß tanzte und plätscherte. Die Lerchen kreisten auf unsichtbaren Spiralen in den Himmel empor und sangen und sangen ... Und auch Liz sang, während sie die Pedalen trat, auf und ab, auf und ab, immer weiter durch den hellen Sommertag. Dort drüben kam schon das Haus der Pentecosts in Sicht, und gleich würde sie Gaylord sehen ...

Ja, da war er! Auf dem Tennisplatz. Mit zwei anderen. Ihr Herz sank. Und es sank noch tiefer, als sie die beiden erkannte: den eingebildeten Roger Miles und Christine. Sie war drauf und dran umzukehren, doch da entdeckte Roger Miles sie auf der Straße. Er hielt die Hände trichterförmig an den Mund und rief: «Schnell, komm, wir warten schon auf dich!»

9

John Pentecost ging gebeugt in den Obstgarten und ließ sich müde in einen Liegestuhl sinken, um seine Siesta zu halten. In der warmen Sonne, die durch die Blätter des Apfelbaums schien, schlummerte er bald zufrieden ein.

Jocelyn, der wieder in seinem Arbeitszimmer am Schreibtisch saß, hätte auch gern einen Mittagsschlaf gehalten, und versuchte jetzt vergeblich, sich auf sein Manuskript zu konzentrieren – irgendwie schweiften seine Gedanken immer wieder ab.

Amanda hockte am Fenster ihres Zimmers und knüpfte entschlossen ihre Bettlaken zusammen. «Wage es nicht, die Tür wieder aufzumachen», hatte Daddy gesagt. Sie würde die Tür nicht aufmachen. Aber ihren Brief würde sie trotzdem abschicken.

Auf dem Tennisplatz sagte Christine jetzt: «Roger und ich spielen zusammen, ja?»

«Ja», stimmte Roger zu.

«Ich spiele aber nicht sehr gut», sagte Liz ängstlich.

Aufschlag. Roger bog sich wie eine Feder zusammen, straffte sich und schoß den Ball pfeilschnell an Liz vorbei. «Fünfzehn Null», sagte Christine.

Erneuter Aufschlag, diesmal für Gaylord. Dummerweise war sein Schläger dem Ball im Weg, und der Ball schlug ihn Gaylord aus der Hand. Als Liz zum Schluß die Bälle zum Aufschlag einsammelte, sagte sie beklommen: «Ich bin *wirklich* nicht sehr gut.»

«Macht nichts, ist doch nur ein Spiel», sagte Christine freundlich.

Als Roger und Christine mit 50 Null, 50 Null, 50–15, 50 Null gewonnen hatten, fragte Christine: «Wer hat Ihnen Tennis beigebracht, Liz?»

«Niemand», sagte Liz kleinlaut.

Christine wandte sich an Roger. «So, jetzt spielen Sie mit Gaylord, und ich mit Liz.» Sie kam zu Liz herüber. «So – halten Sie mal die Schläger *so*, ganz fest, und den Arm *so*.» Sie betrachtete den Schläger. «O weh, der sieht ja aus wie ein Fischernetz!»

«Er ist noch von meiner Mutter», sagte Liz. Und am liebsten hätte sie hinzugefügt: Ich will keinen Tennisunterricht von Ihnen – ich hatte mich auf einen Nachmittag mit Gaylord gefreut. Aber das wäre ungerecht gewesen. Christine war wirklich sehr freundlich und hilfsbereit, das mußte man ihr lassen.

May stand über den Spültisch gebeugt, und plötzlich wurde ihr bewußt, daß sie mit Charles Bunting allein in der Küche war. Warum um Himmels willen hatte sie Christine so bereitwillig gehen lassen? Das Mädchen hatte sich doch angeboten, ihr zu helfen! Aus den Augenwinkeln sah sie, daß Charles sie auch jetzt, während er das Geschirr abtrocknete, unentwegt beobachtete. Nach langem Schweigen sagte er:

«Eine schöne Frau wie du sollte nicht Geschirr spülen müssen.»

«Unsinn. Und außerdem bin ich keine schöne Frau.»

«Aber natürlich bist du schön. Gib's doch zu, und freu dich darüber. Es ist das größte Geschenk für eine Frau.»

Sie hielt inne, sah ihn aber nicht an, sondern blickte nachdenklich in das Spülbecken. «Das größte? Größer als Intelligenz, meinst du?»

«Aber natürlich. Großer Gott, wer will schon eine intelligente Frau? Und das weißt du auch! Deshalb tust du ja manchmal so borniert.»

Jetzt sah sie ihn an, die grauen Augen weit vor Staunen. «Aber Charles, ich tue doch gar nicht so!»

Einen Augenblick starrten sie sich an. Dann sagte er: «Kluges Kind! Aber mir machst du nichts vor.» Er nahm einen Stapel Teller auf. «Hast du mal darüber nachgedacht, was es bedeutet, schön zu sein? Schönheit – das ist eine Wiese voller Narzissen, ein galoppierendes weißes Pferd, eine Kirschblüte . . . Und dazu gehörst auch du – weißt du das?»

Sie sagte: «Bitte, sei vorsichtig mit diesem Krug, er hat schon einen Sprung.» Nach einer langen Pause sagte sie: «Ich möchte lieber doch nicht, daß du mich malst, Charles.»

«Warum nicht?» fragte er aufgebracht.

«Weil ich Angst habe. Ich will nicht, daß du in meine Seele blickst.»

«Mein Gott, May, für mich ist es das wichtigste Bild, das ich je gemalt habe! Du kannst dich doch jetzt nicht drükken! In zehn Minuten sehen wir uns unten auf dem Rasen. Hier – wo soll das hin?» Er warf ihr das Geschirrtuch zu und stürmte hinaus.

Nachdenklich ging May hinauf in ihr Schlafzimmer, um sich zurechtzumachen. Er kommandiert mich, dachte sie. Und ich lasse es mir gefallen. Warum – warum nur? Sie wußte es nicht. Aber als sie nach zehn Minuten unten auf dem Rasen erschien, stand dort ein Korbstuhl für sie, eine Zeitschrift lag darauf, und Charles erwartete sie ungeduldig. «Setz dich», sagte er, ohne sie anzusehen. «Nimm die Zeitschrift in die Hand. Hast du deine Brille?»

«Ich brauche keine Brille», sagte sie mit einem etwas erschrockenen Lachen.

«Ich dachte, du trägst eine Brille. Neuerdings.»

«Ja, ich habe eine Lesebrille, aber ich brauche sie nicht unbedingt.»

«Aber ich. Ich möchte dich mit Brille malen.»

«Nein.»

Er schwieg. Und dann begann er plötzlich zu malen. Er starrte angespannt auf die Leinwand und blickte dann minutenlang May an, so als sähe er in sie hinein, durch sie hindurch. «Jetzt weiß ich wenigstens, wie einem Käfer unter dem Mikroskop zumute ist», sagte sie.

«Mit deiner Brille hättest du besser ausgesehen, und ebenso schön.»

Plötzlich stand er neben ihr. Sie sah ihn erschreckt an. Er war zweifellos gereizt heute. Er packte ihre rechte Schulter und zog sie herum. «*So*, und jetzt die Hand in den Schoß. *So* – ja. Sie *da* hinüber, zum Haus.» Er starrte ihr ins Gesicht. «Um Himmels willen, mach nicht so ein düsteres Gesicht. Du hast doch wohl nicht etwa Angst vor mir?»

«Entschuldige», sagte sie. «Du hast mich erschreckt.» Sie hatte Herzklopfen.

Er trat wieder an die Staffelei, wo er halb gebückt stehenblieb und sie kritisch anstarrte, bevor er den Pinsel wieder ansetzte.

Jocelyn kam über den Rasen. «May, Madame Teresa ist am Telefon, sie möchte den Frisiertermin umlegen.»

«O Gott. Auf wann denn?»

«Hat sie nicht gesagt. Ich glaube, du mußt selber mit ihr sprechen.»

May erhob sich halb und blickte etwas ängstlich zu Charles hinüber, der ihr zornig zurief: «Himmel, bleib doch bloß sitzen! Beim Zahnarzt würdest du doch auch nicht einfach wegrennen. Was soll –»

May war aufgestanden. «Ich komme, Jocelyn.» Und zu Charles: «Wenn du weiter in diesem Ton mit mir redest, sitze ich dir nicht mehr. So, und jetzt sieh dir die Zeitschrift an, bis ich zurück bin. Es steht allerhand Interessantes drin, auch für dich.»

Als sie zurückkam, setzte sie sich ruhig hin und sagte: «Tut mir leid, Charles.»

Er brummte und nahm die Arbeit wieder auf. Alles blieb still, bis plötzlich aus dem Obstgarten laute Wut- und Schmerzensschreie ertönten.

«Entschuldige, Charles», sagte May und lief hinüber. Schon von weitem sah sie, daß John Pentecost, der im Liegestuhl saß, wie wild um sich schlug. «Was ist denn los, Schwiegervater?»

Aus seiner von Wut- und Schmerzensschreien unterbrochenen Antwort ging hervor, daß er am Handgelenk gestochen worden war.

«Biene oder Wespe?» fragte May. Wie war das doch noch – Essig bei Bienenstichen und Salz bei Wespen? Oder umgekehrt?

«Woher soll ich das wissen, zum Satan?»

«Ich dachte, du hättest gesehen, was dich gestochen hat. Hast du geschlafen?»

«Natürlich nicht!» John Pentecost gab nie zu, daß er mittags schlief, und äußerte sich ziemlich unverblümt über Leute, die diese ‹senile› Angewohnheit hatten.

May besah sich das Handgelenk. Dann führte sie ihn ins Haus, rieb die Stelle mit Salbe ein, brachte ihm ein Glas Brandy und fragte, ob er zu Bett gehen wolle und ob sie den Arzt rufen solle. Es war ein erprobtes Verfahren, das noch nie versagt hatte. Der alte Herr erklärte energisch, er sei weder fünf noch fünfundneunzig, und für ihn sei ein Wespenstich eine Bagatelle. Warauf er ohne Stütze in den Garten zurückschritt.

«Schon fertig?» fragte Charles sarkastisch.

«Ja, danke, Charles», erwiderte May mit freundlichem Lächeln und setzte sich wieder wie zuvor.

Es war wunderbar, hier draußen zu sitzen und die Sonne im Gesicht zu fühlen. Nichts war zu hören außer dem Summen der Bienen und dem Gesang der Lerchen. Sie saß still da und genoß das Nichtstun. Nichts tun, nichts denken, nur dasein. Nur sein, dachte sie plötzlich zufrieden, sie selbst sein, May Pentecost, die manche Leute für schön hielten. Ihr Kopf sank ein wenig auf die Brust.

Eine kalte Stimme ertönte: «Ich habe nicht vor, Dornröschen zu malen!»

Ihr Kopf fuhr hoch. «Entschuldige, Charles, es tut mir leid.» Sie richtete den Blick wieder auf das Haus und nahm sich zusammen – sie durfte nicht noch einmal einschlafen. Und jetzt sah sie etwas, das tatsächlich jeden Gedanken an Schlaf vertrieb. Aus einem der Schlafzimmer ringelte sich eine weiße Schlange, die langsam die Hauswand hinunterkroch. May starrte verblüfft hinüber. Amandas Zimmer. Also war *alles* möglich.

Die ‹Schlange› bestand aus zusammengeknoteten Bettlaken. War irgendwo Feuer ausgebrochen? May sprang auf. Oben am Fenster erschien jetzt Amandas Gesicht. «Was machst du da?» schrie May hinauf.

Keine Antwort. Amandas Kopf war verschwunden, jetzt erschien ihr linkes Bein auf der Fensterbank. Das war zuviel. May stürzte los.

Aber auch für Charles war es zuviel. May fühlte, wie

zwei starke Hände sie an den Schultern packten, herumdrehten und sie zwangen, zu ihrem Stuhl zurückzukehren.

«Was fällt dir ein, Charles?» rief sie. «Wie kannst du es wagen –»

Weitersprechen konnte sie nicht. Er hatte sie an sich gerissen und preßte seinen Mund auf ihre Lippen. Er küßte sie wie ein Verhungernder.

May hob die Hand und versetzte ihm eine schallende Ohrfeige.

Amanda saß rittlings auf der Fensterbank. Sie griff nach dem Bettlakenseil, blickte nach unten – und wäre fast aus dem Fenster gefallen. Sie wußte nicht genau, was es hieß, ‹seine Ehre verteidigen›, aber genau das war es, ganz sicher, was Mummy da unten gerade tat. Sie kletterte in ihr Zimmer zurück und marschierte direkt zu ihrem Vater, der wieder an seinem Schreibtisch saß. «Daddy –?»

Jocelyn war bereits durch Madame Teresas Anruf in seiner Arbeit unterbrochen worden und war nicht gerade übermäßig erfreut, seine Tochter vor sich zu sehen. «Ich habe dir doch gesagt –» begann er.

«Ja, ich weiß. Aber Mummy muß gerade ihre Ehre verteidigen! Ich dachte, das sollte ich dir lieber sagen.»

Er lachte. Tatsächlich, er *lachte.* Amanda war einerseits erleichtert, aber auch ebenso verwirrt.

«Ihre Ehre verteidigt sie? Gegen wen denn?» fragte er.

«Mr. Bunting. *Er riß sie in die Arme und bedeckte ihre spröden Lippen mit heißen Küssen.*»

«Wo hast du denn das her?»

«Aus der Zeitschrift *Teenager.* In der Ausgabe von dieser Woche. Paßt haargenau, Daddy.»

Er blickte aufmerksam in das aufgeregte kleine Gesicht. «Willst du damit sagen, daß du gesehen hast, wie Mr. Bunting Mummy küßte?»

Sie nickte heftig.

«O je», sagte er ruhig. Das Lächeln war aus seinem Gesicht gewichen! Er wollte nichts davon wissen. Wenn Charles sich wirklich einen Moment lang vergessen hatte, würde er sich bei May entschuldigen, und sie würde, liebenswürdig wie immer, die Entschuldigung akzeptieren. Und sobald sie dann mit ihm allein war, würde sie ihm die ganze Geschichte erzählen, und er würde verständnisvoll zuhören und zum Schluß würden sie einander lächelnd ansehen. Wenn man ihn jedoch zwang, vor anderen zuzugeben, daß er im Bilde war, konnte das Ganze nur mit Peinlichkeiten enden.

«Na schön», sagte er zu Amanda. «Ich werde mit Mr. Bunting sprechen. Sicher gibt es eine ganz simple Erklärung dafür.»

Aber Amanda ließ sich nicht so abspeisen. Sie zog ihn am Ärmel: «Daddy, du *mußt* mitkommen. Sonst ist es zu spät.»

Wofür zu spät, das wußte sie nicht. Für irgend etwas.

Amanda hatte etwas an sich, das einem Feigheit oder auch nur Ausflüchte einfach unmöglich machte. Mit schweren Schritten ging er mit ihr die Treppe hinunter, durch die Diele und das Wohnzimmer zu der Glastür, die in den Garten führte. Ihm war zumute, als sei er auf dem Weg zur Guillotine.

Amanda öffnete die Tür und trat beiseite, um ihrem Vater den Vortritt zu lassen. Zögernd tat er einen Schritt auf den Rasen zu.

May saß entspannt und heiter im Korbstuhl und las. Ein paar Meter von ihr entfernt stand Charles Bunting vor der

Staffelei und brachte mit schnellen, sicheren Strichen Farbe auf die Leinwand.

Erleichtert trat Jocelyn ins Zimmer zurück und blickte seine Tochter streng an. «Das war doch nicht etwa ein Täuschungsmanöver von dir, weil du aus deinem Zimmer raus wolltest?»

Sie starrte ihn an mit einem Blick, der ihn fast versengte. «Entschuldige», murmelte er. Sie gingen wieder durchs Wohnzimmer, und er legte seinen Arm um ihre Schultern und sagte: «Alles halb so schlimm, Amanda. Küssen ist nichts Ungewöhnliches unter Erwachsenen. Du weißt doch, Mr. Bunting gibt Mummy jedesmal einen Kuß, wenn er sich verabschiedet.»

«Aber nicht *so*», erwiderte sie fest.

Schweigend gingen sie weiter. Jocelyn zerbrach sich den Kopf, was er noch sagen könnte. Amanda hing ihren eigenen Gedanken nach. Schließlich fragte sie: «Wirst du dich mit ihm duellieren? Wenn ja – ich würde Pistolen nehmen. Auf der Niemannsheide gibt es eine prima Stelle.»

Jocelyn lachte. «Nein, mein Kleines. Das kommt nicht in Frage. Mr. Bunting und ich sind alte Freunde – er würde nie etwas tun, was mir nicht recht wäre.»

«*Du* hast ja nicht gesehen, wie er Mummy geküßt hat», antwortete sie.

Jocelyn sagte nichts. Ihre Worte hatten ihm einen Stich versetzt. Wenn Amandas farbige Darstellung zutraf, dann war es immerhin merkwürdig, daß May jetzt so ruhig in ihrer Zeitschrift las, ohne jedes Zeichen von Erregung. Es war fast so, als ob sie und Charles sich für ihn, Jocelyn, in Szene gesetzt hätten – ein Bild der Unschuld. Er sagte: «So, Amanda, ich muß jetzt weiterarbeiten.» Warum fühlte er sich ihr gegenüber nur so hilflos? Und plötzlich wußte er die Antwort: es war das erste Mal, daß er in einer

Krise mit einem der Kinder nicht May als Stütze neben sich gehabt hatte. «Also, versprich mir, daß du dir keine Sorgen mehr machst, hörst du? Es hat wirklich nichts zu bedeuten.»

«Sorgen – wieso?» fragte Amanda. Es kam jetzt manchmal vor, daß sie ihren Vater überhaupt nicht verstand. «Ich finde es *super*!» Sie eilte davon, wie ein Reporter, dachte er, der aus einem der Fenster des Buckingham Palace eine Rauchwolke hat hervorquellen sehen und jetzt nach einem Telefon sucht.

Auf dem Tennisplatz war gerade Gaylord am Aufschlag. «Oh, schlecht!» rief Amanda, als der Ball über das Netz fiel und ins Gras rollte.

«Wenn du mich auch störst!» gab Gaylord mißmutig zurück.

Roger und Christine blieben mit ihren Schlägern am Netz stehen und plauderten, während Gaylord und Liz sich auf die Suche nach dem Ball machten. «Hallo, Amanda», sagte Liz und versuchte zu lächeln. (Gaylord war die Freundlichkeit selber. Aber sie wollte keine Freundlichkeit, sie wollte *Liebe*.)

Amanda half bei der Suche; sie sah den Ball auch sofort, schob ihn aber mit dem Schuh hinter einen Grasbüschel. Im Augenblick gab es Wichtigeres. «Habt ihr gesehen, was passiert ist?» fragte sie.

«Wieso? Was?» wollte Gaylord wissen.

«Mr. Bunting hat Mummy geküßt, drüben auf dem Rasen. Mit Leidenschaft!» verkündete Amanda.

«Ah, da ist ja der Ball», rief Gaylord. «So – wie standen wir? Dreißig-vierzig?»

«Ja», sagte Liz. Amandas Worte hatten sie erschreckt, aber sie wollte nichts davon wissen, jedenfalls nicht jetzt.

Wenn ihr Vater sich ungehörig benommen hatte, ausgerechnet Mrs. Pentecost gegenüber (was sie durchaus für möglich hielt), dann würde sie es früh genug erfahren. «Du bist dran», sagte sie.

Amanda ging hinüber zu ihrem Großvater, der sie ohne Begeisterung begrüßte. Sie ließ sich in den Liegestuhl neben ihm fallen und fragte: «Hab ich dich aufgeweckt?»

«Unsinn. Ich schlafe niemals am Tage. Senile Angewohnheit.»

«Wenn du nicht geschlafen hast», sagte Amanda mit zuckersüßer Stimme, «dann hast du sicher gesehen, wie Mr. Bunting und Mummy sich eng umschlungen hielten und geküßt haben.»

«Was erzählst du da! Nein, davon habe ich nichts gesehen.»

«Dann *mußt* du geschlafen haben! Sie standen nämlich mitten auf dem Rasen dabei, und von hier aus –»

«Ich habe wahrscheinlich gelesen.»

«Nein, das hast du nicht. Ich war oben am Fenster und hab *alles* gesehen, und dann habe ich Daddy geholt. Du hast nicht gelesen, Opa, ich konnte bloß nicht genau sehen, ob du die Augen geschlossen hattest.»

«Kann sein. Ich ruhe sie manchmal aus. In meinem Alter . . . Und du hast deinen Vater geholt? Was soll das alles heißen?»

Endlich jemand, der sich für ihre Geschichte interessierte. Sie erzählte.

Als sie wieder fort war, saß John Pentecost tief in Gedanken versunken da.

Nein, er wunderte sich nicht. Er war ein kluger alter Mann und sah weit mehr von dem, was um ihn herum vorging, als die meisten Leute glaubten. Irgend etwas hatte ihn vorhin geweckt, und er hatte die Augen geöffnet und gesehen, wie Charles Bunting und May auf dem Rasen standen und offensichtlich zornige Worte miteinander sprachen. Dann hatte May sich wieder hingesetzt und ihre Zeitschrift zur Hand genommen, und Charles hatte wieder seine Palette ergriffen.

Nein, *er* wunderte sich nicht. Dieser Bunting war ein sonderbarer Mann, ein Einzelgänger – und obendrein Künstler.

Und May? John Pentecost bewunderte May wie niemanden sonst. Eine großartige Frau, in jeder Beziehung. Und doch, sie war auch nur ein Mensch: jung genug, um noch heißes Blut in den Adern zu haben, und alt genug, um Verlockungen zu kennen und zu meiden. Eine Frau mit Temperament, die sich von einem temperamentvollen Mann wie Bunting sehr wohl angesprochen fühlen mochte. Besonders bei einem Ehemann wie Jocelyn, der tagaus, tagein an seinem Schreibtisch hockte. Doch was er an ihr am meisten bewunderte, war gerade ihre Treue. Nie würde sie etwas tun, das Jocelyn verletzte, da war er ganz sicher. Freilich, John Pentecost hatte in seinem langen Leben gelernt, daß kein Mensch völlig berechenbar war. Er würde gelegentlich unter vier Augen mit Jocelyn sprechen. Ihn sagen, daß er nicht alles als selbstverständlich hinnehmen durfte. Natürlich mußte er taktvoll vorgehen. Aber an Takt nahm es so leicht keiner mit ihm auf.

Jocelyn saß grübelnd an seinem Schreibtisch. Er hatte sein Manuskript beiseite geschoben. Jetzt nahm er einen Bleistift und schrieb auf seinen Tischkalender: «Mit Christine sprechen.» Irgendwie, er wußte selber nicht wieso, lag die Verantwortung für die nahe Zukunft des Mädchens plötzlich in seinen Händen. Schrecklich! Und dann der Unsinn, den Amanda da erzählt hatte. Aber die Sache ging ihm nicht aus dem Kopf. Er machte sich sogar eine Notiz auf seinem Kalender: «Mit M. reden wegen Ch.» Aber dann strich er sie wieder aus. Wenn da wirklich etwas vorgefallen war, würde May es ihm von sich aus erzählen. Und außerdem brauchte er die Notiz nicht, er würde es schon nicht vergessen!

Kurz vor fünf. Die Sitzung dauerte reichlich lange. Er erhob sich und schlenderte hinüber in eines der Schlafzimmer, die auf den Garten hinausgingen. Der Rasen war leer: weder May noch Charles, kein Korbstuhl, keine Staffelei. Merkwürdig.

Er setzte sich wieder an seinen Schreibtisch, aber arbeiten konnte er nicht. Immer wieder horchte er auf Schritte – May brachte ihm gewöhnlich um diese Zeit eine Tasse Tee. Sicher kam sie gleich und erzählte ihm dann alles.

Er hörte leises Geschirrklappern, dann Schritte. Erstaunt sah er, daß seine Hand leicht zitterte.

Die Tür ging auf. Er wappnete sich. May kam mit dem Tablett herein, heiter und gut gelaunt. Allerdings kam ihm die Munterkeit nicht so ganz echt vor.

«War's nett?» fragte er.

«Ja, sehr nett. Du glaubst nicht, wie himmlisch es ist, mal gar nichts tun zu müssen!»

Soso, dachte er und wartete. Sie hatte den Entwurf eines Briefes in die Hand genommen. «Möchtest du das getippt haben?» fragte sie.

«Ja, irgendwann. Ist aber nicht eilig. Soll ich es auch lieber Christine geben? Der andere war ja sehr ordentlich getippt.»

Sie sah ihn nachdenklich an. «Manchmal kannst du wirklich ein Scheusal sein», sagte sie.

«Ich . . .? Wieso?» Er war gekränkt und etwas erschrocken.

«Ach, ich weiß nicht.» Sie lachte schon wieder. «Laß nur, Liebling.»

Sein Blick war hart und fast feindselig. Und seine Stimme hatte den scharfen Klang, den sie kannte, aber nur selten hörte. «Wieso bin ich manchmal ein Scheusal?» Er saß da und sah sie an. «Nur zu, raus damit – das möchte ich doch gern wissen.»

Sie versuchte ihn aufzuheitern. «Liebling, ich meinte nur, ich habe doch immer alles brav für dich getippt! Vielleicht nicht gerade erstklassig, das weiß ich. Aber es war doch für dich, dir zuliebe. Und ich finde, du brauchst mich nicht gleich beiseite zu schieben, sobald sich eine neue, jüngere Hilfe anbietet.»

Er wollte nicht aufgeheitert werden – noch nicht. «Und die brauchst mich nicht Scheusal zu nennen, May.»

«Ach, Lieber, es tut mir leid. Verzeih», sagte sie zerknirscht.

Dies war der Zeitpunkt, die Sache zur Sprache zu bringen, er wußte es. *Was war denn da los mit dir und Charles?* Er hatte alle Karten in der Hand. Er konnte böse, mißtrauisch und sogar anklagend seine Fragen stellen. Er war unangreifbar. Aber er hatte nicht die Entschlossenheit – und eigentlich auch gar nicht das Verlangen. Er sagte: «Entschuldige, May. Es war nicht sehr taktvoll von mir.»

«Schon gut.»

Nun drängte es ihn, Frieden zu machen. «Ich freue mich, daß du einen schönen Nachmittag hattest», sagte er.

«Mmm.» Sie las jetzt den Brief.

Oh, warum sagte sie nichts? «Und sonst hat's nichts gegeben?» fragte er mit trockenem Mund.

«Nein, ich glaube nicht», erwiderte sie schnell und in fast scharfem Ton. Sie las immer noch, es war ein langer

Brief. «Ach ja –» Sie las ihn weiter. «Das hatte ich fast vergessen . . .»

«Ja –?» Er umklammerte den Rand seines Schreibtischs, um das Zittern seiner Hände zu verbergen. Sie nickte und ließ den Brief in den Korb zurückfallen, der auf dem Schreibtisch stand. «Sehr guter Brief. *Ich* hätt's ja noch etwas offener gesagt, aber trotzdem . . . *sehr* gut.»

«Danke. Und was war noch?»

«Dein Vater ist von einer Wespe gestochen worden. Großes Drama. Habe ihn ambulant behandelt. Einweisung ins Krankenhaus ernsthaft erwogen, aber abgelehnt.» Sie lachte. Sie wußte, daß er es nicht leiden konnte, wenn sie so redete.

«Der Arme», sagte er zerstreut. «Ist Charles eigentlich noch da?»

«Nein, schon weg. Du, das Porträt wird, glaube ich, interessant – keine Spur von Mona Lisa. Eher wie *Sonnenuntergang über der Bucht*, jedenfalls bis jetzt. Aber es wird schon werden.»

«Ist Charles zufrieden?»

«Ich glaube schon. Aber du kennst ihn ja. So, ich muß gehen. Ein *sehr* guter Brief.» Sie beugte sich über ihn und gab ihm einen Kuß auf die Stirn. «Du, Jocelyn?»

«Ja?»

«Du bist wirklich kein Scheusal, Lieber.»

Er blieb nachdenklich sitzen. Offenbar hatte sich Amanda, der kleine Teufel, das alles aus den Fingern gesogen. Sah ihr eigentlich nicht ähnlich, das mußte er zugeben. Es war nicht ihre Art zu lügen, auch nicht, wenn es um die eigene Haut ging. Und sie irrte sich auch nicht so leicht – Amanda betrachtete die menschliche Komödie mit viel zu offenen Augen, um sich wirklich zu irren. Und May war tatsächlich auffallend munter gewesen. Nun, irgendwann würde May ihm alles erzählen. Falls es etwas zu erzählen gab. Er wünschte nur, sie würde sich damit beeilen. Nicht weil er mißtrauisch oder eifersüchtig war . . . Das nicht. Aber . . .

Die Tür ging auf, und sein Vater kam herein.

Eine seltene Ehre. John Pentecost besuchte seinen Sohn nicht oft in seinem Arbeitszimmer, denn wenn er ehrlich sein wollte, war er mit der Art, wie Jocelyn sein Brot verdiente, ganz und gar nicht einverstanden. ‹Schreiberlinge›, wie er sich ausdrückte, rangierten für ihn nicht sehr hoch. Es sei denn, wenn sie wirklich spannende Bücher schrieben wie zum Beispiel die Hornblower-Romane. Aber das traf auf Jocelyn nicht zu. Er hatte zwar noch nie eines seiner Bücher gelesen, aber man brauchte Jocelyn ja nur anzusehen.

«Tag, Vater», sagte Jocelyn.

Der alte Mann ließ sich in einem Sessel nieder und sah sich im Zimmer um. «Ich begreife nicht, wozu du all die vielen Bücher um dich brauchst. Du schreibst doch selber welche, wozu dann all die anderen?»

«Die brauche ich, um Dinge nachzuschlagen oder um etwas über das Denken anderer Menschen zu erfahren.»

Der alte Mann versank in tiefes Nachdenken. «Aha!» sagte er schließlich. «Du liest das also alles, kaust es durch und bringst es dann in deinen eigenen Worten wieder heraus.»

«Nein, das bestimmt nicht!» sagte Jocelyn gekränkt. Aber war nicht etwas Wahres an den Worten seines Vaters?

«Aber deshalb bin ich auch nicht gekommen», sagte John Pentecost und zog seine Pfeife aus der Tasche. «Kann ich hier rauchen?»

Jocelyn warf ihm seinen Tabaksbeutel zu. «Und warum bist du gekommen?»

Der alte Mann stopfte seine Pfeife. «Nicht so leicht zu sagen, in ein paar Worten.»

Also ging es um May! Jocelyn wartete, während sein Vater nacheinander seine sämtlichen Taschen durchwühlte: zwei Hosentaschen, zwei Jackentaschen, vier Westentaschen. «Hast du ein Streichholz?» fragte er schließlich.

Jocelyn warf ihm die Schachtel zu.

«Es handelt sich um May.» John Pentecost war jetzt damit beschäftigt, seine Pfeife anzuzünden.

Jocelyn fuhr sich mit der Zunge über seine trockenen Lippen und fragte mit heiserer Stimme: «Was ist mit ihr?»

«Großartige Frau.» Er blickte seinen Sohn streng an.

«Ja, das finde ich auch», sagte Jocelyn beklommen.

«Ich weiß, Jocelyn, nur –» Wieder wurden sämtliche Taschen durchsucht. «Hast du einen Pfeifenreiniger?»

«Hier.»

«Danke.» Der alte Mann stocherte in seiner Pfeife herum.

«Nur *was*?»

«Was meinst du, nur was?»

«Du wolltest etwas von May sagen und sagtest: ‹nur –›»

«Ach ja, ich wollte sagen: nur betrachtet man so eine Frau leicht als etwas Selbstverständliches. Tag für Tag sitzt du hier oben, allein für dich, und sie macht unten den ganzen Haushalt. Frauen brauchen ein bißchen Aufmerksamkeit, sie wollen beachtet werden, verstehst du? So, und jetzt gehe ich wieder. Ich hoffe, du nimmst es mir nicht übel, daß ich offen mit dir gesprochen habe.» Er erhob sich aus seinem Sessel.

«Aber du hast doch noch gar nicht offen gesprochen, Vater!» rief Jocelyn. «Was ist denn nun eigentlich los?»

«Los ist gar nichts, verdammt! Ich werde doch wohl mal laut denken dürfen, ohne daß du gleich –»

«Vater», sagte Jocelyn mühsam beherrscht, «du willst mir doch nicht erzählen, daß du heraufgekommen bist, um laut zu denken? Oder waren deine Streichhölzer und Pfeifenreiniger alle?» setzte er böse hinzu.

«Na, wenn du schon fragst . . .» sagte John Pentecost. «Es geht um den Maler da. Ich will nicht behaupten, daß er auf ein Techtelmechtel aus ist, aber man kann ja nie wissen, was? Vorsicht ist jedenfalls besser als Nachsicht, meine ich.»

«Vater», sagte Jocelyn mit ruhiger Stimme, «wagst du etwa zu behaupten, daß May es zulassen würde, wenn Charles Bunting sich hinter meinem Rücken irgendwelche Freiheiten herausnähme? Sie würde ihn doch glatt über den Zaun pusten.»

«Gewiß, gewiß, mein lieber Junge.» Er legte Jocelyn liebevoll die Hand auf die Schulter. «So, und nun denk nicht mehr darüber nach, Jocelyn.» Hochzufrieden mit sich polterte er die Treppe hinunter. Er hatte gerade genug gesagt, um seinen Sohn nachdenklich zu stimmen, ohne ihn zu beunruhigen, dachte er.

Die Tennisspieler trennten sich. «Danke, Pentecost!» rief Roger Miles und ging mit Christine fort, um sein Fahrrad zu holen.

«Bis bald, Miles», sagte Gaylord.

Liz beobachtete, wie er ihnen nachblickte. Sie sah die Sehnsucht und den Schmerz in seinen Zügen und wußte, wie ihm zumute war. Sie hätte ihn gern getröstet, hätte gern ihre Hand in seine geschoben und gesagt: Laß nur, Gaylord, die Welt ist weit. Und auch in England gibt's viele Mädchen, und wenn alle Stricke reißen, bin ich auch noch da . . . Aber es würde nichts nützen. Wenn jemand sich nach dem Mond verzehrte, sah er die schönsten Sterne nicht, und noch viel weniger das freundliche Lämpchen im Fenster.

Jetzt waren die beiden anderen nicht mehr zu sehen. Gaylord wandte sich Liz zu. «Du hast allerhand von ihr gelernt, Liz, was?»

«Meinst du?»

«Klar! Am Schluß war dein Aufschlag richtig gut. Aber sie ist fabelhaft, nicht?»

«Fabelhaft», sagte Liz.

«Ich fand es sehr nett von ihr, daß sie dir so geholfen hat.»

«Ja.»

«Ich wünschte, wir könnten sie überreden, daß sie bleibt.»

«Ja.»

«Aber es liegt nicht nur an ihr. Meine Mutter will auch nicht, daß sie bleibt.»

Da ist sie nicht die einzige, dachte Liz. Sie nahm ihr Farrad. «Wiedersehen, Gaylord. Vielen Dank.»

Traurig fuhr sie durch die Abenddämmerung nach Hause. Und es war nicht nur der Schmerz um Gaylord. Daneben erhob sich jetzt die bange Frage, was ihr Vater heute nachmittag angestellt hatte. Wie hatte doch Amanda gesagt? «Mr. Bunting hat Mummy geküßt. Mit Leidenschaft.»

Die Freundschaft mit den Pentecosts gehörte für Liz zu den wichtigsten Dingen in ihrem Leben. Nicht nur, weil sie Gaylord liebte. Sie war jedesmal glücklich, wenn Mrs. Pentecost sich mit ihr unterhielt und ihr mütterliche Ratschläge gab, wenn Mr. Pentecost sie freundlich anlächelte und Amanda sie offen anhimmelte – und vor allem natürlich, wenn sie für Gaylord dasein durfte, Sklavin und Dienerin. Das alles durfte ihr Vater ihr nicht einfach verderben!

Der Rolls-Royce stand in der Einfahrt. Sie ging ins Haus. Schweigen. «Vater?» rief sie. «Hier!» tönte es brummig aus seinem Atelier. Sie ging hinüber. Er stand vor einer Leinwand, die er wie üblich mit kurzen, bösen Pinselschlägen bearbeitete. Er blickte nicht auf. «Unterbrich mich jetzt bitte nicht», sagte er. «Laß mich allein.»

Das war nichts Ungewöhnliches, und sie hatte Verständnis dafür. Aber diesmal gehorchte sie ihrem Vater nicht. «Ich möchte mit dir sprechen», sagte sie. *«Jetzt.»*

«Und ich möchte *nicht* mit dir sprechen. Geh.»

Das war nun allerdings ungewöhnlich. Normalerweise wäre er stirnrunzelnd auf sie zugekommen, hätte sie bei den Schultern gepackt und sie dann mit einem entwaffnenden Grinsen zur Tür hinausgeschoben. Sie sagte: «Ich finde es *schrecklich.*»

«Was?» Er fuhr fort, wie ein Wilder die Leinwand zu mißhandeln.

«*Stimmt* es, daß du die arme Mrs. Pentecost geküßt hast?»

Zum erstenmal sah er sie an. «Klar habe ich sie geküßt! Sie hat mich rasend gemacht. Dauernd sprang sie auf ... Herrgott, das Bild ist mir furchtbar wichtig, verstehst du? Und da hab ich sie einfach gepackt und sie zurückgedrängt auf ihren Stuhl, und plötzlich war es passiert ... So etwas nennt man eine Reflexhandlung.»

«Oh, Daddy.»

«Und die *arme* Mrs. Pentecost – von wegen! Sie hat mir eine Ohrfeige gegeben, die einen Ochsen umgeworfen hätte.»

«Oh, Daddy.» Liz fing an zu weinen.

Er war bestürzt. Die Palette fiel zu Boden. Er legte unbeholfen den Arm um sie. «Liz – was ist denn los? Hat dir Gaylord was getan?»

Jetzt mußte sie doch lächeln. «O nein, Gaylord nicht. Du. Was wird Mr. Pentecost dazu sagen?»

«Jocelyn? Der wird schon keinen Elefanten aus 'ner Mücke machen. Wir sind doch alte Freunde.»

«Deshalb ja gerade», sagte sie leise.

«Hör zu», sagte er und räusperte sich. «Soll ich dir sagen, wie es hinterher weiterging?»

Sie nickte und wischte sich die Augen.

«Ich habe also weitergemalt. Nach einer Weile sagte sie: ‹Ich muß das Jocelyn sagen, das weißt du.› Ich sagte: ‹Ja, das habe ich mir gedacht.› Und malte weiter. Sie sagte: ‹Heißt das nun, daß du mich *jedesmal* so anfallen wirst, wenn wir allein sind?› Und ich sagte: ‹Nein, großes Ehrenwort, aber es wäre wohl richtiger zu sagen, daß du mich angefallen hast mit deiner Ohrfeige!› Ich arbeitete eine Weile weiter, und schließlich sagte ich: ‹May, es ist nun einmal so, daß ich dich liebe, und ich bin ein sehr einsamer Mann, und wenn ich es auch nur im entferntesten für möglich hielte, daß du Jocelyn um meinetwillen verlassen würdest, ließe ich dir Tag und Nacht keine Ruhe. Aber ich weiß, daß ihr beide immer noch ein Herz und eine Seele seid, und ich kann dir daraus auch keinen Vorwurf machen. Und so kann ich mir denn auch alle weiteren Worte sparen.› Darauf sagte sie: ‹Gut, Charles. Ich bin froh, daß nun alles ausgesprochen ist. Wir wissen jetzt, woran wir sind. Ich fühle mich geschmeichelt und geehrt, und ich hoffe, wir können weiterhin gute Freunde sein, ohne weiteren Unsinn.›»

Er legte die Hand auf Liz' Knie. «Du siehst, mein Kleines, für uns alte welterfahrene Leute ist die Angelegenheit nicht so dramatisch, wie sie dir erscheint.»

«Ich wollte trotzdem, du hättest es nicht getan. Nun ist alles – verdorben.»

«Es tut mir leid», sagte er ruhig.

Plötzlich sah sie ihn lächelnd an. «Armer Daddy. Es ist schon *mistig*, zu lieben, wo man nicht geliebt wird.»

«Ja, mistig.» Er lächelte ebenfalls. «Aber mit vierzig nicht ganz so mistig wie mit siebzehn.»

«Laß uns bald essen, Dad.»

«Ja, in Ordnung. Wir haben ausgemacht, daß ich nach dem Abendessen noch mal rüberfahre und mit dem Porträt weitermache.»

10

Amanda ließ sich auch durch die Sensation mit Mummy und Mr. Bunting nicht davon abbringen, ihren Brief zur Post zu bringen. Sie schwankte nur einen winzigen Moment, als sie feststellte, daß das Porto ebensoviel kostete wie eine Tüte von den Bonbons, die man in der Poststelle von Shepherd's Warning kaufen konnte. Aber sie erlag der Versuchung nicht. Doch als der Brief in den Kasten plumpste, stieg eine leichte Angst in ihr auf.

Die Angst verstärkte sich in den folgenden Tagen. Wenn Christine jetzt einen Brief oder ein Telegramm von ihrer Mutter erhielt, würde es bald losgehen mit den Fragen. Und solche Fragen, das wußte Amanda aus Erfahrung, konzentrierten sich immer schnell auf sie. Jeden Tag, wenn der Briefträger kam, wurde ihr mulmig zumute.

Eine Woche verging. Christine half May im Haushalt, und vom Heimfahren war nicht mehr die Rede. Roger Miles kam ab und zu vorbei, und Christine behandelte ihn und Gaylord stets mit der gleichen freundlich-amüsierten Erhabenheit. Amanda kam sich vor wie jemand, der eine lange, langsam brennende Zündschnur angezündet hat und weiß, daß am Ende der Schnur ein mächtiges Faß Schießpulver wartet.

May und Jocelyn hatten beide das Gefühl, daß ein Sandkorn (mehr *konnte* es doch nicht sein?) in das Räderwerk ihrer Ehe geraten war.

May war unglücklich. Daß Charles sie geküßt hatte, bedeutete nicht das geringste. Oder hätte jedenfalls nicht das geringste bedeutet, wenn sie es Jocelyn sofort erzählt hätte. Irgend etwas, sie wußte nicht genau was, hatte sie daran gehindert. Wollte sie es für sich behalten, es nicht mit Jocelyn teilen? War es das Gefühl, daß sie ihm gehörte, ganz und gar, mit Körper und Seele, und daß sie dieses eine gern für sich behalten wollte? Sie wußte es nicht. Sie wußte nur, daß es ihr unmöglich gewesen war, Jocelyn davon zu erzählen. Und daß es mit jedem Tag unmöglicher wurde.

An einem gewitterschwülen Nachmittag, als die Wolken sich am Himmel zusammenballten und die Sonne sich kupfern färbte, sagte sie: «Jocelyn, der Sommer ist schon bald vorüber. Kannst du nicht *einmal* herauskommen und mit mir unter den Ulmen sitzen?»

Er lächelte traurig und sagte: «May, es tut mir leid, aber ich *muß* dieses Manuskript abschließen.»

«Ja, natürlich.» Sie ging hinaus in den Garten. Unter den Ulmen standen zwei Liegestühle. Auch im Schatten war es heiß. Sie ließ sich in den einen Stuhl fallen und schloß die Augen. Ihre Gedanken liefen ihr davon, verwirrten sich – sie schlief ein. Und sie rührte sich auch nicht, als sich jemand in den Stuhl neben ihr setzte. Sie öffnete auch nicht die Augen, als eine Männerstimme sagte: «Es wird ein Gewitter geben.» Sie lächelte nur und sagte: «Liebling, du bist ja doch gekommen.»

«Es ist nicht dein lieber Jocelyn», sagte die Stimme bitter. «Es ist bloß der alte Charles.»

Mit einem Ruck setzte sie sich auf und starrte ihn angstvoll an. Er sagte: «Du hast geschlafen und dachtest, Jocelyn sei gekommen. Oh, und dieses Lächeln in deinem Gesicht, May, es war unbeschreiblich.»

Sie starrte ihn immer noch an.

«Wenn ich dieses Lächeln malen könnte ... Aber ich kann es nicht. Kein Maler könnte es.»

«Habe ich wirklich gelächelt?» Sie war immer noch verwirrt.

«Ja. Wie ein Engel. Oh, ich würde meine Seele hergeben für eine Frau, die mich so anlächelt.»

Impulsiv streckte sie die Hand aus, und er nahm sie und preßte sie an seine Lippen und hielt sie dort fest.

Immer noch schläfrig, machte sie einen Versuch, ihm ihre Hand zu entziehen. Aber es war zu heiß, und sie war zu schwach. Und so blieb sie mit halbgeschlossenen Augen sitzen. Die drückende Schwüle des Nachmittags lastete auf ihr. Ihre Glieder waren wie gelähmt und ihre Willenskraft erschlafft. Charles' Blicke redeten eine Sprache, die sie normalerweise erschreckt hätte.

Sie wollte aufstehen, aber sie konnte es nicht.

Es war, als wären sie beide plötzlich zusammen mit der Landschaft verzaubert worden, so daß sie sich nicht mehr rühren konnten.

Und dann geschah etwas Erschreckendes. In den hohen Ulmen raschelte etwas, kam näher, und aus dem Baum über ihr stürzte ein großer Vogel herab und schlug vor May zu Boden.

Sie schrie und sprang auf.

Einen Augenblick blieb der Vogel liegen und rieb den Schnabel am trockenen Gras, dann erhob er sich, breitete weit die Flügel aus, blickte zu dem grünen Blätterdickicht empor, das sein Heim gewesen war und fiel um und regte sich nicht mehr.

Charles bückte sich und untersuchte den Vogel. «Eine Holztaube. Tot – und keinerlei Verletzung. Merkwürdig.»

«Das arme Tier», sagte May. Doch stärker noch als

Mitleid war das Erschrecken über den jähen Einbruch des Todes in ihre stille, friedliche Welt.

«Sieh – ist er nicht schön», sagte Charles. «Diese Farben. Und wie wunderbar sie ineinander übergehen. Und der kleine, schmale Kopf, und die Augen ...»

Doch May schauderte immer noch, und sie wollte nicht hinsehen, sie wagte es nicht. Mit ausgebreiteten Flügeln, den Kopf stolz erhoben, hatte sich der Vogel emporschwingen wollen. Aber der Tod hatte ihm keinen Augenblick mehr gegönnt. In der Sekunde des Aufschwungs hatte er zugeschlagen. War das ein Omen? Sie wußte nicht wofür; sie wußte nur, daß jeder Nerv in ihrem Körper vibrierte. Sie war eins mit der hilflosen kleinen Kreatur, die da am Boden lag.

Auch Jocelyn war tief unglücklich. Dabei war es so lächerlich: er brauchte May ja nur frank und frei zu fragen, was eigentlich geschehen sei. Aber er wollte nicht als erster davon anfangen. Und als die Tage vergingen und sie kein Wort sagte, wurde er immer unglücklicher und immer gereizter. Aber heute abend, als er allein in seinem Arbeitszimmer saß, beschloß er, die Sache in die Hand zu nehmen. Er *mußte* Bescheid wissen. Wenn May auch heute abend nichts sagte, wollte er sie einfach fragen, was zwischen ihr und Charles vorgefallen war.

Gar nichts war vorgefallen, sagte er sich immer wieder. Wäre etwas vorgefallen, so hätte May es ihm sofort erzählt. Es gab keine Heimlichkeiten zwischen ihnen.

Und doch ... May war unsicher gewesen. Nicht so wie sonst. Er konnte es nicht einfach alles von sich schieben.

Es tat immer noch etwas weh, es war ein dumpfer, pulsierender Schmerz. Natürlich nicht Eifersucht, das war unsinnig. Nein, es war keine Eifersucht. Es war nur ...

Oh, verdammt, Charles mußte wirklich ein Schwein sein.

May meldete sich am Haustelefon und sagte: «Jocelyn, wir essen in zehn Minuten.»

«Bitte, bring mir was rauf, May. Ich kann hier jetzt nicht weg.»

Zehn Minuten später kamen Schritte die Treppe herauf. An dieser Stelle bat Othello um ihr Taschentuch, dachte er. Ruhig, nur ruhig! Und so lehnte er sich gelöst zurück und sah abwartend seiner lieben Frau entgegen. Ein freundschaftliches Gespräch würde jetzt alles klären, falls es überhaupt etwas zu klären gab.

Die Tür ging auf, und Christine Haldt kam auf Zehenspitzen herein, stellte ein Tablett auf den Tisch und wollte sich auf Zehenspitzen wieder davonmachen.

«Ich schlafe nicht, Christine», sagte er.

«Nein, natürlich nicht. Ich weiß, daß Sie nicht schlafen, wenn Sie arbeiten. Aber ich wollte nur Ihren Gedankenfluß nicht unterbrechen.»

Die meisten Gedanken, dachte er, waren heute nachmittag aus dem Fenster geflogen. Jetzt fiel ihm ein, daß er für Christine irgend etwas organisieren sollte. «Haben Sie immer noch vor, gleich wieder nach Hause zu fahren?» fragte er.

«Nein, eigentlich nicht so schnell», meinte sie. «Roger Miles möchte gern noch ein paarmal Tennis spielen mit mir. Und er sagt, sein Onkel hätte Reitpferde.»

«Aha», sagte Jocelyn. Mußte er nun beim Arbeitsamt und bei Miss Ferris vorstellig werden, oder sollte er einfach so tun, als habe er gar nicht gefragt? Er entschied sich für den zweiten Weg und fragte leichthin: «Wo ist Mrs. Pentecost?»

«Anscheinend ist sie nicht – nicht in Ordnung. Sie sagt, es ist die Hitze. Aber *ich* glaube, es sind die lästigen Komplimente», erklärte Christine. Es klang wie ein düsteres Orakel.

«Was für lästige Komplimente?» fragte Jocelyn fast drohend. Doch in diesem Moment kam Mays Stimme über die Hausleitung: «Liebling, schick doch bitte Christine runter, ihre Suppe wird kalt.»

«May – kannst du einen Augenblick raufkommen?»

«Jetzt – mitten beim Essen? Hat es nicht Zeit?»

«Ja, es hat Zeit.» Und zu Christine gewandt: «Ihre Suppe wird kalt.»

«Ja.» An der Tür drehte sie sich noch einmal um. «Meiner Tante Ulrike wurden auch einmal lästige Komplimente gemacht. Von einem Baron. Das hat meinen Onkel Willi sehr geärgert.»

«Ihre Familie scheint allerhand Interessantes erlebt zu haben», meinte Jocelyn. Christine ging.

Was konnte er anderes tun als warten? Da er sich das Essen hatte heraufschicken lassen, konnte er jetzt nicht gut hinuntergehen. Und selbst wenn er es täte, konnte er unmöglich May vor den anderen fragen, was Charles eigentlich angestellt hatte. Nein – er konnte nur warten: ruhig, gelassen, gleichmütig, wie es sich gehörte für einen zivilisierten Menschen des 20. Jahrhunderts. Aber was dachte sich Charles eigentlich, hier einfach im Rolls-Royce vorzufahren und seine Frau zu küssen? Natürlich war es noch immer kein Grund zur Aufregung, absolut nicht. Aber es gefiel ihm nicht.

Er spielte mit seiner Gabel. Alles war still im Haus. Er wartete. Wenn unten das Essen vorüber war, würde er hören, wie die Eßzimmertür aufging. Er würde das Durcheinander von Stimmen und das Klappern von Geschirr und bald darauf Mays Schritte auf der Treppe hören.

Einmal meinte er, daß irgendwo eine Wagentür zugeschlagen und ein paar Worte gewechselt wurden. Dann war wieder alles still. Sie saßen heute lange bei Tisch! Doch dann endlich vernahm er die erwarteten Geräusche – das Abendessen war beendet.

Er wartete.

Keine Schritte auf der Treppe. May mußte beschlossen haben, zuerst in der Küche Ordnung zu machen. Er war nun doch ein bißchen gekränkt. Natürlich war alles recht, was May tat. Aber er mußte der Sache heute abend auf den Grund gehen. Und es wäre *so* viel leichter, wenn sie selber davon anfing.

Einen Trost gab es immerhin. In jeder Ehe, auch in der glücklichsten, schwankte das Gleichgewicht: mal war der eine stärker, mal der andere. Jocelyn hatte da fast nie eine Chance, denn May verstand es immer, ihn um den Finger zu wickeln. Aber diesmal, sagte er sich, hatte sie sich geirrt. Sie hatte zu lange gezögert, und wenn sie jetzt kam und ihm alles erzählte, dann konnte er sich mitfühlend, verständnisvoll und vielleicht sogar leicht amüsiert geben. Das war für ihn eine ganz neue Erfahrung.

Der Gedanke, daß sie vielleicht gar nicht beabsichtigte, ihm etwas zu erzählen, traf ihn wie ein Schlag. Charles wirkte ja tatsächlich sehr anziehend auf Frauen. Außerdem *war* er jemand (aber das würde May natürlich nicht beeinflussen).

Was hatte sein Vater gesagt? «Tag für Tag sitzt du hier oben, allein für dich . . .» Jocelyn fühlte, wie ihm der kalte Schweiß auf die Stirn trat. Das Tablett – ja, das war ein guter Vorwand. Ich dachte, du würdest das gern gleich mit abwaschen, Liebes. Er nahm es, ging eilig die Treppe hinunter, stieß die Küchentür auf und prallte zurück. «Oh, Verzeihung. *Verzeihung.*» Das Tablett fest in der Hand, blieb er verwirrt in der Diele stehen, wo ihn Amanda fand.

«Ich weiß Bescheid», sagte sie verständnisvoll. «Gaylord und die Rheinnixe in der Küche, und Mummy und Mr. Bunting im Wohnzimmer. Man kommt sich richtig ausgeschlossen vor, nicht?»

Amanda hatte mit ihrem summarischen Lagebericht nicht ganz unrecht. Als die Familie fast fertig gegessen hatte, war Charles Bunting erschienen und hatte erklärt, er wolle noch weiter malen. May war einverstanden. Christine hatte sich erboten, das Geschirr zu spülen und die Küche aufzuräumen, und Gaylord hatte sich erboten, ihr zu helfen, obwohl Geschirrspülen nicht gerade seine Leidenschaft war. Amanda hatte ebenfalls ihre Hilfe angeboten, war jedoch zurückgewiesen worden. Ebenso war es ihr ergangen, als sie sich erbot, Mr. Bunting beim Mischen der Farben zu helfen.

Christine wusch also ab, und Gaylord trocknete das Geschirr ab und stellte es weg. Und als er sah, wie Christine am Spültisch stand und das Licht auf ihr braun schimmerndes Haar fiel, sagte er mit halberstickter Stimme: «Du bist so schön, Christine.» Und Christine lächelte ihn über die Schulter an und sagte: «Ich glaube, ich bin noch nicht reif genug, um schön zu sein. Hübsch, ja. Aber noch nicht schön.»

«*Ich* finde es aber», erwiderte Gaylord und wurde sehr rot, während er weiter die Teller abtrocknete. Nach einer Weile sagte er: «Christine –?»

«Ja?»

«Ich möchte dir einen Kuß geben.»

Christine trocknete sich mit dem Handtuch die Hände ab. «Gut», sagte sie. «Aber nur einen.»

Langsam trat Gaylord auf sie zu. Vor sich sah er die lieblichen sonnengebräunten Wangen, den Glanz der Augen, die weichen, leicht geöffneten Lippen. Der Gedanke, daß er diese Lippen jetzt gleich mit den seinen berühren würde, daß er Christines Atem und den Duft ihres Haars spüren würde – all dies war fast zu viel. Die Knie wurden ihm weich, und er rang nach Luft. Ungeschickt legte er die Arme um sie. Ungeschickt küßte er die lächelnden Lippen. Und es war alles so wunderbar und so herrlich, wie er es sich vorgestellt hatte. Christine war weich und warm und duftete süß. Für einen Jungen, der in der klösterlichen Atmosphäre eines englischen Internats erzogen wurde, war sie wie ein Wesen aus einer anderen Welt. Plötzlich wußte er, worauf es im Leben ankam. Was war Kricket und selbst ein großes Fußballspiel, verglichen mit der Ekstase eines Kusses?

«Das ist genug», sagte sie.

«Noch *einen*?» flehte er.

«Also gut. Aber nur einen.»

Er sah sie an, und zum erstenmal entdeckte er die Süße und das geheimnisvolle Wunder in ihren Augen. Seine Lippen sehnten sich nach ihr. Und, o Wunder, ihre Lippen sehnten sich nach ihm. Sie küßte ihn lange und liebevoll. Und jetzt sah er in ihren Augen die brennende Sehnsucht der Liebe. «Du bist noch ein Junge», murmelte sie. «Aber du bist so lieb, und – es ist so süß, dich zu küssen.»

«Ich liebe dich», sagte er leise, mit erstickter Stimme. «Du gehst doch nicht fort, Christine?»

«Nein. Ich bleibe hier. Solange deine Mutter mich bleiben läßt.» Sie sah ihn zärtlich lächelnd an.

Und in diesem Augenblick sagte eine Stimme von der Tür her: «Oh, Verzeihung. *Verzeihung.*»

Gaylord, angespannt und völlig entrückt, fuhr zusammen. Und Christine ging wieder ans Spülbecken. «Das war dein Vater», sagte sie. «Wie dumm, daß er gerade hereinkam. Hoffentlich schickt er mich jetzt nicht nach Hause.»

«Letzte Woche hast du doch gesagt, du *wolltest* nach Hause.» Gaylord stand hinter ihr, legte seine Hände auf ihre Schultern und drehte sie zu sich herum. Er schluckte und fragte dann hoffnungsvoll: «Jetzt willst du nicht mehr, nicht?»

«Nein, jetzt nicht mehr», sagte sie und wechselte das Thema so plötzlich, daß Gaylord sie verwirrt ansah. «Die Reitställe von Roger Miles' Onkel sind, glaube ich, ungewöhnlich elegant für die Gegend hier.»

Amanda hatte recht: Jocelyn kam sich allmählich richtig ausgeschlossen vor. Ärger stieg in ihm auf. Er ärgerte sich nicht oft, aber jetzt ärgerte er sich über alle und über die ganze dumme Situation. Über Gaylord, der in der Küche stand und das Au-pair-Mädchen küßte. (Der Anblick hatte ihm die ganze Qual und Seligkeit *seiner* ersten Liebe vor fünfundzwanzig Jahren ins Gedächtnis zurückgerufen. Oh, Doreen Wilkinson, was mag aus dir geworden sein? Sie hatte einen Sportsfreund geheiratet, Richards, und war nach Swindon gezogen. Er und Richards hatten an einem Sommerabend um sie gekämpft ... Kaum zu glauben, aber er spürte noch den Geruch der trockenen Erde und des zertretenen Grases, den salzigen Geschmack der aufgesprungenen Lippe – und schlimmer noch die Demütigung der ruhmlosen Niederlage.) Und er ärgerte sich über seinen Vater, der zu ihm heraufgekommen war, um ihm eine krause Rede zu halten. Und über May, die ein Verhalten an den Tag legte, das, zumindest von außen betrachtet, nach einem Vertrauensbruch aussah. Da hatte er eine der schönsten Wochen des Jahres in seinem Arbeitszimmer verbracht, und von morgens bis abends gearbeitet, hart gearbeitet, um May und den Kindern das bequeme Leben zu sichern, an das sie gewöhnt waren. Und was hatten *sie* getan? Sich ein schönes Leben gemacht und andere Leute geküßt!

Nein, er hatte nicht die Absicht, hier in der Diele herumzustehen, damit Charles und May das Wohnzimmer für sich haben konnten. Normalerweise hätte er den Abend nur zu gern an seinem Schreibtisch verbracht, aber heute war er zu unruhig zum Arbeiten. Er legte die Hand auf den Türgriff. «Gehst du rein?» fragte Amanda erstaunt. «Aber sicher», erwiderte er. «Toll!» rief Amanda. «Ich komme mit.»

May saß in ihrem Sessel und las in einer Zeitschrift. Charles hatte seine Staffelei ein paar Schritte entfernt aufgestellt. Die Glastür zum Garten stand offen. Draußen saß John Pentecost und sann, während er eine Zigarre rauchte, über das Gespräch mit seinem Sohn nach. Jocelyn war, wie es schien, nicht sehr beeindruckt gewesen. Doch wie dem auch war, er, John Pentecost, war absolut richtig vorgegangen, taktvoll, väterlich, diskret – mit einem Wort: diplomatisch.

Aus dem Augenwinkel sah May, daß jemand ins Zimmer kam. Sie wandte leicht den Kopf. «Hallo, ihr zwei», rief sie. «Wenn ihr ganz still seid, erlaubt Charles euch sicher, daß ihr hierbleibt.»

«Verdammt, willst du bitte still sitzen!» herrschte Charles sie an.

«Red nicht in diesem Ton mit meiner Frau», sagte Jocelyn fast ebenso laut.

Charles, May und Amanda sahen ihn erstaunt an.

«Also wirklich – lieber würde ich ein fünfjähriges Kind malen!» sagte Charles gereizt. «Dauernd werde ich unterbrochen.» Er warf die Palette hin. «Begreift ihr denn nicht!

Ich habe Frauen gemalt, die tausend Pfund für ihr Bild bezahlten, und konnte mit eiserner Disziplin rechnen. Die saßen still. Die wagten nicht, das Gesicht zu verziehen! May dagegen –»

«Willst du meine Frau kritisieren?» fragte Jocelyn mit ruhiger, wuterfüllter Stimme.

«Ja, das will ich. Ich habe doch wohl ein Anrecht auf ein Minimum an Kooperation! Immerhin, es gibt Leute, die es sich zur *Ehre* anrechnen würden, von mir gemalt zu werden.»

Jocelyn ging auf Charles zu und versetzte ihm einen Schlag auf die Nase.

Überraschender vielleicht noch als diese erstaunliche Tat war der Begleitumstand, daß Jocelyn sich zehn himmlische Sekunden lang innerlich die Hände rieb, vor allem als Charles rückwärts, über einen Stuhl, vor dem Kamin zu Boden ging und sich laut stöhnend mit beiden Händen die Nase hielt. Jocelyn, der ‹Schreiberling›, stellte plötzlich fest, daß der Höhlenmensch in ihm, an den er nie recht geglaubt hatte, noch durchaus lebendig war und viel näher der Oberfläche lebte, als er geahnt hatte. Es war geradezu berauschend!

Amanda sah ihm mit glänzenden Augen an und rief voller Bewunderung: «Oh, Daddy, das war *Klasse*!»

Doch der Rausch war schnell verflogen, und mit Entsetzen wurde sich Jocelyn darüber klar, was er da angerichtet hatte.

Er mußte mit ansehen, wie May jetzt Charles in einen Sessel half und das Nasenbluten einzudämmen versuchte, wobei sie ihn, Jocelyn, mit einem Blick bedachte, aus dem Zorn, Verachtung und Sorge um seinen gesunden Menschenverstand sprachen. Und jetzt kam auch noch sein Vater aus dem Garten herein und wollte wissen, was da los war. Wenn Charles Nasenbluten bekommen habe, erklärte er, so liege das nur daran, daß er den ganzen Nachmittag in der Sonne gestanden habe. Er, John Pentecost, habe gleich gedacht, das könne nicht gutgehen.

«Steh doch nicht so herum!» sagte May in scharfem Ton zu Jocelyn. «Hol einen Schwamm und eine Schüssel mit kaltem Wasser!»

«Ja. Ist gut. Ich gehe.» Jocely ging auf die Tür zu.

«Die Sonne war das nicht, Opa», sagte Amanda fröhlich. «Daddy hat ihm eine geknallt.»

John Pentecost nahm die Zigarre aus dem Mund und starrte seinen Sohn an. «Das glaube ich nicht», sagte er endlich.

«Wieso? Warum nicht?» sagte Jocelyn leicht gekränkt an der Tür. «Nur weil ich normalerweise nicht um mich schlage?»

«Aber du kannst doch sonst keiner Fliege etwas zuleide tun», sagte der alte Mann.

«Aber jetzt hat er's gekonnt – und wie!» Amanda strahlte ihren Vater an.

«Sag bitte nicht ‹Und wie!›», wies Jocelyn sie zurecht.

«Meinst du, sie ist gebrochen?» fragte Charles düster.

«Also gut, dann hole ich den Schwamm und das Wasser eben selber», sagte May gereizt. Sie sah ihren Patienten besorgt an. «Ich bin gleich wieder da, Charles, ja?»

Charles schien Zweifel zu haben. John Pentecost holte tief Luft und sagte: «Also wirklich, das hätte ich dir nicht zugetraut.» Voller widerwilliger Bewunderung blickte er seinen Sohn an.

Jocelyn wurde erst jetzt ganz klar, was er getan hatte, und die Erkenntnis traf ihn wie ein Schlag. Er, ein erwachsener Mann, hatte sich wie ein Schuljunge betragen!

Ihm blieb gar nichts anderes übrig, als Charles um Verzeihung zu bitten. Er ging zu dem Sessel hinüber, in dem Charles weit zurückgelehnt lag, und begann: «Mein lieber Charles –»

Zu seiner Verwunderung hielt Charles schützend den Arm vor das Gesicht, sah Jocelyn erschreckt an und duckte sich.

Es war das erste Mal in seinem Leben, daß jemand Angst vor Jocelyn hatte, und die Versuchung, eine weitere drohende Geste zu machen, war groß. Doch dann gewann seine angeborene Güte die Oberhand. Er begann wieder und sagte: «Ich weiß gar nicht, was ich sagen soll, Charles –»

Jetzt kam May mit einer Schale Wasser, schob Jocelyn einfach beiseite und fing an, Charles das Blut abzutupfen.

«Nein, das hätte ich nie für möglich gehalten. Nie!» rief der alte John Pentecost, immer noch ungläubig.

Gaylord und Christine kamen herein, Christine kühl und gelassen, Gaylord mit hochrotem Kopf. Gaylord hatte nur einen Wunsch für den Rest seines Lebens: Christine weiter zu küssen, so schnell und so oft wie möglich.

Amanda freute sich, daß sie kamen. Wenn einmal etwas Sensationelles passierte, waren nie genug Leute da, denen sie es erzählen konnte! «Gaylord! Daddy und Mr. Bunting haben um Mummy gekämpft!»

«Red keinen Unsinn!» sagte May laut. Aber zum erstenmal schien sie eine Situation nicht mehr in der Hand zu haben. Sie wirkte, gelinde gesagt, verwirrt.

«Das glaube ich nicht», sagte Gaylord.

«Ha! Genau das habe ich auch gesagt», verkündete John Pentecost und schüttelte den Kopf. «Aber ich fürchte, es stimmt, mein Junge.»

«So», sagte May zu Charles, «ist es jetzt etwas besser?»

«Nein.»

«Aber es blutet jedenfalls nicht mehr.»

«Was hilft das schon, wenn die Nase gebrochen ist.»

«Ich glaube nicht, daß sie gebrochen ist, Charles, wirklich nicht.»

«Woher, zum Teufel, willst *du* das wissen? Ich sage, sie fühlt sich gebrochen an, verdammt!»

«Sprich nicht so mit May!» sagte Jocelyn mit erhobener Stimme. Aber diesmal duckte Charles sich nicht: May stand zwischen ihm und Jocelyn.

«Du bist wohl auch noch stolz», sagte May zu Jocelyn mit einer Stimme, die eine Mischung aus Eis und Stahl war. «Ich finde es nicht richtig, was du da getan hast!»

John Pentecost schüttelte sein weises Haupt. «May hat recht, Jocelyn. Wir können nicht einfach alles tun, was uns gerade in den Sinn kommt.»

«Sie ist *bestimmt* gebrochen», ächzte Charles.

«Dann hör doch endlich mit dem Reiben auf!» fuhr May ihn an.

Es war noch nicht lange her, da wäre Gaylord von diesem Hickhack der Erwachsenen genauso fasziniert gewesen, wie es Amanda war. Jetzt fand er es kindisch – er war in der letzten Stunde plötzlich reif geworden. Und er war immer noch besessen von dem Verlangen, Christine zu küssen. «Komm, wir gehen spazieren», sagte er leise zu ihr. «Wir treffen uns draußen an der hinteren Tür.»

Sie schüttelte den Kopf. «Nein, jetzt nicht. Wir sehen uns morgen früh.»

«Christine, bitte!»

«Nein.»

Mit Christine zu streiten hatte keinen Sinn. Morgen früh – das war zwar noch eine Ewigkeit, aber irgendwann würde es soweit sein. «Ich geh noch etwas raus, Mum», rief er. «Ich komme bald wieder.»

May, die es sonst stets genau registrierte, wenn jemand von der Familie kam oder ging, war so durcheinander, daß sie Gaylords Worte gar nicht hörte. Sie stand immer noch hilflos da, die Schüssel mit dem Wasser und dem Schwamm in der Hand. Der Rock und der Pullover, die sie für die Sitzung angezogen hatte, waren mit Wasser und Blut bespritzt. Christine blickte anbetend zu Jocelyn auf. Amanda sagte, es sei jemand an der Haustür, ob sie hingehen und aufmachen solle. Und Charles meinte düster, er fahre wohl am besten nach Hause, ehe seine Augen noch so weit zuschwellen würden, daß er nicht mehr sehen könne.

May konzentrierte sich auf Charles. Amanda wartete nicht länger auf eine Antwort. Sie ging an die Haustür und öffnete sie.

Eine sehr elegante Dame stand vor ihr. Die Dame blickte sie interessiert und, wie es schien, eine Spur belustigt an. «Miss Amanda Pentecost?» fragte sie.

«Ja», sagte Amanda geschmeichelt und leicht erschrocken.

«Guten Tag, mein Kind. Ich nehme an, du hast mir geschrieben.»

Amanda starrte sie an. «Sie sind . . . Sie sind nicht Mrs. Haldt?»

«Ja.»

«Und – Sie sind in England?»

«Ja. Auf deinen Brief hin. Ich bin geflogen. Ich nehme an, meine Tochter ist hier.»

Amanda schluckte. Das hatte sie nicht erwartet. Ein Brief wäre schlimm genug gewesen, aber daß die Mutter gleich selber angereist kam . . .

«Ich – ich hole sie.»

«Vielen Dank, mein Kind. Aber ich glaube, ich sollte zuerst mit deiner Mutter sprechen. Es gibt da einiges zu klären.»

Genau das hatte Amanda befürchtet. «Bitte, kommen Sie herein», sagte sie unglücklich.

«Danke.»

Amanda ging durch die Diele und öffnete die Wohnzimmertür, aber sie mußte eine Weile warten, bis sie sich verständlich machen konnte. May sagte gerade: «In diesem Zustand fährst du nicht allein nach Hause, Charles. Jocelyn bringt dich, in unserem Wagen.» Und mit spitzer Stimme fügte sie hinzu: «Das ist das wenigste, was er tun kann.»

Charles protestierte heftig: «Ich brauche meinen Wagen morgen früh, ich habe eine Ausstellung in Ingerby. Ich höre schon, wie mich jeder fragen wird, ob ich eine Runde mit Muhammad Ali absolviert habe, so wie ich aussehe.»

Jocelyn machte ein beleidigtes Gesicht, und John Pentecost sagte wieder: «Also wirklich, das hätte ich dir nie zugetraut!»

Plötzlich wurde es still, und alle blickten zur Tür.

«Christines Mutter», sagte Amanda und wäre am liebsten im Boden versunken.

«Mutti!» rief Christine. Ein Feuergefecht in schnellem Deutsch folgte. Dann kam Mrs. Haldt ins Zimmer und begrüßte jeden der Anwesenden mit höflichem Lächeln. Sie gehörte zu jenen kleinen, gesetzten Frauen, die sich wie auf Gleitschienen vorwärts bewegten und nie eine heftige oder eine überflüssige Bewegung machten. Sie sah sich gelassen im Zimmer um und sagte: «Sie sind gewiß Mrs. Pentecost.»

«Ja», sagte May. Sie stellte die Schüssel auf ein Tischchen und hielt den Arm so, daß er die schlimmsten Blutflecken verdeckte. «Bitte, nehmen Sie Platz. Welch eine Überraschung!» Das war es, ohne Übertreibung.

«Ja, das dachte ich mir. Meine Tochter hatte mich in dem Glauben gelassen, sie sei im Harz. Aber das sollten Sie wohl auch gar nicht wissen, Mrs. Pentecost.» Ein kaltes Lächeln traf May.

«Nein, das habe ich allerdings nicht gewußt.»

«Nein. Aber Ihre kleine Tochter hat es gewußt.»

Jetzt geht's los, dachte Amanda. Aber Mrs. Haldt fuhr im freundlichsten Ton fort: «Sie haben sie einfach nur bei sich aufgenommen, ohne ihr eine Frage zu stellen. Ich glaube, bei uns in Deutschland wäre das nicht vorgekommen. Unsere Anschauungen sind da wohl doch sehr verschieden, nicht wahr?»

«Ich habe sie *nicht* einfach bei uns aufgenommen. Ich wollte sie zurückschicken. Aber sie sollte sich vorher ein paar Tage ausruhen. Auch wo Strenge angebracht ist», fügte sie hinzu, «üben wir in England gern ein wenig Rücksicht.»

«Selbstverständlich. Meine Tochter hat Sie ja auch in eine schwierige Lage gebracht, Mrs. Pentcost. Niemand hat es gern, wenn man ihn zu einem Entschluß zwingt.»

Wenn es etwas gab, worauf May stolz war, dann war es ihre Entschlußkraft. Aber jetzt hatte John Pentecost seinen Auftritt: entzückt von der Besucherin bot er ihr mit großer Geste einen Sessel an. Sie schenkte ihm ein Lächeln, bei dem ihm fast schwindlig wurde, und nahm in dem Sessel Platz.

«Sie werden entschuldigen, Madame. Wir hatten hier gerade eine kleine Auseinandersetzung», sagte er.

«Ach was, nur ein kleines Versehen», warf May hastig ein.

«Versehen? Daß ich nicht lache!» sagte Charles laut und

deutlich. «Christines Arbeitgeber hat mich auf die Nase geboxt.»

«Ja, weil er Mummy geküßt hat. Mit Leidenschaft!» erläuterte Amanda.

«Ich verstehe», sagte Mrs. Haldt. «Ein kleines eheliches Mißverständnis.»

«Ach was!» schrie Charles und wies mit dem Finger auf May. «Ich habe einer alten und geschätzten Freundin einen Kuß gegeben, fast *en passant*, und was geschieht? Sie haut mir eine runter. Und dann kommt ihr Mann, auch ein guter alter Freund von mir, nachdem er eine Woche lang darüber gebrütet hat, und bricht mir gleich die Nase.» Liebevoll strich er mit dem Zeigefinger an der Nasenwand entlang.

«Ich hab sie dir nicht gebrochen», protestierte Jocelyn. «Es war doch nur ein leichter Klaps.»

«Aber sie *ist* gebrochen. Ich fühle doch, wie die Knochen wackeln.»

«Kommen Sie her. Knien Sie sich mal hin», sagte Mrs. Haldt.

Charles, ebenso überrascht wie alle anderen, ging zu ihr hinüber und kniete vor ihr nieder. Er war hingerissen. Aus dieser Perspektive betrachtet, hatte sie die Würde und die Schönheit einer Madonna von Leonardo. Mit kühlen, unendlich sanften Fingern befühlte sie seinen Nasenrükken. «Da ist nichts gebrochen», sagte sie schließlich. «Sie werden im Besitz Ihrer Schönheit bleiben, Sir.»

Ob er Mrs. Haldt jetzt ebenso ungalant behandeln würde wie sie? dachte May. Nein. Er knurrte nur: «Fühlt sich aber gebrochen an.» Er stand auf, grinste und sagte: «Ich danke Ihnen, Madame. Es wird schon besser, ich merk's ganz deutlich.» Dann sagte er kurzangebunden zu May: «Ich fahre jetzt.»

«Aber nicht allein, Charles, Jocelyn begleitet dich.»

«Und wie komme ich zurück?» fragte Jocelyn.

«Du leihst dir das Rad von Liz.»

Knurrend suchte Charles seine Pinsel und Farben zusammen, packte alles in einen Holzkasten, legte ein Tuch über die Leinwand und nahm sie unter den Arm.

Mrs. Haldt hatte ihm interessiert zugesehen. «Sie sind Künstler, Sir?» fragte sie.

«Ich gebe mir Mühe», erwiderte er mit ungewohnter Bescheidenheit.

«Darf ich einen Blick auf Ihr Bild werfen?»

Er nahm das Tuch ab und hielt ihr das Bild hin. Sie betrachtete es genau, wandte sich dann um und betrachtete May ebenso genau. Dann wandte sie sich wieder dem Bild zu. «Ein gutes Bild», sagte sie. «Ein sehr gutes Bild.»

«Ich danke Ihnen», sagte Charles, der normalerweise mit einer Grobheit auf jeden Kommentar zu seiner Arbeit reagierte. Kritik nahm er übel, und Lob empfand er als gönnerhaft. Jetzt war er sichtlich befriedigt.

«Ich würde gern noch mehr von Ihren Arbeiten sehen», sagte Mrs. Haldt. «Aber wir fliegen morgen vormittag schon wieder ab.»

«Das tut mir aber sehr leid», sagte Charles, beugte sich über ihre Hand und küßte sie. «Wiedersehen, May!» rief er. «Dank für die Hilfe. Komm, Jocelyn.»

Jocelyn verbeugte sich vor Mrs. Haldt, die höflich den Kopf neigte, und folgte Charles. Jetzt mußte er sich Charles' Fahrkünsten anvertrauen und mußte neben einem Mann sitzen, dem er einen Schlag auf die Nase verpaßt hatte – eine gräßliche Situation. Sein einziger Trost war, daß er sich dafür nicht mit der charmanten, aber energischen Mrs. Haldt zu befassen brauchte. Diese Aufgabe fiel nun May zu. Bis er zurück war, hatten sie bestimmt alle Probleme gelöst. Was bedeutete, wie ihm jetzt klarwurde, daß May dann Zeit hatte, ihm wegen der kleinen Auseinandersetzung gründlich die Meinung zu sagen. Nach ihren ersten Reaktionen zu urteilen, würde er nicht nur Komplimente zu hören bekommen. Was für ein Narr er doch gewesen war! Noch vor kurzem war er der Gekränkte und Beleidigte gewesen. Er hatte sich in der Rolle eines verständnisvollen, verzeihenden und leicht belustigten Ehemanns gesehen – und May, auch wenn sie sich nicht gerade entschuldigte, doch eindeutig in der Defensive. Und jetzt? Wenn er nachher zurückkam, würde May ihm vorhalten, er habe sich unmöglich benommen. Und das schlimmste war, daß sie recht hatte.

Charles drehte den Zündschlüssel. Der Motor sprang an, und der Wagen schob sich langsam an einem in der Einfahrt wartenden Taxi vorbei. Eine Sekunde später, so schien es Jocelyn, stand die Nadel auf einhundertzehn. Jocelyn sagte: «Ich habe mich sehr unvernünftig benommen.»

«So kann man es natürlich auch nennen», erwiderte Charles. Die Tachonadel kletterte weiter.

«Ein Fall von Atavismus, sicher», sagte Jocelyn.

Charles fuhr schweigend weiter.

«Einmal im Schlaf», sagte Jocelyn, «hat May sich im Bett umgedreht und mir versehentlich den Ellbogen in den Mund gestoßen. Und weißt du, was ich da getan hab? Ich hab sie gebissen. Einfach nur aus blinder, tierhafter Wut.»

Charles fuhr schweigend weiter.

«In dem kurzen Augenblick damals, zwischen Schlafen und Erwachen, war ich wieder der Höhlenmensch mit seinen wilden Instinkten.»

Charles fuhr schweigend weiter.

«Ich weiß noch, ich habe sogar geknurrt – wie ein Hund, der einen Knochen vor sich hat.»

«Na, da kann ich ja von Glück reden, daß du mich nicht am Fuß zu fassen gekriegt hast. So, da sind wir. Das Fahrrad steht im Schuppen.»

Jocelyn stieg aus dem Wagen. «Es tut mir leid, Charles», sagte er.

«Ach was, komm rein und trink einen Schluck. Tut uns beiden gut.»

«Im Ernst . . .?»

«Hör auf, komm jetzt, Mann.» Charles ging voran in sein Atelier und fegte mit einer Handbewegung alles, was auf den beiden tiefen Ledersesseln lag, zu Boden. «Setz dich. Ich trinke einen großen Cognac. Und du?»

«Ich glaube, ich auch.»

Charles goß ein, und beide lehnten sich zurück, die Beine weit ausgestreckt. Charles seufzte tief auf. «Ein Glück, daß wir Liz nicht aufgeweckt haben! Das erspart mir einige Erklärungen – heute abend jedenfalls.»

Schweigend tranken sie. Jocelyn betrachtete das Durcheinander von Landschaften, Aktzeichnungen, Farben, Staffeleien, Paletten und Rahmen. War vielleicht ein bißchen spießig von mir, dachte er, mich so aufzuregen wegen eines Kusses zwischen einem Künstler und seinem Modell. «Das da gefällt mir», sagte er dann.

«Welches? Die nackte Blonde? Ja. Interessanter Knochenbau. War Polizistin in Leicester.»

«Im Dienst dürfte sie anders ausgesehen haben. Aber ich meinte eigentlich das Seebild.»

«Das ist Skegness, ob du's glaubst oder nicht. Gib dein Glas, ich gieße noch einmal ein. Also: Warum hast du mich auf die Nase geboxt?»

«Es war bestimmt Atavismus, Charles, ich sagte es schon.»

«Unsinn. Weil ich May geküßt hab, deshalb.»

Komisch, dachte Jocelyn, daß über Cognac so viel Unsinn geredet wurde. Ihn im Glas herumschwenken, die Blume genießen – alles reine Zeitverschwendung. Am größten war der Genuß, wenn man ihn hinunterstürzte. Da bekam man das ganze Aroma. Wie Feuer, durchdringend und kraftvoll.

«Gib dein Glas, ich gieße noch mal ein», sagte Charles. Er schenkte ihm ein und lehnte sich zurück. «Weißt du, was ich täte, wenn ich mit May verheiratet wäre und ein anderer Mann würde sie küssen?»

«Nein –?»

«Ich würde meine Bergstiefel anziehen.» Er trank einen großen Schluck. «Dann würde ich ihn niederschlagen und auf ihm rumtrampeln – aber fest.» Er sah seinen Freund nachdenklich an. «Du bist ein bißchen zu zaghaft, Jocelyn.»

«Kann sein», sagte Jocelyn.

«Nun ja», sagte Charles nachsichtig, «die Menschen sind verschieden. Trotzdem sollte man sich nicht allzuviel gefallen lassen.»

Jocelyn hob sein Glas und leerte es in einem Zug. Irgendwie, er wußte selbst nicht wieso, schien er bei diesem Gespräch auf die falsche Seite geraten zu sein.

«Gib dein Glas», sagte Charles. «Und dann wollen wir mal anstoßen.» Er schenkte ein, hob sein Glas und sagte ruhig: «Auf deine anbetungswürdige Frau, mein Lieber.»

«Danke», murmelte Jocelyn tief gerührt.

«Und auf den anbetungswürdigen Gast in deinem Haus, die Mutter der Erlkönigstochter.»

«Ist sie wirklich anbetungswürdig? May schien da anderer Ansicht zu sein.»

«Mein lieber Junge, sie ist *superb*. Sie hat alles: Schönheit, Würde, Wärme, und ein fabelhaftes Auftreten. Aber wie alle Frauen, die was taugen, ist sie natürlich verheiratet.» Er seufzte tief. «Sag mir, wo die Mädchen sind . . .»

«Daddy! Mr. Pentecost!» rief eine erschrockene Stimme von der Tür her. «Was ist denn los mit euch?»

Es war Liz. Sie stand in einem rosa Morgenrock an der Tür, das Gesicht vom Schlaf gerötet, weich, jung und verletzlich.

Beide Männer standen auf, und jetzt sah Liz das Gesicht ihres Vaters. «Daddy! Was ist passiert? Was hast du da? War etwas mit dem Wagen –?» Sie hatte immer Angst, daß ihm bei seiner wilden Fahrweise noch einmal etwas passierte. Es war reines Glück, daß er noch nie einen Unfall gehabt hatte.

Charles breitete die Hände aus. «Komm, mein Liebes, setz dich zu uns. Ich bring dir einen Sherry.» Er räumte noch einen Stuhl leer.

Sie setzte sich, noch immer besorgt. Er gab ihr das Glas und sagte: «Nun mach nicht so ein entsetztes Gesicht, Liz. Es ist ja nichts weiter. Unser Freund hier hat mich auf die Nase geschlagen. So etwas bringen zwei englische Gentlemen bei einem Glas Brandy innerhalb von fünf Minuten wieder in Ordnung, was, Jocelyn?»

«Nett von dir, es so auszudrücken», sagte Jocelyn.

«Ja, aber – aber das ist doch schrecklich!» Sie sah Mr. Pentecost konsterniert an. «Ich – ich kann mir das gar nicht vorstellen . . . daß Sie so etwas . . .»

«Genau das habe ich ihm auch gerade gesagt», meinte Charles. «Er nimmt so etwas viel zu leicht. Aber man kommt nicht gegen die eigene Natur an.»

«Nun, jedenfalls – *du* hast es auch verdient, Daddy!» sagte Liz und wandte sich wieder Jocelyn zu. «Wenn ich ein Mann wäre und Mrs. Pentecost wäre meine Frau und es käme ein anderer Mann und würde sie küssen – *ich* würde ihn glatt umbringen.»

«Hast du das gehört, Jocelyn? Was habe ich dir gesagt? Komm, gib dein Glas, du trinkst doch noch einen?»

«Danke, nein, ich muß ja fahren. Das heißt, ich – du, Liz, kann ich mir dein Rad borgen?»

«Natürlich, Mr. Pentecost, gern. Ich hole es Ihnen.»

Sie brachte ihm das Rad. «Du wirst dir wohl die Knie am Kinn stoßen», sagte Charles. «Aber es ist ja nicht weit.»

Sie winkten ihm und sahen ihm nach. Dann gingen sie wieder ins Haus. «So, nun laß mich mal dein Gesicht ansehen», sagte Liz. «Na, es geht. Oh, Daddy, warum mußtest du auch alles verderben? Warum?»

«Ich –? Ich habe überhaupt nichts verdorben. Jocelyn hat einen Augenblick verrücktgespielt, aber wir haben das schnell wieder in Ordnung gebracht. Männer betrachten so etwas ganz anders und viel gelassener als Frauen.

«Und Mrs. Pentecost? Ich finde das doch schrecklich peinlich! Und –» Sie wollte fragen: Was wird Gaylord denken? Aber sie sagte es nicht. Über Gaylord wollte sie mit niemandem sprechen. Sie trug seinen Namen in ihrem Herzen, und nur nachts murmelte sie ihn in ihr Kopfkissen.

«Oh, ich hab eine gute Nachricht für dich! Die Frau vom Erlkönig ist heute abend plötzlich bei den Pentecosts erschienen, um ihre Tochter abzuholen. Morgen fliegen sie zurück nach Deutschland.»

«Ist das wahr –?» Das war eine wunderbare Nachricht. Wenn Christine fort war, würde Gaylord vielleicht wieder Augen für sie haben. Vorausgesetzt natürlich, daß ihr

Vater nicht alles verdorben hatte. Sie hätte ihm gern noch weitere Fragen gestellt, aber ihr Vater saß jetzt, in Gedanken versunken, in seinem Sessel und blickte ins Leere. Wenn er so aussah, hörte er doch nicht zu. Man konnte dann nur abwarten.

Und plötzlich sah er sie fast erschrocken an und sagte: «Du mußt mir etwas versprechen, Liz.»

«Ja, Daddy?»

«Wenn du einmal einen Sohn hast, dann sorge dafür, daß er kein Puritaner wird. Aber wenn du es nicht verhindern kannst, dann sorge wenigstens dafür, daß er kein Künstler wird. Dann bring ihn lieber bei einer Bank unter.»

11

Gaylord hatte zum erstenmal ein Mädchen geküßt. Und seine Welt stand in Flammen.

Charles hatte May geküßt. Und May hatte ihm eine Ohrfeige gegeben. Es folgte eine kurze Auseinandersetzung, und dann taten beide, als ob nichts geschehen wäre. Sie waren Engländer, und Engländer sind fest davon überzeugt, daß man nur entschieden genug so tun muß, als sei nichts passiert, um eines Tages festzustellen, daß tatsächlich nichts passiert ist und die Welt sich so weiterdreht wie eh und je.

Etwas aber *war* geschehen. May war jetzt vierzig, die guten Jahre lagen hinter ihr, und vor ihr lag, wie sie meinte, ein bequemes, aber ereignisloses Leben in der engen, begrenzten Welt ihrer Familie, ihrer Freunde. Nein, sie mußte zugeben, daß doch etwas geschehen war. Ihre erste Reaktion war zwar die Ohrfeige gewesen, aber andere Reaktionen hatten sich nur um Sekundenbruchteile später eingestellt: das Verlangen, die Arme um seinen Hals zu schlingen und ihn auf den Mund zu küssen, der Wunsch, in Tränen auszubrechen, zärtliche Worte zu murmeln, ihn zu trösten, weil er so einsam war, und zu Jocelyn zu laufen und sich weinend in seine Arme zu werfen. Doch die Ohrfeige hatte gesiegt und damit die Weichen gestellt: ein kurzer Wortwechsel, höfliches Betragen und schließlich ein paar ruhige, verständnisvolle Worte mit Jocelyn. Nur:

sie hatte *nicht* mit Jocelyn gesprochen. Zu ihrer eigenen Verwunderung hatte sie es immer wieder aufgeschoben – bis ihr plötzlich klarwurde, daß sie es zu lange aufgeschoben hatte, daß ihr die Dinge aus der Hand geglitten waren.

Auch die Gefühle dieses Nachmittags hatte sie noch nicht richtig ordnen können – ihr fehlte die Zeit. Da war die Hitze, die lastende Schwüle, die plötzliche Gegenwart eines anziehenden Mannes, der sie liebte, der Schreck über den herabgestürzten Vogel – all das hatte sie beunruhigt und zutiefst verstört.

Und nun auch noch Mrs. Haldt! Aber es half nichts, die Formen mußten gewahrt werden. «Trinken Sie eine Tasse Tee, Mrs. Haldt?»

«Nein, danke, Mrs. Pentecost. Das Taxi wartet draußen – ich habe im Hotel Zum Schwan in Ingerby Zimmer für uns genommen. Morgen vormittag fliegen wir nach Deutschland zurück. Christine, pack deine Sachen und bring sie zum Taxi hinaus. Wir wollen gleich aufbrechen.»

Mit einem bösen Blick auf ihre Mutter verließ Christine das Zimmer.

Mrs. Haldt saß sehr gerade und sehr gefaßt in ihrem Sessel, die Hände auf den Knien. Sie trug ein einfaches, aber meisterhaft geschnittenes Kostüm. Ihre Augen blickten in die Ferne und schienen weder das Zimmer noch die Menschen um sie herum wahrzunehmen.

May, immer noch bemüht, die schlimmsten Blutflecken zu verdecken, sagte: «Mrs. Haldt?»

Mrs. Haldt wandte langsam den Kopf, zog eine Augenbraue in die Höhe und sagte: «Ja, Mrs. Pentecost?»

«Es war sehr unrecht von meinem Sohn, Christine zu sagen, daß ich ein Au-pair-Mädchen suchte. Dafür möchte ich mich bei Ihnen entschuldigen. Und auch dafür, daß ich leichtfertig annahm, Ihre Tochter sei mit Ihrem Einverständnis zu uns gekommen. Ich sehe, diese Annahme war falsch.»

Mrs. Haldt nickte und sagte: «Ich hatte keine Ahnung, wo meine Tochter war, bis ich diese Mitteilung bekam.» Und zu Amandas Entsetzen zog sie einen Brief aus der Handtasche und gab ihn May.

May las ihn unter Amandas bänglichen Blicken. May sagte: «Für meinen Sohn habe ich mich bereits entschuldigt. Nun muß ich mich auch für meine Tochter entschuldigen.»

«Nein, das ist nicht nötig», erwiderte Mrs. Haldt. «Ihr verdanke ich ja, daß ich Christine gefunden habe.» Sie lächelte Amanda freundlich zu.

«Trotzdem möchte ich mich entschuldigen», sagte May und warf ihrer Tochter einen Blick zu, den Amanda mit Recht als böse klassifizierte.

Christine kam wieder ins Zimmer und sagte auf deutsch ein paar Worte zu ihrer Mutter. Mrs. Haldt erhob sich und legte eine Hand auf Mays Arm. «Mrs. Pentecost, alle Entschuldigungen sind unnötig – es ist ja nichts Schlimmes geschehen. Und für mich war es ein interessanter Besuch. Und bitte, Mrs. Pentecost, schelten Sie nicht zu sehr mit Ihrer kleinen Tochter. Sie ist ein liebes Mädchen. Und sicher hat sie nur das Beste gewollt.»

«Ja, für sich das Beste», erwiderte May. «Ich kenne meine Tochter.» Sie ging voran nach draußen. Mrs. Haldt glitt hinter ihr her, und als letzte, zornerfüllt, folgte Christine. Amanda blieb zurück. Es sprach einiges dafür, zu Bett zu gehen, ehe Mummy zurückkam, dachte sie. Entgehen konnte man ihr natürlich nicht – Mummy war wie der Zorn des Allmächtigen. Aber wenn sie so tat, als schliefe sie schon, kam sie vielleicht noch einmal davon. Bis morgen jedenfalls.

Draußen stand der Fahrer neben dem wartenden Taxi und hielt die Tür auf. «Mrs. Pentecost», sagte Christine mit unsicherer Stimme, «Sie können sich bestimmt denken, wie mir zumute ist. Aber ich möchte Ihnen sehr danken für alles, auch für Ihre Geduld. Ich war kein sehr gutes Au-pair-Mädchen.»

May umarmte sie herzlich. «Leben Sie wohl, mein Kind. Und ich wünsche Ihnen von Herzen alles Gute . . .»

Sie spürte, was in Christine vorging.

Christine küßte sie und stieg in das Taxi. Mrs. Haldt streckt die Hand aus und sagte: «Leben Sie wohl, Mrs. Pentecost.»

May sagte nichts mehr. Das Taxi fuhr an. Sie blickte ihm nach und sah, wie die roten Schlußlichter aufleuchteten, als der Fahrer bremste und auf die Straße einbog. Dann entschwand der Wagen – und mit ihm jemand, den sie mit Erleichterung gehen sah: ein liebes, nettes und intelligentes Mädchen, gegen das absolut nichts zu sagen war, außer daß sie jung und reizend war.

Amanda hatte gerade noch Zeit, ins Bett zu schlüpfen, die Augen zu schließen, die Lippen zu öffnen und ein paar gleichmäßige Atemzüge zu tun, ehe ihre Mutter ins Zimmer kam.

May bebte noch vor Aufregung, und der Anblick des schlafenden Kindes mit dem leisen Lächeln um die Lippen war fast zuviel für sie, obwohl sie natürlich wußte, daß Amanda so wenig schlief wie sie selber. Am liebsten hätte sie sich hinausgeschlichen, um sich über ihre Gefühle klarzuwerden, bevor Jocelyn zurückkam. Aber Amanda etwas durchgehen lassen, das kam nicht in Frage. «Wo sind die anderen?» fragte sie laut.

Amanda seufzte tief auf, als hätte man sie rücksichtslos

aus dem Schlaf gerissen. Aber nach einem Blick in das Gesicht ihrer Mutter wußte sie, daß Schauspielerei hier keinen Zweck hatte. «Opa ist im Bett, Daddy ist mit Mr. Bunting weggefahren, weißt du doch, und Gaylord wollte spazierengehen. Er wollte Christine mitnehmen, aber sie wollte nicht. Ein Glück, sonst hätte ihre Mutter sie nicht so einfach mitnehmen können.»

Da May von Gaylords Weggehen nichts bemerkt hatte, kam nun ein weiterer beunruhigender Gedanke zu den vielen anderen. «Dann weiß also Gaylord noch gar nicht, daß Christine fort ist?» fragte sie.

«Keinen Schimmer hat er», sagte Amanda befriedigt.

May sah, daß sie noch einiges vor sich hatte, ehe der Tag zu Ende ging. Sie mußte mit Jocelyn sprechen, der sich wie ein Höhlenmensch aufgeführt hatte, sie mußte ihrem Sohn etwas mitteilen, das ihn sehr enttäuschen würde, sie mußte das Durcheinander ihrer eigenen Gefühle ordnen, und sie mußte sich ihre zehnjährige Tochter vorknöpfen, die gegen den englischen Sittenkodex verstoßen und gepetzt hatte. Etwas viel, dachte sie. Nun, Amanda konnte warten. May küßte sie zerstreut und sagte: «Schlaf jetzt. Wir sprechen uns morgen.» Sie ging nach unten und machte sich einen Becher Kakao zurecht, den sie gerade ins Wohnzimmer trug, als die hintere Haustür aufging. Sie drehte sich um. Es war Gaylord: er lächelte selig und entrückt.

Gaylord war, als er zu seinem Spaziergang aufbrach, durch den Obstgarten gegangen, bis hinunter zu dem Weg, der am Fluß entlangführte.

Der große Birnbaum, unter dem er mit Christine gesessen hatte, trug jetzt einen Heiligenschein aus funkelnden Sternen.

Die Nacht war dunkel. Auf der Straße näherte sich ein Auto mit weit aufgeblendeten Scheinwerfern. Etwas spät für Gäste, dachte er. Aber was interessierte ihn das ... Christine hatte ihn geküßt! Und sie wollte bleiben, wenn seine Mutter es erlaubte. Mum war gutmütig. Wenn er mit ihr sprach und ihr erklärte, daß er und Christine ohne einander nicht leben konnten ...

Sie hatte ihn geküßt! Plötzlich drängte es ihn zu rennen, zu schwimmen, tief unterzutauchen in den sternenbeglänzten Fluß, und mit allen Kräften seines Körpers die Wellen zu zerteilen. Er wollte laut rufen, schreien, die erhabenen Sterne herausfordern – was wußten sie von der Liebe? Er war ein Geschöpf der Erde, gewiß, und doch größer als alle Sterne, denn ein Mädchen liebte ihn.

Er fing an zu laufen, immer schneller. Aber die Dunkelheit hinderte ihn. Da fiel ihm sein Boot ein.

Er tastete sich am Bootssteg entlang, machte das Boot los und stieß ab. Er begann flußaufwärts zu rudern, hastig und ungeschickt, aber glücklich. Er ruderte wie wild drauflos, bis die Anstrengung ihn ein wenig beruhigte. Dann zog er die Ruder ein und legte sich zurück. Es war noch warm. Der Fluß plätscherte sanft. Am Ufer graste ein Pferd. Die Sterne waren überall: hell im Zenith, dunstig am Horizont, auf und ab tanzend im schwarzen Wasser neben ihm. Er lag inmitten der Sommernacht, eingehüllt von seiner Sehnsucht nach der Geliebten, entflammt von der Liebe. Er war ein Teil des Lebens, das ihn umgab ...

«Willst du auch einen Becher Kakao?» fragte May. Es war vielleicht nicht der Gruß, den Shakespeare einer Mutter in den Mund gelegt hätte, die im Begriff war, ihrem Sohn einen Stich ins Herz zu versetzen. Aber es war eine praktische Frage. Sie ging wieder in die Küche. Gaylord folgte ihr langsam. «Ist Christine schon im Bett?» fragte er. Es sollte beiläufig klingen, aber seine Mutter konnte er nicht täuschen.

«Nein . . . nein», sagte May und goß heiße Milch in den Becher.

«Wo ist sie?»

May rührte noch einmal um und gab ihm den Becher. «Komm mit ins Wohnzimmer», sagte sie.

Sie gingen hintereinander ins Wohnzimmer, jeder vorsichtig mit seinem Becher in der Hand, wie Kinder. May setzte sich in einen Sessel, Gaylord hockte sich auf die Kante eines Tischchens. «Vater bleibt ja lange fort», sagte sie.

Er trank einen Schluck Kakao und sah sie unruhig an. «Wo ist Christine?» fragte er noch einmal.

«Junge, Mr. Chippendale hat das Tischchen da nicht gemacht, damit sich im zwanzigsten Jahrhundert ein großer Junge daraufsetzt.» Sie klopfte auf ihre Sessellehne. «Komm, setz dich zu mir.»

Irgend etwas war los, ihre Stimme klang nicht wie sonst. Er trat zu ihr und setzte sich auf die Lehne. Sie nahm seine Hand und drückte sie. «Sie ist nach Deutschland zurück, Gaylord.»

Die Stille im Raum war fast erdrückend. Sie blickte auf und sah zum erstenmal im Gesicht ihres Kindes das Gesicht eines Mannes. «Ihre Mutter ist hergekommen und hat sie abgeholt.»

«Aber sie war doch noch hier, vor einer Stunde. Sie kann doch nicht –»

«Sie bleiben die Nacht über in Ingerby, im Hotel. Morgen vormittag fliegen sie zurück.»

«Aber –»

«Du bist in sie verliebt, nicht wahr?»

Er wurde blutrot. «Nein, nein, das nicht.» Was für eine Idee! Er sah aus, als begriffe er kaum, wovon seine Mutter redete. Nach einer angemessenen Pause fragte er: «Hat sie – hat sie irgend etwas gesagt?»

«Nein.»

Schweigen. Dann: «Ja, ich glaube, dann werde ich mal zu Bett gehen, Mutter. Gute Nacht.» Er beugte sich zu ihr und küßte sie auf die Stirn.

Sie legte ihm den Arm um den Nacken und hielt ihn fest. «Es hätte nichts draus werden können, Lieber.»

«Gute Nacht», sagte er noch einmal.

Sie sagte: «Ich weiß noch sehr gut, wie weh die erste Liebe tut, mein Junge. Das vergißt man nicht.» Sie lächelte ihm zu, aber er verzog keine Miene. «Wenn du darüber sprechen möchtest . . . Manchmal hilft es, im Ernst.»

«Danke, Mum.» Und nun brachte er doch ein Lächeln zustande. «Gute Nacht.»

Sie ließ ihn gehen, es hatte keinen Zweck. Wie traurig! Sie und Gaylord hatten sonst immer miteinander sprechen können. Und nun? Das deutsche Mädchen war doch nicht zwischen sie getreten? Nein, es war nicht das deutsche Mädchen. Es lag daran, daß er kein Kind mehr war. Er war jetzt ein junger Mann. Er mußte seine Kämpfe allein ausfechten. Er hatte die Liebe kennengelernt.

An der Tür drehte er sich noch einmal um. Sie lächelte ihm zu. «Gute Nacht, mein Liebes», sagte sie, ehe er hinausging.

Jetzt hätte sie gern geweint. Ihre geordnete kleine Welt – sie hatte so an ihr gehangen. Manchmal, ganz selten, hatte sie mit einem Anflug von Stolz gedacht, daß nicht jede Frau es fertiggebracht hätte, so reibungslos ein Haus zu führen, in dem ihr eigenwilliger alter Schwiegervater lebte, ihr Ehemann, den sie mit zahllosen erdichteten Gestalten teilen mußte, ein heranwachsender Sohn und eine koboldartige Tochter, und dabei stets elegant und gepflegt auszusehen – und von allen im Haus geliebt zu werden.

Und jetzt hatte ein junges, liebes und nettes Mädchen eine knappe Woche in ihrem geordneten Haus gewohnt, und schon war alles in Unordnung geraten. Gaylord war verzweifelt, und sie konnte nicht mehr mit ihm reden. Sie saß hier und wartete auf Jocelyn – und ein peinliches Gespräch, das sie mit ihm führen mußte, vorausgesetzt natürlich, daß er nicht gänzlich den Verstand verloren hatte. Beide, sie und Jocelyn, hatten es buchstäblich fertiggebracht, ihren alten Freund Charles Bunting zu verletzen, was unverzeihlich war, wie sehr er es auch herausgefordert hatte. Und obendrein war sie von einer Deutschen elegant abgefertigt worden.

Sie mußte immer wieder an Charles denken, an den harten, festen Griff seiner Hände, als er sie an den Schultern gepackt hatte, den kratzigen Schnurrbart . . . an die Mischung aus Verachtung und Verehrung, mit der er sie behandelte. Plötzlich wurde ihr bewußt, daß sie ihn allmählich wie einen der wölfischen Schurken in alten Liebesromanzen sah, und darüber mußte sie nun doch lachen. Ausgerechnet Charles, mit seinem Rolls-Royce und seinen maßgeschneiderten Tweeds!

Das Lachen wollte jedoch nicht so recht gelingen. Der hungrige Kuß hatte sie aufgewühlt. Warum? Sie liebte ihren sonst so sanften und so freundlichen Mann von ganzem Herzen. Warum also war sie dann so verstört? Warum war ihr plötzlich alles fraglich geworden – ihre festgefügte kleine Welt, die Gelassenheit ihrer Ehe, die Art, wie sie lebten?

Sie trank ihren Kakao aus. «Ich benehme mich wie eine Gans», sagte sie sich energisch und stand auf.

12

Es war Jahre her, seit Jocelyn zuletzt auf einem Fahrrad gesessen hatte. Er hatte gehofft, die Fahrt werde ihn erfrischen. Dem war nicht so. Nach irgendeinem sonderbaren Naturgesetz hat der Radler auch bei noch so ruhigem Wetter stets den Wind gegen sich. Und der Gedanke an May und das, was ihm mit ihr bevorstand, war auch nicht gerade ermunternd. Er hatte sie selten *so* empört gesehen wie in dem Augenblick, als er Charles den Schlag auf die Nase versetzt hatte.

Als er ihr jetzt gegenüberstand, hatte sie deutlich die Trümpfe in der Hand. Er war verschwitzt und außer Atem und mußte blinzeln im hellen Licht. «Hallo, Liebling!» sagte er und kam sich dabei recht klein und armselig vor.

Sie betrachtete ihn kühl. «Oh, gut», sagte sie mehr zu sich selbst als zu ihm.

«Was meinst du damit?» ‹Gut› war sicher besser als ‹schlimm›, aber sehr tröstlich klang es trotzdem nicht.

«Keine Beulen. Ich dachte, ihr hättet euch vielleicht wieder in die Haare gekriegt.»

«O nein», sagte er leichthin. «Es verlief alles sehr freundschaftlich – wir haben ein Gläschen zusammen getrunken, und dann bin ich nach Hause gefahren.»

«Na fabelhaft! Ein anderer Mann belästigt deine Frau, und kaum ist eine Woche vergangen, da sitzt ihr zusammen und trinkt, als ob nie etwas gewesen wäre.»

Sie hatte schon wieder Oberwasser. Wie immer! Jocelyn mochte auf anderen Gebieten ein guter Denker sein, aber schnelle Manövrierfähigkeit war nicht seine Stärke, dazu brauchte er Zeit. Außerdem hatte er das Gefühl, der bei Charles genossene Cognac vernebele ihm das Gehirn. «Na, immerhin habe ich ihm eine gelangt, als ich es erfuhr», meinte er etwas lahm.

«Ja, allerdings. Ich traute meinen eigenen Augen nicht. Ausgerechnet du führst dich auf wie ein betrunkener Seemann!»

«Das habe ich nicht getan», sagte er gekränkt.

«Aber natürlich.»

Sie starrten einander böse an. Er ging immer noch unsicher im Zimmer umher. «Es war purer Atavismus», sagte er. «Ich hab ihm erzählt, wie ich dich einmal in den Ellbogen gebissen hab.»

Jetzt sprang sie auf, wütend. «Also, das ist doch die Höhe! Du setzt dich hin und trinkst mit dem Mann, der mir erst vor ein paar Tagen zu nahegetreten ist, und dann erzählst du ihm auch noch intime Einzelheiten von uns. Ihr müßt es ja *sehr* gemütlich gehabt haben!»

«So war es gar nicht. Weißt du noch, du hast dich umgedreht und mir aus Versehen den Ellbogen in den Mund gestoßen, und ich habe dich gebissen.»

«Natürlich weiß ich das noch. Ich habe ja noch die Narben.»

Sie standen einander gegenüber, beide zornig und erregt. Doch beide haßten die Schlacht, und wie Soldaten, die das Ende der Schlacht herbeisehnen, wußten beide, daß es nicht in ihrer Macht stand aufzuhören.

Und plötzlich fiel ihm ein Grund zum Grollen ein, den er fast vergessen hatte. Er sagte: «Ich finde, ich habe es nicht verdient, es zuerst von Amanda und von meinem Vater zu erfahren.»

«Du glaubst doch nicht im Ernst», sagte sie und mußte nach Luft schnappen vor Zorn, «du glaubst doch nicht im Ernst, daß ich es dir verheimlichen wollte? Du bist wirklich ein *Schafskopf*, Jocelyn.»

«Na, du hast dir jedenfalls reichlich Zeit gelassen.»

«Was sollte ich denn tun? Hätte ich zu dir rauflaufen und dir sagen sollen, daß Charles mich geküßt hatte?»

«Nein, aber – wir haben doch immer – ich dachte, du würdest zu mir kommen und wir könnten ruhig und vernünftig darüber sprechen.»

«Ruhig und vernünftig – das mußt *du* gerade sagen!»

Er ignorierte die Bemerkung. «Es sah dir so gar nicht ähnlich, es für dich zu behalten, May.» Er sagte es vorwurfsvoll, aber nicht mehr zornig.

Warum *hatte* sie es für sich behalten? Sie wußte es wirklich nicht. Aber sie wußte, daß sie taktisch dadurch im Nachteil war. Sie tat einen Schritt auf ihn zu. Er sah sie erstaunt an. Aber sie legte die Arme um seinen Hals, drückte den Kopf an ihn und sagte: «Oh, Jocelyn, mir ist so scheußlich zumute.»

Jocelyn war von Natur aus großmütig. «Komm, setz dich hin», sagte er liebevoll. Sie setzten sich nebeneinander auf das kleine Sofa. Dann stand er wieder auf, ging zur Anrichte hinüber und brachte ihr einen trockenen Martini. «Was ist denn?» fragte er besorgt. Es kam nicht oft vor, daß May um Hilfe bat.

Sie trank ein Schlückchen und sah ihn mit einem schwachen, aber dankbaren Lächeln an. «Ach, so vieles», sagte sie.

Er wartete geduldig. Sie sagte: «Diese Deutsche. Ich kam mir so klein vor, ihr gegenüber. Und so billig.»

Er drückte ihre Hand. «Was ist denn passiert, Liebes?»

«Sie hat Christine abgeholt. Und mir indirekt Vorwürfe gemacht. Ach, ich hab alles falsch gemacht, Jocelyn. Schon als Christine ankam, hab ich's falsch gemacht. Nicht gleich alles in Ordnung gebracht wie früher.» Sie leerte ihr Glas. «Ich werde alt. Früher hab ich *immer* gleich alles in Ordnung gebracht, und du weißt das.»

Er holte ihr noch einen Martini.

«Und Gaylord hab ich auch nicht richtig behandelt», fuhr sie kleinlaut fort. «Wir konnten nicht miteinander sprechen. Ich konnte ihm nicht helfen – er ließ mich nicht.» Sie sah ihn flehend an. Er schwieg. Sie sagte: «Immer habe ich genau gewußt, was ich ihm zu sagen hatte. Und jetzt plötzlich nicht mehr.»

«Das ist nicht deine Schuld», sagte Jocelyn. «Die Kinder wachsen heran. Und irgendwann schließen sie sich ein und wollen keine Hilfe.» Er saß da und sah sie an, mit dem nachdenklichen, abwesenden Ausdruck, den sie so gut kannte. «Sie wollen uns nicht mehr – sie nehmen uns übel, daß sie von uns abhängig waren. Sie möchten uns los sein, bis wir eines Tages, in zwanzig oder dreißig Jahren, von ihnen abhängig sind. Dann werden sie's uns heimzahlen: freundlich, gewissenhaft, souverän.»

May sah ihn erstaunt an. «So ist Gaylord nicht», sagte sie tonlos.

«Es geht nicht um Gaylord oder um uns. Es sind die Generationen.»

«Du redest Unsinn», sagte sie ohne Überzeugung.

«Mag schon sein. Schuld ist der Cognac, den ich bei Charles getrunken habe. Aber ich kann mir nicht helfen, ich denke, ich könnte recht haben.»

Sie sah ihn fast furchtsam an. «Es gibt noch einen Grund, warum mir so scheußlich zumute ist, Jocelyn.»

«Ja?»

Langsam sagte sie: «Innerlich hab ich es genossen, daß Charles mich küßte.»

«Möchtest du noch einen Martini?»

«Ja, bitte.»

Er brachte ihr das gefüllte Glas, setzte sich und nahm ihre freie Hand in seine beiden Hände. «Du liebst ihn – ist es das?»

«Nein. Natürlich nicht. Bloß – na ja, in meinem Alter ist es ganz schmeichelhaft, wenn ein Mann wie Charles einen liebt. Irgendwie hat man das Gefühl, man müsse es auskosten, weil es nie wiederkommen wird. Nie. Nie. Nie. Und man meint, wenn man später, nach vielen Jahren, daran zurückdenkt, wird's einem vielleicht leid tun, daß man so feige war.»

«Oder man ist froh und dankbar», sagte er ruhig.

Sie sahen einander ernst an. Sie sagte: «Etwas Merkwürdiges ist heute nachmittag passiert, und es hat mich irgendwie durcheinandergebracht. Charles und ich saßen unter den Ulmen und unterhielten uns.» Er zog die Augenbrauen hoch und sah sie an, aber sie fuhr fort: «Und auf einmal war ein Rascheln in einer der hohen Ulmen, und ein Vogel fiel herab, beinah uns vor die Füße. Er hob die Flügel und den Kopf – wie der Phoenix auf alten Bildern, verstehst du? Und dann – fiel er um und starb. Es hat mich furchtbar erschreckt.»

«Ja, das kann ich mir vorstellen.»

«Es war wie ein Omen. Aber wofür?»

Er sah sie beunruhigt an. May hatte bisher immer mit beiden Füßen auf der Erde gestanden und nie viel von Omen gehalten. Aber – eine treue Ehefrau, die plötzlich allein war mit einem Mann, von dem sie sich stärker angezogen fühlte, als sie für recht hielt . . . Eine schöne Frau, die zum erstenmal spürte, daß Schönheit vergänglich war ... Konnte eine solche Frau nicht doch Angst haben vor einem plötzlichen Omen? «Ja, wofür?» sagte er.

«Für den Tod vielleicht? Ein Vogel, der eben noch im hellen Sonnenlicht fliegt oder hoch oben auf den grünen Zweigen eines Baumes sitzt ... und gleich darauf liegt er im Staub. Sollten wir nicht im Licht fliegen, solange wir können, Jocelyn?»

Er schüttelte den Kopf. «Wir sind keine Vögel, May. Wir müssen auf der Erde bleiben. Etwas anderes gibt es für uns nicht.»

Sie lehnte den Kopf an seine Schulter. «Oh, Jocelyn, ich liebe dich. Aber dieser Vogel – er war so schön! Schlank, die Federn grau und blau. Und vollkommen. Und dann –»

«Oh, mein Armes», sagte er, «was ist nur in dich gefahren?»

Gaylord hatte noch nie an Schlaflosigkeit gelitten. Aber heute nacht hörte er die Uhr elf schlagen, dann zwölf, und jetzt war es sicher schon bald eins. Er spähte nach dem vertrauten Leuchtzifferblatt seiner Uhr. Zwanzig nach zwölf. Wann wurde es hell? In vier, fünf Stunden. Nein, so lange hielt er das nicht aus! Ihm war elend zumute.

Auch Liz Bunting lag wach. Was spielte es für eine Rolle, daß Christine jetzt nach Deutschland zurückkehrte? Mrs. Pentecost würde es nicht zulassen, daß ihr Sohn weiterhin mit der Tochter des Mannes zusammenkam, der sie belästigt hatte. Hoffentlich traf sie die Pentecosts nie wieder. Sie konnte ihnen nicht mehr in die Augen sehen.

Charles Bunting ging nach unten und machte sich eine Tasse Tee. Nase, Augen, Lippen und Zähne schmerzten noch, und er hatte immer noch den Geschmack von Blut im Mund. Hoffentlich lag da nicht doch eine ernste Verletzung vor! Wie leicht wurde so etwas vernachlässigt, und dann stand plötzlich der Arzt vor einem, zog die Brauen hoch und sagte: Tja, mein Lieber, wären Sie vor einem Jahr zu mir gekommen ... Jetzt ist es leider, leider zu spät!

Er saß am Küchentisch und trank einen Schluck Tee. Die aufgesprungenen Lippen schmerzten wieder. Die Küche sah kahl und unpersönlich aus, wie jede Küche um ein Uhr nachts. Draußen war es warm, aber ihn fröstelte. Fieber? Er holte das Thermometer. 36,7. Aber er hatte schon seit einiger Zeit das Gefühl, daß das Quecksilber steckengeblieben war.

O Gott, wie einsam er war! Ein Mann wie er brauchte eine Frau im Haus. Er war empfindsam, und er war ein Künstler – er brauchte zärtliche Fürsorge und Ermutigung und liebevolles Verständnis.

Er hätte Liz um nichts in der Welt aus dem Schlaf gerissen, aber er war doch ein klein wenig gekränkt, daß sie nicht gehört hatte, wie er hinunterging. Er schenkte sich noch einmal Tee ein und stellte die Kanne so energisch auf den Untersatz, daß sie klapperte. Versehentlich, natürlich. Hoffentlich war Liz nun nicht aufgewacht. Nein. Sie war nicht aufgewacht.

Seine Gedanken wanderten zurück zu seiner Frau. Rachel war bestimmt sehr rücksichtsvoll gewesen, aber sie hatte seine verschiedenen Leiden und Kümmernisse nie ganz so ernst genommen, wie sie es verdienten. Er dachte an May Pentecost. Eine vollkommene Ehefrau und Mutter! Nun ja, sie hatte ihm gezeigt, was geschah, wenn man in eine andere, glückliche Ehe einbrach. Die gute May! Aber sie konnte ganz schön kräftig zuschlagen! Hoffentlich war es nun nicht aus mit seiner Freundschaft mit den

Pentecosts – das wäre ein Jammer. Außerdem *mußte* er das Bild fertig malen.

Er dachte auch an Mrs. Haldt, die er bestimmt gern gemalt hätte. Schade, daß sie so schnell wieder aus seinem Leben verschwunden war. Eine großartige Frau! Zart, weiblich, bezaubernd. Wie behutsam sie seine verletzte Nase berührt hatte! Eine Frau, die ihrem Mann gewiß in guten wie in bösen Tagen treu zur Seite stand. All die vielen Frauen . . .!

Und er saß um ein Uhr morgens in seiner Küche, einsam und ohne Trost.

13

Am nächsten Morgen gab es eine Reihe Überraschungen.

Zunächst war Gaylord überrascht, als er feststellen mußte, daß er sich trotz seines Kummers körperlich sehr wohl fühlte. Gestern abend hatte er gedacht, er werde sich kaum von seinem Bett erheben können. Und nun saß er schon am frühen Morgen auf dem Rad und fuhr nach Ingerby. Wäre nicht der Kummer gewesen, hätte er die Fahrt richtig genossen.

Sehr überrascht, ja wie vom Donner gerührt war Christine Haldt, als punkt acht Uhr früh Roger Miles in weißer Leinenjacke und mit einem Tablett in der Hand in ihr Hotelzimmer trat. Und Roger Miles war ebenso überrascht, als das Haargewuschel auf dem Kopfkissen von Nr. 17 sich teilte und das erstaunte, aber reizende Gesicht von Christine Haldt enthüllte.

Sie zog die Bettdecke bis ans Kinn hoch. «Roger, was machen Sie in meinem Zimmer?» fragte sie.

«Ich bringe Ihnen den Tee. Ich helfe hier bei der Morgenrunde aus. Das Hotel gehört meinem Vater», erklärte Roger. «Aber – wieso sind Sie nicht mehr bei den Pentecosts?» Er war jetzt nicht mehr überrascht, sondern nur noch entzückt. Er stellte das Tablett auf den Nachttisch, setzte sich auf die Bettkante und ergriff die Teekanne. «So – jetzt schenke ich Ihnen eine Tasse Tee ein, ja?»

«Roger, das gehört sich nicht. Außerdem habe ich keinen Tee bestellt, das muß ein Irrtum sein. Bitte, gehen Sie.»

«Das kann ich nicht. Sie haben meine Frage noch nicht beantwortet.»

Von der Tür her ertönte eine strenge Stimme. «Seltsame Sitten sind das in England! Der Page setzt sich auf die Bettkante und schenkt weiblichen Hotelgästen den Tee ein.»

Gelassen erhob sich Roger und sagte freundlich: «Ich bin nicht der Page, Madame. Ich bin der Sohn des Hotelbesitzers.»

«Mutti, das ist Roger Miles. Ein Freund von Gaylord Pentecost.»

«Aha. Und vermutlich auch ein Cousin der Königin», meinte Mrs. Haldt sarkastisch.

«Und das ist meine Mutter», fuhr Christine fort. «Sie bringt mich nach Deutschland zurück.»

Roger verbeugte sich. «Aber Madame, Sie können doch nicht so grausam sein, uns Ihre Tochter wegzunehmen?»

«Und ob ich das kann! Und jetzt seien Sie bitte so freundlich, das Zimmer zu verlassen.»

Gaylord tat, was jeder Liebende in seiner Lage getan hätte: er drehte das Messer in seinem Herzen, indem er nach Ingerby fuhr, um das geliebte Mädchen abreisen zu sehen.

In der Nacht hatte er ein Dutzend Pläne erwogen, von dem Versuch, Mrs. Haldt durch Bitten zu erweichen, bis zu einer Entführung. Nichts bot Aussicht auf Erfolg. So stand er jetzt, auf sein Fahrrad gestützt, auf dem Marktplatz von Ingerby und beobachtete den Eingang des Hotels Zum Schwan.

Er hatte kaum fünf Minuten gewartet, da fuhr ein Taxi vor, und der Portier trug mehrere Koffer und Skisachen heraus. Dann erschienen Christine und ihre Mutter. Christine stieg in das Taxi, die Mutter wollte dem Portier noch ein Trinkgeld geben. Er konnte Christine also wenigstens noch ein Wort zurufen ... Und wenn er nur sagen konnte: Schreib mir! Vielleicht war sogar noch Zeit für einen flüchtigen Kuß – einen Kuß, dachte er in bitterem Schmerz, der für ein ganzes Leben reichen mußte.

Hastig trat er vom Bürgersteig hinunter – und ein offener Rolls-Royce drehte sich mit kreischenden Reifen unmittelbar vor ihm im Kreis. «Kannst du dich nicht vorsehen, Gaylord?» rief Charles Bunting empört.

«Entschuldigen Sie, Mr. Bunting. Ich habe Sie nicht gehört.»

«Du sollst mich auch nicht hören in diesem Wagen, verdammt! Aber du hast doch wohl Augen im Kopf, wie?»

«Ja, Mr. Bunting.» Die Straße war jetzt von Lastwagen und Autobussen verstopft. Von dem Taxi war nichts zu sehen.

«Du hast Glück gehabt, daß ich so ein guter Fahrer bin! Was machst du eigentlich in diesem gottverlassenen Nest so früh am Morgen?»

Einen Moment lang lichtete sich der Verkehr, und Gaylord sah erleichtert, daß das Taxi noch da war und daß Mrs. Haldt immer noch mit dem Portier sprach. «Verzeihen Sie, Mr. Bunting», sagte er höflich und dringlich. Aber im gleichen Augenblick sah er noch etwas anderes: Roger Miles stand neben dem Taxi und steckte den Kopf durch das Fenster. Er sprach mit Christine. Wer weiß, vielleicht küßte er sie sogar! Und jetzt stieg Mrs. Haldt ein, der Portier schloß die Tür und grüßte, Roger zog den Kopf zurück, lächelte und winkte, und das Taxi ordnete sich in den Verkehr ein und war gleich darauf verschwunden.

«Was soll ich verzeihen?» fragte Charles Bunting.

«Oh, schon gut, gar nichts, Mr. Bunting.»

Charles sah ihn von der Seite her an. Es war ihm bisher nie aufgefallen, aber Gaylord hatte eindeutig nicht alle Tassen im Schrank. Hoffentlich war sich Liz darüber im klaren. Er sagte: «Ich bin so zeitig hergekommen, weil ich sehen wollte, wie sie meine Bilder für die Ausstellung aufgehängt haben. Bestimmt alle falsch gehängt! Unter uns, die Leute interessieren sich doch nur für die Aktbilder.»

«Tatsächlich?» Jetzt war das Taxi sicher schon am Stadtrand, und bald würde es die Schnellstraße zum Flughafen erreichen. Christine entschwand aus seinem Leben, und er konnte nichts anderes tun, als hier stehen und reden.

«Ja. Die Aktbilder hängen sie an den besten Stellen auf. Und die anderen werden dann einfach drumherum drapiert.»

«Tatsächlich?»

«Ja.» Komisch, dachte er, Gaylord war genauso abwesend und zerstreut wie Liz heute morgen – bei ihr hatte er auch den Eindruck gehabt, als hörte sie ihm gar nicht zu. «Du, Gaylord, wenn du Zeit hast, fahr doch mal bei Liz vorbei und muntere sie ein bißchen auf. Vielleicht könnt ihr ja Tennis spielen, oder sonst irgend etwas unternehmen.» Er suchte in seiner Jackentasche. «Hier, nimm die fünf Pfund. Geht irgendwohin, das wird ihr Spaß machen.»

«Mr. Bunting, das kann ich nicht anehmen.»

«Komm, sei nicht albern, mein Junge.» Er schob den Schein in Gaylords Brusttasche. «So, und jetzt muß ich zwei Fahrbahnen kreuzen und in das verdammte Loch hinein, das der Schwan Wageneinfahrt nennt. Halt mir den Daumen, Junge!»

«Alles Gute, Mr. Bunting.»

«Danke.» Mr. Bunting fuhr mit einem Ruck an und nahm direkt Kurs auf das Hotel. Das Ergebnis war ein kurzes Chaos im morgendlichen Berufsverkehr, das sich jedoch schnell wieder glättete. Das exzentrische Verhalten eines Rolls-Royce kann Engländer nicht aus der Ruhe bringen – es gehört nun einmal zum englischen Erbe.

Ihr Vater war nach Ingerby, Liz Bunting war allein zu Hause. Sie hatte sich geschworen, den Pentecosts nie wieder unter die Augen zu treten. Und als sie aus dem Fenster sah und Gaylord erblickte, der mit seinem Fahrrad die Einfahrt heraufgeradelt kam, ging sie auf den Zehenspitzen die Treppe hinauf und blieb oben mit klopfendem Herzen im Flur stehen.

Es klingelte an der Haustür. Einmal. Und noch einmal. «Liz! Wo bist du, Liz?» rief Gaylord.

Sie rührte sich nicht. Er rief noch einmal. Dann hörte sie, wie er die Haustür öffnete und wieder ihren Namen rief. Die Tür fiel ins Schloß.

War er noch im Haus, oder war er fort? Sie schlich sich an ein Fenster und blickte hinaus. Da ging er! Er schob sein Fahrrad zur Straße hinunter. Mehrmals sah er sich verwirrt um.

Nur noch ein paar Sekunden dann würde er sich auf den Sattel schwingen und davonfahren. Sie öffnete das Fenster, «Gaylord!» rief sie laut. «Gaylord, warte!»

Er hörte sie und hielt an. Sie lief nach unten, zur Haustür hinaus und den Weg hinunter. «Hallo, Gaylord!»

«Hallo! Ich dachte schon, du wärst nicht zu Hause», sagte er.

«Doch. Tut mir leid», sagte sie keuchend. «Ich war gerade oben im Schlafzimmer, beim Bettenmachen.»

Jetzt waren sie sicher schon am Flughafen, dachte er, in

der Wartehalle, und Christine würde dasitzen, ruhig und schön, und – an Roger Miles denken, sagte er sich betrübt.

«Hier», sagte er, «das hat mir dein Vater gegeben – fünf Pfund. Er hat gesagt, wir sollen irgendwohin gehen. Wozu hast du Lust?»

Die ganze Zeit hatte sie nur einen Gedanken gehabt: Warum ist er gekommen? Kommt er zurück zu mir, weil Christine jetzt fort ist? Sie hatte sich nicht viel Hoffnung gemacht, aber doch ein bißchen, und damit war es nun aus. Ihr Vater hatte ihm – sicher in der besten Absicht – fünf Pfund gegeben, damit er etwas mit ihr unternahm. *Deshalb* war er gekommen.

Sie sagte: «Du *brauchst* nicht mit mir auszugehen, Gaylord. Ehrlich. Nur wenn du *selber* Lust hast.»

Die Abflugzeit wußte er nicht. Vielleicht gingen sie jetzt gerade an Bord des Flugzeugs. «Ja. Aber irgendwas sollten wir doch unternehmen. Es war sehr nett von deinem Vater.»

Es hätte begeisterter klingen können. «Es ist nicht so wichtig, Gaylord. Ehrlich.»

Vielleicht war das Flugzeug auch schon abgestürzt – ‹wenige Sekunden nach dem Start›, wie es oft hieß. Er sah sich an ihrem Krankenbett sitzen. «Doch, doch», sagte er. «Mir fällt bloß nichts ein, was fünf Pfund kosten würde.»

Sie faßte Mut und sagte: «Mit dir zusammen macht mir alles Spaß.»

Dagegen hatte er nichts einzuwenden. «Aber *fünf* Pfund!» gab er zu bedenken.

«Ich weiß!» rief sie plötzlich vergnügt. «Laß uns irgendwo essen gehen.»

«Also gut. Dann hol dein Rad.»

Jetzt fiel ihr etwas Schreckliches ein! «Das geht nicht, Gaylord.»

«Warum nicht?»

«Ich hab's jemandem geliehen.» Gleich würde die gräßliche Sache zwischen ihrem Vater und seinen Eltern wieder zur Sprache kommen. «Ich weiß! Wir nehmen einfach ein Taxi. Ich wollte mich schön anziehen und ein bißchen zurechtmachen.»

Gaylord kam das alles etwas verrückt vor. Aber Liz schien der Plan zu gefallen, und wenn sie ein Taxi nahmen und irgendwo in ein teures Lokal gingen, würde jedenfalls nicht mehr viel von den fünf Pfund übrig sein.

Liz war selig. «Denk du dir schon mal aus, wo wir hingehen. Ich zieh mich inzwischen um, und dann bestellen wir ein Taxi.» Sie lief nach oben. Sie band ihr Haar zu einem Pferdeschwanz, legte Lippenstift und Lidschatten auf. Draußen war ein warmer Sommertag, mittags würde es sehr heiß werden. Sie zog ein frisches geblümtes Baumwollkleid und weiße Sandalen an. Sie betrachtete sich im Spiegel. Ja, das war doch etwas anderes als Jeans. Sie hatte zwar nicht den Schick des deutschen Mädchens, aber für eine ‹englische Rose› war sie bestimmt nicht schlecht.

Und ich wette, dachte sie, er wird mich gar nicht angucken!

Nein, er sah sie nicht an, als sie in das Zimmer kam. Er stand am Fenster und sagte: «Heute wird's heiß werden.» Dann sah sie plötzlich, daß er ihr Kleid bemerkt hatte und daß es ihm gefiel. Würde er etwas sagen? Sie wartete mit leicht geöffneten Lippen, ein kleines Lächeln in den Augen.

«Das gleiche Muster wie unsere Sesselbezüge», sagte er.

«Wirklich?» Sie versuchte ebenso beeindruckt auszusehen wie er. «Hast du dir überlegt, wo wir hingehen können?»

«Nein, mir fällt nichts ein. Ehrlich.»

«Hast du auch wirklich Lust?» fragte sie ängstlich.

«Klar.» Jetzt flog sie vielleicht gerade über die englische Südküste und blickte hinunter auf die Brandungswellen und die schäumende See. Vielleicht lag jetzt England schon hinter ihr . . . Er hätte am liebsten geheult.

«Ich weiß ein Restaurant, wo Daddy immer hingeht», sagte Liz. «Am Fluß unten, in der Nähe von Shepherd's Warning. Bei gutem Wetter kann man draußen essen.»

«Ist es teuer?»

«Ich glaube, schon.»

«Na schön», sagte Gaylord.

Sie sagte: «Oh, Gaylord, ich glaube du hast überhaupt keine Lust.»

Er sah die Enttäuschung in ihrem Gesicht, und er nahm sich zusammen und lachte. «Na klar hab ich Lust. Ich bestelle jetzt das Taxi. Wie heißt das Restaurant?»

Auch nach Gaylords Vorstellungen war ‹Der Lindenbaum› teuer genug. Auf der Terrasse über dem Fluß, beschattet von Linden und alten Weiden, standen die gedeckten Tische. Gaylord und Liz gingen etwas unsicher über den kurzgemähten Rasen auf die Terrasse zu. Ein befrackter Kellner kam ihnen entgegen. Er sah sie aufmerksam und prüfend an.

Gaylord und Liz wurden bei diesem Empfang noch unsicherer.

«Kann ich Ihnen behilflich sein?» fragte der Kellner höflich.

«Wir dachten, ob wir hier vielleicht essen könnten», sagte Liz fragend.

«Aber gern, selbstverständlich», erwiderte der Kellner angenehm überrascht. Er hatte die beiden auf zwei Coca-Cola taxiert. «Bitte hier, Madame, Sir.»

Er führte sie zu der Terrasse hinauf und an einen Tisch, der für zwei Personen gedeckt war.

Sie setzten sich, und Gaylord wandte sich fragend an Liz: «Cola –?» Dann beschloß er, den Kellner ins Vertrauen zu ziehen. «Sollten wir vielleicht Sherry trinken?»

Der Kellner lächelte wahrhaftig! «Wie wär's mit trockenem Sherry, Sir?» fragte er freundlich.

«Ja, bitte zwei trockene Sherries», sagte Gaylord.

Als der Kellner den Sherry brachte, hoben sie die Gläser und tranken einander zu. Scheußlich, dachten beide. Aber immerhin, man kam sich sehr erwachsen vor. Die Sonne strahlte, der Fluß plätscherte, die Wasserhühner gluckten, und der Kellner war so angetan von den zwei reizenden jungen Leuten, daß er sie mit der größten Freundlichkeit bediente. Liz sagte: «Oh, Gaylord, ist es nicht alles himmlisch!» (Aber es war nicht alles himmlisch. Liz gehörte leider zu den Leuten, die nur glücklich sein können, wenn alle anderen ringsum auch glücklich sind, und sie wußte, daß Gaylord, auch wenn er sich Mühe gab, fröhlich zu wirken, in Wahrheit todunglücklich war.) «In solchen Restaurants bin ich immer nur mit Daddy gewesen. Aber mit dir ist es noch schöner.»

«Ja», sagte er und überlegte, wie lange wohl ein Brief aus Deutschland brauchte. Vermutlich Wochen. Aber er wußte, daß er von morgen an jeden Tag auf den Briefträger warten würde.

Die Speisekarte war riesig, und das Französisch war völlig anders als das Französisch, das sie in der Schule lernten. Also zogen sie noch einmal den Kellner zu Rate und sagten ihm, was sie am liebsten wollten: Tomatensuppe, Schollen mit Kartoffelchips und Erdbeereis. Und das bekamen sie auch. Gaylord war erleichtert, denn die Preise auf der Speisekarte waren sehr hoch. Aber Fisch und Chips und Eis konnte ja nicht die Welt kosten.

O Gott, laß es immer so weitergehen! betete Liz im stillen. Die Sonne schien ihr warm ins Gesicht, die Schatten der Zweige tanzten auf der Tischdecke, die Wellen hüpften und funkelten. Und hier saßen sie beide, sie und Gaylord, wie Erwachsene, wie zwei Verlobte oder Verheiratete, bei einem gemeinsamen Mahl.

Jetzt kamen zwei Schwäne in Sicht. Verächtlich stießen sie ihre gelben Schnäbel in das Wassergras. «Sieh mal, Schwäne!» rief Liz. Gemeinsam glitten sie weiter durch das blaue Wasser.

Aber für Gaylord hatte das Wort Schwan nur eine Bedeutung: ein grausames Schicksal hatte Christine ins Hotel Zum Schwan nach Ingerby geführt, wo sie Roger Miles wiedertreffen und wieder unter seinen Charme geraten mußte. Nicht daß er etwas gegen Roger hatte. Es war ja klar, daß sich zwei so vollkommene Wesen wie Roger und Christine zueinander hingezogen fühlten. Er selber war viel zu unbedeutend, um von ihnen beachtet zu werden.

Und doch, Christine hatte ihn geküßt. Und sie hatte ihm liebevoll in die Augen gesehen. Ja. Aber danach hatte sie Miles wiedergetroffen. Kein Mädchen, das Miles wiedersah, würde sich an Gaylord erinnern.

«Die Scholle ist Klasse!» sagte Liz. «Weißt du noch das kleine Fischlokal in Wales? *Ganz* so gut wie der Fisch dort ist der hier nicht, finde ich. Aber er ist auch sehr gut.»

«Damals waren wir noch Kinder», sagte Gaylord. Und nichts quälte uns, dachte er. Wir aßen mit Appetit und schliefen abends sofort ein. Er seufzte tief auf. So fest würde er nie wieder schlafen, und nie wieder würde ihm eine Mahlzeit so gut schmecken wie damals.

Liz hörte den Seufzer und sah ihn betrübt an. Der arme

Gaylord. Der arme, arme Gaylord. Sein Kummer war auch ihr Kummer. So würde es immer sein. Das war Liebe. Sie sagte: «Es tut mir leid, daß Christine fort ist, Gaylord.»

«Ja?» fragte er überrascht. Er hatte nicht das Gefühl gehabt, daß Liz und Christine sich wirklich mochten. Dann fiel es ihm ein. «Du wolltest sicher gern noch mehr Tennis von ihr lernen, nicht?»

«Nein, so hab ich es nicht gemeint. Ich meinte *deinetwegen.*»

«Ach so.» Er wurde rot. Aber mit siebzehn (und in England vielleicht in jedem Alter) versucht man Gefühle zu verbergen und zu verschleiern. «Mir hat es nichts weiter ausgemacht. Ich hatte nur gedacht, meine Mutter hätte gern eine Hilfe im Haus. Sie ist nicht mehr die jüngste, verstehst du?»

«Aber für ihr Alter ist sie wunderbar!» Auf Mrs. Pentecost ließ Liz nichts kommen.

«O ja, das ist sie», stimmte Gaylord zu, sehr befriedigt, daß ihm der Themawechsel so gut gelungen war.

Der Kellner brachte das Erdbeereis – die kleinen Silberschälchen waren mit winzigen Wasserperlen betaut und standen auf kleinen Spitzendeckchen. Daneben lag ein silberner Löffel. Trotz ihres Mitleids für Gaylord hatte Liz es sich schmecken lassen. Jetzt probierte sie das Eis und sagte ekstatisch: «Große Klasse!»

Gaylord, der sich für einen Eisexperten hielt, kostete mit der Miene eines Maître d'hôtel und sagte mit Kennermiene: «Von Walls.»

«Meinst du wirklich?» fragte Liz, tief beeindruckt.

Er nickte. «Merkt man sofort.» Er nahm noch einen Löffel voll und nickte noch einmal. «Mein Lieblingseis.»

Liz aß ihren letzten Löffel Erdbeereis. Jetzt ist gleich alles vorbei, dachte sie, das Essen, die Sonne auf dem Tisch, und wir gehen fort und der Tisch wird abgeräumt und neu gedeckt für andere Gäste, und die Sonne geht hinter den Pappeln unter. Und die beiden Schwäne werden noch einmal vorübergleiten wie Schwäne aus einem Märchen, und der schöne Tag geht zu Ende.

Aber sie saßen eine Weile beim Kaffee, und Liz sah, wie die Nachmittagssonne über den Rasen wanderte. Gaylord dachte: Jetzt ist sie vielleicht schon in München gelandet und fährt südwärts in die Berge und Wälder.

Der Kellner brachte die Rechnung, und Gaylord entfaltete sie lässig. Er las den Betrag, als ob er für einen *bon viveur* wie ihn keine Rolle spielte – und das, obwohl der Betrag etwas über dem lag, was er in der Tasche hatte.

Das war doch unmöglich! So viel Geld für Fisch und Chips! Aber da stand es. Gaylord schwitzte Blut, blieb aber äußerlich ruhig. «Du hast nicht zufällig zehn Pence bei dir, Liz? Ist nicht weiter wichtig, nur wegen des Kleingelds.»

Sie suchte in ihrer Handtasche. Gaylord saß wie auf Kohlen.

«Ja, hab ich. Hier, Gaylord.»

«Danke.»

Jetzt konnte er die Rechnung bezahlen. Die Bedienung war zum Glück im Preis eingeschlossen. Sie standen auf und gingen. Der Kellner verbeugte sich, und er lächelte, was er selten tat. Er sah ihnen nach. Zwei gut erzogene junge Leute, dachte er, und so unschuldig . . .

Sie schlenderten über den Rasen. Noch schien die Sonne, aber die Schatten wurden schon länger, der gemeinsame Tag ging zu Ende. Liz dachte, wie schön es wäre, wenn sie zu Fuß nach Hause gingen. Vielleicht konnte sie, wenn er weiter so traurig war, ihre Hand in seine schieben, nur so, zum Trost natürlich. Im Geist sah sie sich und ihn Hand in Hand durch den sinkenden Abend gehen. Ein Traum. «Wollen wir von dem Restaurant aus ein Taxi bestellen?» fragte sie tapfer.

Doch zu ihrer freudigen Überraschung sagte Gaylord: «Du – ich würde eigentlich ganz gern zu Fuß gehen. Aber wenn du –»

«Oh, gern! Es ist noch so schön draußen!»

Gaylord war sehr erleichtert. Wenn man kein Geld für ein Taxi in der Tasche hat, geht man gern zu Fuß und ist froh, wenn ein Mädchen bereitwillig mitläuft. So machten sie sich auf den Heimweg durch den sonnenerfüllten Septembernachmittag, durch Wiesen voller Lichtnelken und Herbstzeitlosen und an Obstgärten vorbei, in denen die Äpfel und Birnen und Pflaumen reiften.

Sie gingen nebeneinander her, ohne sich zu berühren. Andere Mädchen hätten Gründe für eine flüchtige Berührung gesucht, aber Liz war zu ehrlich für solche Manöver. Sie war müde und erschöpft, und sie hatte eine Blase am Fuß, aber sie ging, ohne zu klagen weiter. Als sie schließlich bei ihr zu Hause angekommen waren, fragte sie ihn: «Möchtest du nicht mit reinkommen? Ich könnte uns eine Kleinigkeit zum Abendessen machen.»

«Nein, danke», sagte er. «Meine Mutter wird sich schon wundern, wo ich so lange bleibe.»

«Ja, natürlich.» Sie sah ihn mit einem kleinen traurigen Lächeln und voller Liebe an. «Oh, Gaylord, es war so ein herrlicher Tag. Vielen, vielen Dank für alles!»

«Die Idee kam von deinem Vater, er hat mir das Geld gegeben. Ach – ich schulde dir ja noch zehn Pence!»

«Laß nur, Gaylord. Ich danke dir.» Ihre Stimme zitterte ein wenig. «Ich werde diesen Tag nie vergessen.»

«Ich auch nicht», sagte er. Es war der Tag, an dem Christine nach Deutschland zurückgefahren war. Er würde ihn nie vergessen.

Sie machte noch einen Versuch. «Willst du wirklich nicht zum Abendbrot bleiben?»

«Nein, danke. Bis bald, Liz!» Er saß schon auf seinem Fahrrad und fuhr langsam die Einfahrt hinunter. Unten an der Pforte drehte er sich noch einmal um. «Bis bald, Liz.»

«Bis bald, Gaylord!» Sie blieb draußen stehen, bis er nicht mehr zu sehen war. Dann ging sie ins Haus. Ihr Vater war noch nicht zurück. Sie machte sich Spiegeleier mit Schinken, und nachdem sie gegessen hatte, ging sie in ihr Zimmer hinauf und weinte.

Nach Christines Abreise war May im Grunde froh und erleichtert, daß sie nun alles wieder selber machen konnte und so, wie sie es gewohnt war. Es war so viel einfacher! Sorgen machte ihr nur Gaylord, der immer blasser wurde.

Und auch Charles wegen war sie noch nicht ganz beruhigt. Sie wollte ihn gern sehen, mit ihm sprechen. Die Porträtsitzungen waren eine wunderbare Unterbrechung des Alltags gewesen. Einfach still sitzen, seine Gesellschaft genießen, wenig sprechen, und im Herzen das Gefühl einer Freundschaft, so warm und süß wie die langen Sommernachmittage . . . (Ja, warm und süß, ein Gefühl, das sie erfüllte und glücklich machte. Aber war Freundschaft das richtige Wort? Dieser Frage wollte sie sich lieber nicht stellen.)

Seit Jocelyns Ausbruch hatte sie nichts mehr von Charles gehört. Was sollte sie tun? Ihn anrufen? Sie hätte es gern getan. Aber Jocelyn war jetzt so empfindlich und mißtrauisch in allem, was Charles betraf.

Eines Tages, als sie nach dem Lunch ihren Kaffee draußen auf dem Rasen tranken, sagte May: «Liebling, meinst du nicht, du solltest Charles mal anrufen? Wir haben ewig nichts von ihm gehört.»

«Ach, ich weiß nicht, May. An dem Abend, als wir da zusammensaßen und tranken, da war ja alles wieder in Ordnung. Aber wenn er nun so gar nicht von sich hören läßt...»

Sie verstand. Er wollte nicht. Sie meinte: «Je länger wir es aufschieben, um so schwieriger wird es.»

«Ja, es ist ein Problem.»

Sie wartete. Vielleicht kam ja doch noch eine etwas positivere Antwort. Aber es kam nichts. «Wär's dir lieber, wenn wir *nicht* versuchten, die alte Freundschaft zu reparieren und alles laufen ließen, wie es kommt?»

«Großer Gott, nein, das natürlich nicht. Wir sind seit Jahren gute Freunde!»

«Ja, ich wollte es ja auch nur wissen», sagte sie. «Du hast ihm ja ganz schön zugesetzt. Ich hatte regelrecht Angst...»

Das hörte Jocelyn gern. Natürlich wollte er nicht, daß irgend jemand Angst vor ihm hatte. Aber es war vielleicht nicht so falsch, den anderen gelegentlich zu zeigen, daß man ernst zu nehmen war und daß sie mit einem zu rechnen hatten. Er sagte: «Hör zu, May, ruf du doch Charles mal an. Sag ihm, er soll zum Abendessen kommen. Und falls er sich anstellt, sag ihm, er soll nicht albern sein.»

Sie sah ihn zweifelnd an. «Also gut, wenn dir das wirklich recht ist –»

«Aber natürlich.»

Charles war selber am Telefon.

«Hallo, Charles», sagte May. «Wie geht's? Du bist also *nicht* ausgewandert.»

«Ah, hallo, May. Nein, immer noch in der alten Heimat, was mich teuer zu stehen kommt: 83 Prozent Steuern!»

Es klang munter und gut gelaunt, aber sie war sich nicht ganz sicher, ob er sie richtig verstanden hatte. «Ich wollte sagen, wir haben dich eine Ewigkeit nicht gesehen.»

«Ja, stimmt. Tut mir leid. Aber ich ersticke mal wieder in Arbeit.»

«Willst du nicht mal mit Liz zum Abendessen kommen? Ehe Gaylord wieder ins Internat muß?»

«Liebend gern, May. Aber im Augenblick –»

Irgend etwas war da nicht in Ordnung, sie hatte es gleich gewußt. Sie hatte ein ungutes Gefühl im Magen. «Du, Charles?»

«Ja, May?»

«Es ist doch nichts? Du bist uns doch hoffentlich nicht böse?»

«Nein, woher denn! Warum sollte ich?»

«Na ja, ich hab dir ja ziemlich kräftig eine gelangt. Und Jocelyn – aber er hat nun eben manchmal diese Anfälle von Atavismus.»

«Nein, nein, ihr seid immer noch meine besten Freunde. Wir sehen uns demnächst.»

«Jederzeit, Charles. Das weißt du ja.»

Niedergeschlagen legte sie den Hörer auf. Sie hatten einen alten Freund gekränkt, einen Mann, der wegen seiner Empfindlichkeit und Eigenwilligkeit nicht leicht Freundschaft schloß! Gewiß, er hätte sie nicht küssen sollen. Aber sie und Jocelyn hätten auch nicht so heftig zu reagieren brauchen. Und wenn er sie wirklich liebte, dann mußte der Arme ja eine scheußliche Zeit durchgemacht haben.

Immerhin, er schien ganz munter zu sein. Und sogar ein bißchen amüsiert. Fast, als ob er froh sei, eine etwas lästige

Beziehung los zu sein und das demonstrieren wollte. Oh, er war oft grob mit ihr umgegangen. So war er nun einmal. Aber heute war er nicht grob gewesen. Er war freundlich gewesen und gut gelaunt. Und doch kam sie sich irgendwie zurückgewiesen vor.

Und von dem Porträt hatte er mit keinem Wort etwas gesagt.

Das machte natürlich nichts, aber jetzt wurde ihr zum erstenmal klar, wie sehr sie sich darauf gefreut und wieviel es ihr bedeutet hatte, von Charles Bunting gemalt zu werden – nicht für Geld, sondern weil er sie liebte und sie schön fand und ihrer Schönheit Unsterblichkeit verleihen wollte.

Jocelyn fragte sie: «Hast du mit Charles telefoniert?»

«Ja. Alles in Ordnung. Er hat nichts gegen uns, sagt er. Er habe nur im Augenblick sehr viel zu tun.»

Jocelyn verstand. Und auch er war niedergeschlagen. Irgendwann würde Charles wieder ankommen. Aber Unstimmigkeiten machten Jocelyn genauso unglücklich wie May.

Und auch Gaylord tat nichts, um seine Eltern aufzuheitern. Stumm und empfindlich schlich er durchs Haus. Die meiste Zeit verbrachte er in seinem geliebten Boot. Verstohlenes Interesse bekundete er sonst nur, wenn der Briefträger kam.

Aber es war nie ein Brief für ihn dabei.

14

Der letzte Tag der Sommerferien war gekommen.

Gott sei Dank! dachte May. Gaylord war verstockt und unzugänglich. Er tat ihr leid, aber sie konnte ihm nicht helfen. Je eher er ins Internat zurückkehrte, um so besser – dort würde er schon auf andere Gedanken kommen.

Für Gaylord war der letzte Ferientag ein Tag voll Trauer und Sehnsucht. Wo waren die zwei Sommermonate geblieben? Vor ihm lag ein neues Schuljahr – Euklid, Goethe und Racine, dazu Sport und Rugby und Hockey. Nichts, was den Vergleich mit einer rosig-weichen Wange oder mit einer Flut kastanienbraunen Haars aushielt – oder mit Augen, aus denen Liebe sprach.

Als Liz an Gaylords letztem Ferientag die Augen aufschlug, dachte sie: Morgen um diese Zeit ist er schon unterwegs zum Bahnhof. Sie warf einen Blick aus dem Fenster: es war ein herrlicher, stiller Septembertag. Und wenn er wiederkommt, ist Weihnachten. Dann haben die Bäume kein Laub mehr, der erste Schnee ist gefallen, die Wiesen sind naß und grau – es ist Winter. Was für eine lange Zeit der Trennung! Ein unerträglicher Gedanke.

Seit dem Tag im ‹Lindenbaum› hatte sie nichts mehr von ihm gehört. Wie schrecklich, wenn er jetzt abfuhr, ohne sie vorher noch einmal anzurufen! Auch das war ein unerträglicher Gedanke.

Aber da gab es einen Ausweg. Falls er heute vormittag nicht vorbeikam oder anrief, würde sie ihn anrufen. Er konnte nichts dagegen haben, wenn eine alte Freundin ihm für das neue Semester alles Gute wünschte.

May sagte an diesem Morgen nach dem Frühstück: «Gaylord, sind deine Koffer gepackt? Die Leute von der Bahn können jeden Moment kommen, um sie abzuholen.»

«Ich glaube, ja.»

«Glauben genügt nicht. Letztes Mal mußte ich dir deine Fußballstiefel nachschicken.» Plötzlich riß ihr die Geduld. «Nimm dich doch mal zusammen, Gaylord!»

Mein Gott, dachte sie, jetzt fange ich noch an zu schimpfen! Und es nützte überhaupt nichts. *Jeder* Versuch, Gaylord in Trab zu bringen, war von vornherein zum Scheitern verurteilt.

Das Telefon klingelte. Sie nahm den Hörer ab. «Hallo, May», sagte eine tiefe Männerstimme.

«Charles!» rief sie. «Wie schön, von dir zu hören!» Sie bemühte sich krampfhaft, natürlich zu wirken.

«May, heute abend wird ein Bild von mir enthüllt. Tut mir leid, daß ich jetzt erst Bescheid sage, aber hättet ihr Lust zu kommen?»

«Furchtbar gern, Charles. Du meinst, wir alle? Ich meine, auch die Kinder?»

«Ja. Also dann zwischen sieben und halb acht. Im Hotel Zum Schwan, im Trent-Raum.»

«Das ist ja mächtig aufregend, Charles. Also –»

«Bis dann, May. Leb wohl.»

Gaylord war verschwunden – um nach seinen Koffern zu sehen, hoffte sie. Mit dem Gefühl einer großen Erleichterung ging May die Treppe hinauf, ins Arbeitszimmer ihres Mannes. «Liebling, Charles hat eben angerufen. Wir sollen heute abend alle zur feierlichen Enthüllung eines Bildes von ihm ins Hotel Zum Schwan kommen. Du, ich freue mich. Ich habe das Gefühl, nun ist alles wieder in Ordnung.»

«Fein, May.» Auch er war sehr erleichtert. «Es hat mir doch ein bißchen auf der Seele gelegen. Was will er denn vorführen? Vielleicht dein Porträt?»

Das war auch für May eine sehr wichtige Frage, auch wenn sie es sich nicht eingestehen wollte. «Das kann ich mir eigentlich nicht denken – es waren ja doch nur sehr wenige Sitzungen. Ich glaube, an meinem Bild war noch sehr viel zu tun.»

«Ja, das glaube ich auch», sagte er zu ihrer Enttäuschung.

Aber hoffen konnte sie trotzdem. Es würde natürlich schrecklich peinlich sein, wenn vor lauter fremden Leuten ein Tuch von einer Staffelei gezogen würde und man darunter selber zum Vorschein kam. Und wahrscheinlich ganz anders als man in Wirklichkeit auszusehen meinte. Und alle würden Beifall klatschen und erst das Bild betrachten und dann einen selber. Schrecklich peinlich!

Und trotzdem *sehr* schön!

Gaylord zog die Kofferriemen fest und trug sein Gepäck nach unten in die Diele. Dann schlüpfte er zur hinteren Tür hinaus, nach draußen. Wenn er im Haus blieb, würde seine Mutter bloß mit ihm schimpfen. Irgend etwas war los mit ihr in den letzten Tagen.

Der Morgen war von wunderbarer Schönheit. Gaylord ging durch den Garten. Die Zweige der Obstbäume hingen, schwer von Früchten, herab, und über den Gräsern tanzte die Sonne. Er hatte noch eine letzte traurige Aufgabe zu erfüllen: er mußte sein Boot in den alten Schuppen bringen, der jetzt als Bootshaus diente. Ein halbes Jahr würde vergehen, bis er es wieder herausholte.

Doch bevor er das Boot für den Winter verstaute, hatte er noch etwas anderes vor.

In der vergangenen Nacht hatte er lange wach gelegen und sich schlaflos hin und her gewälzt. Immer wieder hatte er Christines Gesicht vor sich gesehen, und da war ihm plötzlich ein Gedanke gekommen – so schön, daß er ihn fast zu Tränen rührte. Er wollte sein Boot taufen: *Christine* sollte es heißen.

Am liebsten hätte er den Plan mitten in der Nacht ausgeführt. Aber er war wieder eingeschlafen. Und so lief er gleich nach dem Frühstück nach oben in sein Zimmer und schob die halb volle Limonadenflasche, die auf seinem Nachttisch stand, in die Hosentasche.

Und jetzt war es soweit. Er ging den Anlegesteg entlang, bis er über seinem Boot stand, zog die Flasche hervor, umwickelte den Hals mit seinem Taschentuch, und dann packte er die Flasche und zerschmetterte sie am Bootsrand. «Ich taufe dieses Schiff auf den Namen *Christine*!» rief er mit lauter, leicht bebender Stimme. «Gott erhalte die *Christine* und alle, die mit ihr fahren!»

Schweigend und tief bewegt blieb er eine Weile stehen. Dann kniete er vorsichtig am Stegrand nieder und sammelte die Glasscherben auf. Er war noch damit beschäftigt, als eine Stimme hinter ihm sagte: «Hallo, Gaylord.»

Es dauerte einen Augenblick, bis er sich umdrehen konnte. Wer war das? Amanda? Liz? Nein, keine von beiden.

Er wandte sich um und verlor fast das Gleichgewicht. Hinter ihm am Ufer stand Christine Haldt.

Er starrte sie an. Langsam erhob er sich, und ohne den Blick von ihr zu lassen, ging er auf sie zu. Er konnte es nicht fassen. Es war, als hätte er sie mit der Bootstaufe aus dem Boden gezaubert.

Sie trug ein langes erdfarbenes Kleid, das bis zu den Knöcheln reichte und ihr Haar und ihre große dunkle Brille ließen von ihrem Gesicht nur die Nasenspitze und die geschwungenen Lippen frei.

Aber sie war schön – schön und unwirklich. Für Gaylord war sie so schön und so unwirklich wie Titania oder wie die Lorelei. «Christine!» flüsterte er, während er vorsichtig über die morschen Holzplanken auf sie zuging.

«Hallo, Gaylord», sagte sie noch einmal und lächelte. Sie stand regungslos da mit herabhängenden Armen.

Jetzt hatte er das Ufer erreicht. Er packte sie bei den Schultern und wollte sie küssen, doch mit einer typisch weiblichen Bewegung wandte sie den Kopf ab. «Christine! Wie kommst du hierher? Bist du zurückgekommen?»

«Zurückgekommen? Nein, ich bin gar nicht abgereist.»

«Aber ich hab dich doch zum Flughafen abfahren sehen.»

«Ja, das stimmt. Aber es wurde mal wieder gestreikt, wie so oft in England. Wir konnten nicht fliegen und mußten ins Hotel zurück. Sehr ärgerlich. Aber –»

«Ach, *da* bist du, Christine», sagte eine männliche Stimme. «Hallo, Pentecost.»

«Hallo, Miles», sagte Gaylord, allerdings ohne die Begeisterung, mit der er sonst seinen Helden begrüßte. Eben noch war er der Verzweiflung nahe gewesen. Dann war seine geliebte Christine vor ihm erschienen, die er weit weg in Deutschland geglaubt hatte, und die Verzweiflung hatte sich in höchste Freude verwandelt. Doch bevor er die Freude genießen konnte, bevor er die Geliebte in den Arm nehmen und küssen konnte, war ein dritter erschienen, ein Störenfried.

Miles sagte: «Ich weiß was, Pentecost: wir nehmen dein Boot und rudern ein bißchen durch die Gegend. Wir hatten gerade überlegt, was wir tun wollten, nicht wahr, Christine?»

«Ich kapiere das nicht. Ich dachte, Christine ist in Deutschland, und dann steht sie auf einmal hier, und plötzlich kommst du auch noch dazu. Seid ihr zusammen gekommen, oder –»

«Wir waren bei euch – wir sind mit dem Fahrrad gekommen und wollten zu dir. So – du kannst rudern, Pentecost. Christine und ich steuern.» Das strahlende Lächeln, das er so gut an- und abzuschalten verstand, begleitete seine Worte.

Wir waren bei euch. Wir wollten zu dir. Es klang, als betrachte er Christine als sein Eigentum, dachte Gaylord. Andererseits hatte sie offensichtlich die Absicht gehabt, ihn zu besuchen. Er verstand noch immer nicht und wandte sich an Christine. «Heißt das, daß du nun in England bleibst?»

Sie sah ihn freundlich und liebevoll lächelnd an, doch bevor sie antworten konnte, erschien keuchend Amanda. Mit einem Blick hatte sie die Lage erfaßt: «Darf ich mit?» fragte sie.

«Hat Mummy es dir erlaubt?» fragte Gaylord.

«Ja. Das heißt, sie hätte es mir bestimmt erlaubt. Aber ich habe sie nicht gefragt.»

«Dann tut es mir leid, Mandy.» Gaylord wollte nicht päpstlicher sein als der Papst, aber Amanda war einmal zu Beginn der Ferien ins Wasser gefallen, und seitdem waren ihr Bootsfahrten verboten. Er hatte keine Lust, ein Donnerwetter seiner Mutter zu riskieren. Im Augenblick war es besser, sie wie ein rohes Ei zu behandeln.

«Wartet ihr, wenn ich schnell hinlaufe und sie frage?»

«Ich habe leider nicht sehr viel Zeit, Mandy», sagte Roger mit einem bedauernden Lächeln. «Ich muß nachher wieder arbeiten.»

Gaylord ärgerte sich ein bißchen. Daß so ein Kind sich einbildete, Roger werde seine Zeit für sie verschwenden! «Nun hau ab, Mandy», sagte er freundlich, aber fest.

«Schon gut, meinetwegen», sagte Amanda und trottete heimwärts. *Männer!* Sie drehte sich um. Da lag der Fluß, kühl und verlockend. Und da waren ihre beiden Lieblingsmänner, die jetzt mit dem deutschen Mädchen den Steg hinuntergingen.

Roger und Christine scherzten und lachten. Gaylord schien sich zu fragen, warum das Schicksal, das soeben Christine aus dem Nichts hervorgezaubert hatte, sich nicht damit begnügen konnte, sondern gleich auch noch Roger Miles danebenstellen mußte. Amanda hätte am liebsten den Bohrer aus Gaylords Werkzeugkasten geholt und lauter Löcher in das Boot gebohrt, ehe die drei losfuhren. Und dann hätte sie sich ins Wasser gestürzt und hätte ihren lieben Bruder und den tollen Roger gerettet, aber der Deutschen hätte sie den Fuß auf den Kopf gesetzt. Leider jedoch ließ sich der Plan aus zwei Gründen nicht verwirklichen: die anderen waren längst im Boot, bevor sie mit dem Bohrer wieder angelaufen kam, und sie hatte ihre Schwimmflügel verloren.

Das Schicksal bescherte ihr jedoch eine andere weit weniger dramatische Möglichkeit, einen ihrer Männer aus den Klauen der Deutschen zu befreien: als sie am Haus ankam, sah ihre Mutter aus dem Fenster und rief: «Mandy, ist Gaylord da irgendwo? Sag ihm, er wird am Telefon verlangt.»

«Ja!» rief Amanda und fing an zu rennen. Als sie am Anlegesteg ankam, saßen Roger und Christine schon zusammen hinten am Heck, und Gaylord wollte gerade die Ruder ergreifen.

«Gaylord!» rief Amanda außer Atem. «Da ist jemand am Telefon für dich! Mummy sagt, es ist furchtbar eilig und wichtig!»

«Wer ist es denn?» fragte Gaylord unwillig.

«Weiß ich nicht. Jemand ganz weit weg, glaube ich. Neuseeland oder so.»

«Ich kenne niemand in Neuseeland.»

«Vielleicht will dir ein Rechtsanwalt in Neuseeland mitteilen, daß irgendein alter Erbonkel dir ein Vermögen hinterlassen hat», meinte Roger. «Geh lieber hin, Gaylord, ich kann ja inzwischen rudern.»

«Danke, Miles», sagte Gaylord dankbar und stieg aus dem Boot. Er verdrängte den Gedanken, daß die beiden womöglich froh waren, ihn auf diese Weise los zu sein, und lief auf das Haus zu. Einmal blickte er sich um. Sein Boot lag in der Flußmitte, es trug das Mädchen, das er liebte, und den Mann, den er am meisten auf der Welt bewunderte. Und doch konnte er sich darüber nicht freuen.

Wer konnte da am Telefon sein? Neuseeland *konnte* es nicht sein, das war ausgeschlossen. Aber aufregend wäre es schon – mächtig aufregend. Er malte sich aus, wie er in der Schule beiläufig sagte: «In den Ferien hatte ich einen Anruf aus Neuseeland – klar und deutlich wie ein Ortsgespräch.» Er fragte Mandy, die neben ihm her lief. «War es *wirklich* Neuseeland, Mandy?»

«Weiß nicht», antwortete sie keuchend. «Jedenfalls so was Ähnliches.» Dann zog sie es vor zu verduften. Es war immerhin möglich, daß der Anruf nicht *ganz* so wichtig war, wie sie ihn gemacht hatte . . .

Da lag doch tatsächlich der Hörer auf der Gabel! Und

seine Mutter sah ihn erstaunt an, als er angelaufen kam. «Hallo, mein Junge – bist du gerannt?»

«Telefon», keuchte er. «Mandy hat gesagt –»

«Ach so, ja. Aber das war nur Liz Bunting. Ich habe gesagt, es könnte einen Augenblick dauern und ob ich dir was bestellen sollte, aber sie sagte, nein, es sei nicht so wichtig.»

Gaylord war bitter enttäuscht. Was bildete sich Liz ein? Da war er drauf und dran gewesen, mit dem Mädchen, das er liebte, und mit seinem besten Freund eine Bootsfahrt zu machen und ihnen zu zeigen, was für ein glänzender Ruderer er war, eine herrliche Fahrt in den schönen Septembermorgen; und er hatte erfahren wollen, was Christine denn nun weiter vorhatte – und das alles hatte Liz ihm nun mit ihrem Anruf verdorben. Und Amanda mit ihrem dummen Gerede von Neuseeland. «Mandy ist ein dummes Gör», sagte er mürrisch. «Sie hat gesagt, es wäre ein Anruf aus Neuseeland.»

«Aber Junge, du kennst doch niemand in Neuseeland.»

«Haben wir da nicht irgendwo einen Onkel? Onkel Franz?» erinnerte sich Gaylord.

«Ja, aber der wird dich kaum anrufen. Der hat von dir noch nie etwas gehört, von der Geburtsanzeige abgesehen.»

«Na, hätte ja trotzdem sein können», sagte Gaylord. Er stand am Küchenschrank und holte sich eine Handvoll Rosinen aus dem Fach.

«Hör auf jetzt», sagte May. «Geh raus und spiel, ich hab zu tun.»

Geh raus und spiel! Er war tief gekränkt. Sie tat so, als wäre er ein kleines Kind! Mit zwei Schritten war er an der hinteren Tür, ging hinaus und schlug krachend die Tür hinter sich zu.

Das ließ sich May Pentecost nicht bieten. Sie riß die Tür auf und rief in scharfem Ton: «Gaylord! Komm her!» Es war ein Befehl.

Er kam zurück und sah sie schief an.

«Du entschuldigst dich auf der Stelle.»

Er starrte auf die Türschwelle, sah seine Mutter an und blickte wieder auf die Türschwelle. «Tut mir leid, Mum», sagte er.

«Ich will's hoffen. So, und jetzt lauf. Bis nachher.»

«Bis nachher.» Er wagte noch einen Blick in ihr Gesicht. Ob sie schon lachte? Nein. Er ging davon und hörte, wie seine Mutter die Tür schloß. Drinnen in der Küche lächelte May immer noch nicht. Was war nur los mit Gaylord? Er war doch sonst immer so gutwillig und lieb gewesen? Er ist verliebt, dachte sie, immer noch verliebt in die Erlkönigstochter. Nun, bis zu seinen nächsten Ferien war es sicherlich ausgestanden.

Die Tür ging wieder auf. Gaylord kam hereingeschlichen und sah seine Mutter unsicher an. «Entschuldige, daß ich so grob war», sagte er mit scheuem Lächeln.

«Schon gut, Junge.» Sie ging auf ihn zu und legte die Arme um ihn. «Was ist denn los, Gaylord?»

Er schwieg einen Augenblick. Dann sagte er: «Das deutsche Mädchen ... Christine ... Du erinnerst dich doch noch?»

«Ja?» Sie widerstand der Versuchung, ihm zu sagen, daß selbst sie in ihrem vorgerückten Alter sich noch an Dinge zu erinnern vermochte, die vor vierzehn Tagen geschehen waren.

«Sie ist wieder da. Oder vielmehr sie ist gar nicht abgereist.»

«Was? Nicht abgereist? Und wo ist sie jetzt?»

«Das weiß ich nicht. Sie kam vorhin mit Roger Miles vorbei. Jetzt sind sie mit meinem Boot unterwegs. Ich wollte mit, aber da kam der Anruf von Liz.»

«Ach, mein armer Junge.» Sie ahnte, was in ihm vorgegangen war. Wie konnte sie ihm helfen? «Paß mal auf», sagte sie, «willst du die beiden fragen, ob sie bei uns zu Mittag essen wollen?»

«O ja, Mum! Wenn's dir keine Mühe macht.»

Sie würde nie begreifen, wie alle Männer sich immer vorstellten, daß zwei Tischgäste *keine* Mühe machten. Aber sie sagte nichts. Wenn Christine Haldt ausgerechnet am letzten Ferientag sozusagen von den Toten auferstanden war und prompt mit Roger Miles eine Fahrt mit Gaylords Boot unternommen hatte, dann brauchte Gaylord die Liebe und Stütze seiner Mutter.

«Ich gehe mal runter und sehe, ob ich die beiden finde», sagte er.

Er ging zur Tür. Wahrscheinlich waren sie längst über alle Berge. Man kam am Ufer nicht sehr weit – da waren überall Gatter und dichtes Buschwerk. Aber versuchen wollte er es.

Er kam nicht einmal bis zur Tür. Sie wurde aufgerissen, und Christine stürzte herein, triefend und außer sich. Mitten in der Küche blieb sie keuchend stehen. Das Wasser lief an ihr herab und bildete eine große Lache auf dem gekachelten Fußboden. Mit lauter, empörter Stimme rief sie: «Mein Gott, ich bin beinahe ertrunken!»

Nie wieder ein Au-pair-Mädchen, dachte May. Und ich nahm an, sie sei längst in Deutschland! «Was ist denn passiert, mein Kind?» fragte sie, möglichst ruhig und möglichst englisch.

«Wir waren fast am Wehr, und was tut der Dummkopf? Er läßt die Ruder fallen und versucht mich zu küssen. Und auf einmal lagen wir im Wasser. Oh, Gaylord –» sie lief auf ihn zu, schlang die nassen Arme um seinen Hals und drückte ihr Gesicht an seins. «Mein armer Gaylord, dein schönes Boot . . .» Sie konnte nicht weitersprechen.

«Was ist mit meinem Boot?» fragte Gaylord mit trockenem Mund.

«Kaputt. Zertrümmert!» Christine rang die Hände.

Gaylord stürzte hinaus.

May hatte Christine ein Handtuch um die Schultern gelegt und sagte: «Kommen Sie mit nach oben. Ich lasse Ihnen ein Bad ein. Und dann ziehen wir Ihnen erst einmal die nassen Sachen aus.» Oben fragte sie: «Und Roger Miles – ist er heil rausgekommen?»

Christine schwenkte so heftig den Arm, daß sie fast May getroffen hätte, die ihr gerade den Reißverschluß aufzog. «Allerdings – weil ich ihn gerettet hab! Der große Sportsmann kann nämlich nicht schwimmen! Bei uns in Deutschland kann jeder schwimmen. Ich habe ihm die Hand unter das Kinn gelegt und gesagt: Ganz ruhig, ganz locker, ich ziehe dich raus. Aber nein, er muß um sich schlagen wie ein verrückt gewordener Octopus. Dadurch wurde natürlich alles viel schwieriger.»

«Aber jetzt ist er in Sicherheit? Was meinen Sie, wird er zu uns kommen?»

«Als ich ihn verließ», sagte Christine, «saß er am Ufer und spuckte Wasser.»

«Der Arme.» May fiel etwas ein. «Und er hat versucht, Sie zu küssen?»

«Ja. Er ist ja auch ein netter junger Mann. Aber ich glaube, er wollte noch mehr als küssen. Das mag ich nicht. Ich will das nicht.» Auch ihr fiel jetzt etwas ein. «Als Gaylord meine Hand halten oder mich küssen wollte, hab ich ihn ruhig gelassen. Das war süß, er ist so jung, und es hat ihm Freude gemacht, glaube ich. Aber Roger Miles, nein. Ich glaube, seine Absichten sind vielleicht nicht ganz ehrenhaft.»

Das hielt May ebenfalls für möglich. In ihren Augen war Roger Miles zwar ein netter Junge, aber eingebildet, dumm und unzuverlässig. Wenn er jetzt Gaylords Boot auf dem Gewissen hatte und wenn das dazu beitrug, daß ihr Sohn die tönernen Füße seines Götzen erkannte, dann war das für sie eine große Erleichterung. «So, nun bleiben Sie schön lange im Wasser», sagte sie zu Christine. «Um eins essen wir. Ich suche Ihnen etwas zum Anziehen raus.» Sie ging nach unten und überlegte: Es ist schon spät – was soll ich ihnen allen zum Essen vorsetzen? Schinken und Salat ist bestimmt nichts für Vater. Hoffentlich ist Gaylord jetzt wieder vernünftig. Der arme Junge, wenn nun auch noch sein Boot kaputt ist . . . Und er hat also Christine auch geküßt. Und die arme Liz Bunting, die ihn so liebte . . . Wie jung sie alle waren, und wie alt sie sich vorkam! Und doch, machten nicht die gleichen Gefühle, die die Jungen beunruhigten, auch ihr noch zu schaffen? War sie nicht aufgeregt wie ein junges Mädchen und gespannt auf den heutigen Abend, auf das Treffen mit Charles? Jetzt mußte sie erst einmal ein paar Sachen für Christine heraussuchen. Und vielleicht reichte die Zeit dann noch für ein Käsesoufflé.

Gaylord lief zum Fluß hinunter und war nicht sehr begeistert, als Amanda sich ihm anschloß. «Wo willst du hin, Gaylord? Warum rennst du so? Gaylord, war das vorhin Neuseeland am Telefon? Was sprechen die da eigentlich für eine Sprache? Sind Roger und Christine noch auf dem Wasser? Gaylord, findest du nicht, daß es gemein war von

Roger, daß er nicht auf mich warten wollte? Ich wär doch gleich wiedergekommen.»

Sie gelangten ans Ufer. Gaylord spähte in beide Richtungen. Kein Boot, kein Roger, kein Wrack. Aber Gaylord ahnte, was geschehen war, und begann flußabwärts zu laufen. Amanda lief neben ihm her; ihre hellen, schmalen Augen suchten immer wieder im Gesicht ihres Bruders. Sie spürte etwas herannahen, das für sie die höchste Seligkeit bedeutete: eine Katastrophe!

Zunächst erschien Roger Miles, das Hemd fest um die Taille gebunden, ein nasses Kleiderbündel unter dem Arm. Amanda betrachtete die halbnackte Gestalt voller Interesse. «Roger, du siehst ja aus wie Johannes der Täufer. Gaylord, findest du nicht auch, daß er wie Johannes der Täufer aussieht?»

«Hallo, Mandy. Hallo, Gaylord. Tut mir leid, wir hatten Pech, mit deinem Boot ist was Dummes passiert», sagte Roger.

Es war also wahr. «Wo ist es?» fragte Gaylord.

Roger deutete mit einer Kopfbewegung flußabwärts. Gaylord begann zu laufen. Amanda blieb bei Roger.

Roger warf sich ins Gras. Amanda sah ihn unsicher an. Er war nicht so lustig wie sonst, dachte sie. Vielleicht bedrückte ihn irgend etwas. Ja, vor einer Stunde war er mit Christine im Boot weggefahren, und nun erschien er hier allein und triefend naß. «Wo ist Miss Haldt?» fragte sie.

«In der Badewanne, nehme ich an», gab Roger düster zur Antwort.

Plötzlich ging Amanda ein Licht auf. Ein seliges Lächeln breitete sich in ihrem kleinen Gesicht aus. Aber sie wagte kaum zu fragen. «Du, Roger, hast du sie ins Wasser geschmissen?»

Roger schwieg. «Man *könnte* es so ausdrücken», sagte er endlich.

Amanda warf sich vor Freude ins Gras.

«Mann!» Sie strampelte mit den Beinen in der Luft. «Hurraah!» Dann fiel ihr etwas ein. Sie setzte sich auf und fragte streng: «Du hast sie doch nicht etwa *gerettet*?»

Roger hielt es nicht für nötig zu erwähnen, daß sich die Sache etwas anders abgespielt hatte. Er nickte und sagte: «Du bist ein kleines Biest. Ich konnte sie doch nicht ertrinken lassen!»

Amanda sah nicht ein, wieso eigentlich nicht. Aber Männer waren eben anders als Frauen, längst nicht so entschlossen. Sie legte sich wieder ins Gras und ließ sich von der Sonne bescheinen.

In diesem Augenblick erschien Gaylord wieder. Er setzte sich auf den Boden und sagte mit tonloser Stimme: «Auf Grund gelaufen, unterhalb vom Wehr. Vorn ist ein großes Loch drin.»

«O Gott, das tut mir wahnsinnig leid, Gaylord», sagte Roger niedergeschlagen.

«Laß nur.»

Sie schwiegen eine Weile. Dann sagte Roger: «Es müßte sich doch reparieren lassen.»

«Ja», sagte Gaylord. Aber repariert oder nicht – es würde nie wieder dasselbe Boot sein.

«Mit ein paar neuen Planken und einem frischen Farbanstrich wird es wieder wie neu sein, bestimmt.»

«Ja.» Sein Boot, die *Christine*, ein festes, zuverlässiges, gutes Boot und dann ein zusammengeflicktes Wrack – nein, er wollte es nicht wiedersehen.

«Ich brauche wohl nicht zu sagen, daß ich für alle Unkosten –» begann Roger. «Ich meine, wenn nicht der Anruf dazwischengekommen wäre, wärst du für das

Boot verantwortlich gewesen, aber unter diesen Umständen –»

«Schon gut, Miles, danke.» Das Boot, sein Stolz und seine Freude, war zertrümmert, weil sein Freund und Idol versucht hatte, das Mädchen zu küssen, das er, Gaylord, liebte. Nein – es *konnte* nicht so gewesen sein, Christine mußte sich irren. Und doch, er wußte es: drei Dinge, die ihm viel bedeutet hatten, waren ihm an diesem Tag genommen worden: sein Boot, sein Held und seine erste Liebe.

«Meine Mutter lädt euch zum Mittagessen ein. Ich kann dir ein paar Sachen zum Anziehen leihen.»

«Ja, danke. Hat Christine – hat sie was gesagt?»

Gaylord schwieg. Dann stand er müde auf und sagte: «Los, komm, ich such dir was zum Anziehen raus.»

15

May wollte gerade das Käsesoufflé aus dem Backofen nehmen, als sie Gaylords Stimme hörte. «Mum, Miles ist zum Essen mitgekommen. Kann ich ihm was zum Anziehen raussuchen?»

Sie richtete sich auf und sah einen nassen jungen Mann in Hemd und Hose vor sich. Roger hatte vor der eleganten Mrs. Pentecost nicht im Lendenschurz erscheinen wollen. O Gott, der Erlkönig in Person, dachte May. «Ja, natürlich. Nimm ihn mit nach oben und dann kommt bitte *gleich* wieder runter. Ebbe, Flut und Käsesoufflés warten auf niemand.»

«Sehr gut, Mrs. Pentecost, glänzend!» sagte Roger anerkennend.

May warf ihm einen kühlen Blick zu. Er hatte für heute genügend damit angerichtet, daß er versucht hatte, Christine herumzukriegen. Sie, May, würde er bestimmt nicht herumkriegen.

Fünf Minuten später erschienen Gaylord und Roger im Eßzimmer. Gaylord sagte: «Ich hab Miles' Sachen in der Waschküche aufgehängt, neben Christines. In Ordnung?»

«Ja», sagte May. Das Haus war eine Filiale der Gesellschaft zur Rettung Schiffbrüchiger geworden, dachte sie.

Christine kam herein. Sie trug ein Kleid von May. Nach dem kalten Bad im Fluß und dem heißen in der Badewanne wirkte ihr Teint fast durchsichtig. Ihr von einem gelben

Band zusammengehaltenes, noch feuchtes Haar glänzte. So etwas Schönes habe ich noch nie gesehen, dachte Gaylord, der sie immer wieder betrachtete. Aber Christine blickte nicht auf. Still und bescheiden und offenbar tief in Gedanken versunken, saß sie am Tisch.

May sah, wie ihr Schwiegervater mißmutig in seinem Soufflé herumstocherte. «Tut mir leid, Schwiegervater», sagte sie, «aber ich hatte keine Zeit, etwas anderes zu kochen. Wir hatten heute morgen ein kleines Mißgeschick.»

Christine warf May einen empörten Blick zu. Eine solche Katastrophe nannten die Engländer ‹ein kleines Mißgeschick›! Das war zuviel.

Sie saß jetzt nicht mehr still und bescheiden da, sondern blickte böse in die Runde. «Ein Mißgeschick?» protestierte sie. «Erst werde ich belästigt, dann falle ich ins Wasser, und Gaylords schönes Boot geht kaputt!» Sie erhob sich, ging zu Gaylord, beugte sich über ihn und rieb ihre Wange an seinem Gesicht. «Mein armer Gaylord –»

Sie ging wieder an ihren Platz und sah die Anwesenden streng an. «Und das alles nennen Sie ein kleines *Mißgeschick*!»

Nach diesem Tadel blickten die Anwesenden stumm vor sich hin. Alle außer Opa, der sich vergnügt an May wandte und sagte: «Ausgezeichnet, dieses Soufflé! Warum machst du uns das nicht öfter?»

«Weil du es mir übelnimmst, wenn ich dir nicht zweimal am Tag Fleisch vorsetze!» erwiderte May.

«Du tust gerade so, als ob ich ein Raubtier im Zoo wäre», sagte John Pentecost. Doch insgeheim fühlte er sich geschmeichelt, da er ihre Antwort für ein Kompliment hielt.

«Was ist denn nun eigentlich los mit deinem Boot, Gaylord?» fragte Jocelyn.

Gaylord wollte nicht darüber sprechen. «Es ist ein bißchen beschädigt», sagte er, den Blick auf seinen Teller geheftet.

«Oh, das tut mir aber leid.»

«Es ist direkt über das Wehr geschossen», verkündete Amanda.

«Wie hast du das denn fertiggebracht?» fragte Jocelyn. Er hatte sich lange geweigert, Gaylord ein Boot zu kaufen. Der Junge sollte es erst haben, wenn er richtig damit umgehen konnte. Zu spät bemerkte er die warnenden Blicke, die May ihm zuschoß.

«Er war es gar nicht», berichtete Amanda weiter. «Er wollte mitfahren, aber dann hat ihn jemand angerufen, aus Neuseeland oder so, und da sind Roger und Christine allein losgefahren, und Christine ist ins Wasser gefallen und Roger hat sich reingestürzt und hat sie gerettet. Aber das Boot konnte er nicht mehr retten, und da ist es über das Wehr geschossen.» Sie sah Roger mit einem liebevollen Lächeln an und warf Christine einen giftigen Blick zu.

Zu dieser völligen Verdrehung der Tatsachen sagte Christine nichts. Roger wollte etwas sagen, besann sich dann aber und schwieg. May dachte: Dazu kann Roger doch nicht schweigen! Und Jocelyn sagte: «Wieso Neuseeland? Wen kennen wir denn in Neuseeland?»

Aber auch John Pentecost hatte aufgehorcht. Er schlüpfte in die Rolle des alten englischen Gentleman, seine Lieblingsrolle, und fragte Christine mit großväterlicher Besorgnis: «Sagten Sie nicht etwas von ‹belästigt›, mein Kind?»

«Es war nichts», erwiderte Christine.

Mit leiser Stimme fragte der alte Herr: «Ich hoffe doch, Gaylord hat da keine Dummheiten gemacht?»

«Gaylord?» Christine sah ihn belustigt an. «Nein,

Gaylord ist *süß*. Er ist doch noch viel zu jung für so etwas.»

Gaylord war von diesem Gespräch kein Wort entgangen. Verletzt erhob er sich, kreidebleich im Gesicht. «Entschuldigung», murmelte er und ging hinaus.

«Was hat er denn?» wollte Opa wissen.

«Nichts. Das ist die Pubertät», erwiderte Jocelyn lächelnd.

«Pubertät?»

«Ja.»

Opa griff nach der Weinflasche und füllte Jocelyns Glas. «Komisch, das gab's früher nicht», sagte er. «Bei *uns* hieß das einfach Heranwachsen. Und war längst nicht so schwierig.»

Aber auch nach Gaylords Abgang blieb die Atmosphäre gespannt. Christine warf Roger einen giftigen Blick zu und zischte: «Du gemeiner Duckmäuser!»

Roger blickte verdutzt drein, Jocelyn neugierig. Der alte John Pentecost aber lehnte sich behaglich zurück. Ihm gefiel es, wenn ein Mädchen Courage hatte, und dem jungen Mann da drüben würde es sicher nicht schaden, wenn er mal eins auf den Deckel bekam. Amanda aber sprang empört auf.

«Was fällt dir ein, Roger einen Duckmäuser zu nennen?»

Jetzt sprang auch Christine auf und zeigte anklagend mit dem Finger auf Roger. «Weil er ein Duckmäuser *ist*! *Er* hat mich belästigt, so daß das Boot umkippte! Und jetzt hört er sich in aller Ruhe mit an, wie Gaylord beschuldigt wird und wie dieses ... dieses Kind hier behauptet, *er* hätte *mich* vor dem Ertrinken gerettet – ausgerechnet mich, die beste Schwimmerin unserer Schule!»

«Nenn mich nicht Kind!» schrie Amanda schrill.

«Amanda!» sagte Jocelyn laut. «Du setzt dich sofort hin!» Er sah Christine an und genoß ihren beifälligen Blick.

Roger Miles erhob sich. «Mrs. Pentecost, es war sehr nett von Ihnen, mich zum Essen einzuladen. Aber meine Zeit ist leider sehr begrenzt. Wenn ich das Hemd und die Hose noch behalten darf, dann würde ich Sie jetzt gern von meiner Gegenwart und von meinen nassen Sachen befreien.» Er sah sie mit einem strahlenden Lächeln an.

May lächelte zurück. Sie hatte eine Schwäche für gute Manieren, das wußte sie selbst.

«Und wenn Sie auch noch so freundlich wären zu erlauben», sagte Roger, «daß Christine mich in den von Ihnen geliehenen Kleidern begleitet . . . Ich werde dafür sorgen, daß Sie die Sachen so schnell wie möglich gereinigt zurückbekommen.»

«Selbstverständlich», sagte May. Alle standen auf, und Christine fragte: «Ist es Ihnen auch wirklich recht, wenn ich Ihre schönen Sachen noch anbehalte, Mrs. Pentecost?»

«Alles in Ordnung», sagte May. «Nur verstehe ich immer noch nicht, wieso Sie . . . Ich dachte, Sie wären längst wieder in Deutschland.»

«Nein, wir konnten nicht fliegen, wegen des Streiks . . .»

«Wenn Sie uns dann jetzt bitte entschuldigen», sagte Roger mit einem Blick auf seine Uhr. «Komm, Christine.»

Sie gingen. Gaylord lag im hohen Gras im Garten und sah sie gehen. Er wollte ihnen nachlaufen und sagen: Leb wohl, Christine. Sehen wir uns noch einmal? Wie lange bleibst du noch? Oder nur rufen: Vergiß mich nicht! Aber er konnte es nicht. Die beiden waren zusammen. Obwohl Christine so wütend auf Miles gewesen war – da gingen sie zusammen und waren offensichtlich ein Herz und eine Seele. Wahrscheinlich wohnte sie im Hotel Zum Schwan, das Rogers Vater gehörte. Der Streik, das Schicksal hatte sie zusammengeführt – war es nicht ganz natürlich, daß sie einander liebten? Gaylord konnte ihnen nicht grollen.

Sie stiegen auf ihre Räder und fuhren davon. Er blickte ihnen nach, bis sie nicht mehr zu sehen waren.

Mit den Händen in den Taschen wanderte er zum Wehr hinunter. Die Strömung war hier stärker, bis der Fluß sich zu einem dunklen See verbreiterte, auf dem jetzt schon die ersten herbstlich gefärbten Blätter schwammen. Hier sammelte das Wasser seine Kraft – und dann stürzte es über das Wehr hinab, wild und schäumend. Unterhalb des Wehrs, auf einem kleinen sandigen Uferstreifen, lag die *Christine*. Sie lag auf der Seite, das Wasser schwappte gegen den Rumpf und rann durch das Loch im Bug.

Gaylord lief die Böschung hinunter. Die Stelle da unten war einer seiner Lieblingsplätze, eine kleine, abgeschiedene, geschützte Bucht, wo es durch das Wehr auch im Sommer angenehm kühl war. Das Getöse des Wassers machte so schön schläfrig, und im Winter, wenn über die Wiesen am Fluß der Nebel kroch und man in der Ferne gerade noch die tröstlichen Lichter von zu Hause sah, konnte man hier gut seinen Gedanken nachhängen.

Er kniete sich in den Sand und untersuchte das Boot. Die Ruder waren verschwunden. Das Holz, das er selbst sorgfältig gelackt hatte, war an mehreren Stellen gesplittert. In dem trüben Wasser, das im Innern des Bootes stand, sah er eine Elritze, die erschreckt um sich schlug. Die Schuppen schimmerten silbrig.

Gaylord wußte, auch wenn er es nicht hätte erklären können, daß er und das kleine Lebewesen irgend etwas gemeinsam hatten. Sie waren eins, so wie er und die Sterne am Himmel und die Herbstzeitlosen eins waren. Sie waren Teil des gleichen Plans. Oder waren sie vielleicht nur deshalb eins, weil sie beide Teil des Leidens in der Welt waren? Und war der kleine Fisch, der gegen ein Unheil ankämpfte, das er nicht begreifen konnte, ein Symbol seines eigenen verwirrten Zustands? Behutsam hielt er die geöffnete Hand in das trübe Wasser, nahm den Fisch und setzte ihn in den Fluß. Der Fisch tauchte sofort nach unten.

Gaylord stand noch lange am Ufer und blickte in das strömende Wasser. Er freute sich, daß der kleine Fisch am Leben war, und er vergaß darüber eine Weile seine Einsamkeit und alles, was verloren und vergangen war: das Boot, der Sommer, die Ferien, Christine.

Noch einmal betrachtete er das Boot. Dann wandte er sich entschlossen ab und stieg die Böschung hinauf. Er ging zu dem alten Schuppen, wo er einen kaputten Traktorreifen, einen Stapel vergilbter Zeitungen und einen Kanister Petroleum fand.

Er hatte eine Idee.

16

«Mann, du siehst ja klasse aus, Mum», sagte Gaylord voller Bewunderung.

«Ja, findest du?» May freute sich.

Und jetzt zollte ihr auch Jocelyn Beifall. «Hallo, Liebes. Schön, daß du dir einen langen Rock angezogen hast. Steht dir gut.»

«Danke, Liebling.»

Er betrachtete ihr Haar. «Großer Gott, du bist ja ganz blau!»

«Gefällt es dir nicht?»

«Doch, schon. Nur –»

«Was denn? Was denn, was wolltest du gerade sagen, Jocelyn?»

«Ich meine, ist das dieses Zeug aus der Drogerie, von dem Gaylord neulich sprach?»

«Nein, du Dummer. Bloß eine neue Tönung: *Blue Sky.*»

«Aha. Sehr hübsch.»

Sie gab es auf. Sie würde nie erfahren, was er wirklich dachte. Ihr gefiel es jedenfalls. Ob Charles es wohl bemerkte?

Sie sah, daß ihr Schwiegervater sie wohlgefällig betrachtete, und freute sich. Der alte Herr war ein großer Bewunderer hübscher und gepflegter Frauen. «Du siehst blendend aus, May!» sagte er. «Amüsier dich gut.»

Sie lachte ihn an. «Du siehst aber auch nicht schlecht aus, Vater.»

Und das stimmte: er sah richtig gut aus. Schnurrbart und Haar waren gut geschnitten, das rosige Gesicht frisch rasiert. Er gehörte, dachte sie, einer Generation an, die sich noch Mühe mit dem Aussehen gab. Und dabei blieb er heute abend zu Hause. Sie sah Jocelyn an. An ihm war alles lässiger, der Anzug, die ganze Erscheinung. Das Haar etwas wirr. Aber insgesamt anziehend. Sehr anziehend. Obwohl er es bestimmt nicht darauf anlegte.

Dann betrachtete sie ihren Sohn. «Gaylord! Du kannst unmöglich in Jeans gehen.»

Er wand sich verlegen. «Du, würde es dir was ausmachen, wenn ich nicht mitkäme? Ich möchte mir gern mein Boot noch einmal ansehen.»

«Aber es ist doch schon bald dunkel.»

«Ich hab eine Taschenlampe.»

«Mr. Bunting hat dich auch mit eingeladen.»

Gaylords Mut sank. Wenn seine Mutter wollte, daß er mitkam, dann würde sie ruhig und geduldig Gründe vorbringen, bis sie ihn mürbe gemacht hatte. Wenige Männer waren zäh genug, um so viel weiblicher Entschlossenheit standzuhalten, und er, Gaylord, ganz bestimmt nicht. Doch jetzt erhielt er unerwartete Hilfe. Sein Vater sagte: «May, es ist sein letzter Abend. Laß ihn doch tun, was er gern möchte.»

«Mein Gott, er geht doch nicht zu seiner Hinrichtung.» sagte May. Andererseits – wenn Jocelyn schon einmal etwas sagte, was selten geschah, hörte sie gern auf ihn. «Also gut. Ich hoffe nur, daß Charles es nicht unhöflich findet –»

«Er wird's sicher nicht einmal bemerken», meinte Jocelyn.

«Also, Gaylord, dann lauf nur. Und komm nicht zu spät wieder.»

«Danke, Mum.» Er war schon an der Tür und schlüpfte nach draußen.

«So», sagte May. «Sobald Amanda zu erscheinen geruht, können wir aufbrechen.»

Amanda erschien – in einem bodenlangen Rüschenkleid, das Gesicht von zwei kurzen Zöpfen gerahmt. Sie sah entzückend aus, und sie wußte es auch. Sie war glücklich wie ein Schmetterling in der Sonne. May betrachtete sie. Kein Lippenstift, kein Lidschatten, kein Nagellack. Nichts. Ach, wie lange noch, dachte sie, dann wird sie alles ausprobieren, und ich muß mich entscheiden, wann und wie weit ich sie selbständig werden lasse. Lieber Gott, noch nicht, dachte sie. Erhalte uns die Unschuld unserer Kinder.

Doch während der Fahrt nach Ingerby kehrten ihre Gedanken zu dem Thema zurück, das sie nun schon so lange beschäftigte.

Charles liebte sie. Er hatte ein Porträt von ihr gemalt. Und nun hatte er sie alle zu der feierlichen Enthüllung eines Bildes eingeladen. Was für ein Bild war es? Was für ein Porträt? Die Frau des Bürgermeisters von Ingerby? Eine Ansicht vom Rathausplatz, gemalt für die Städtische Kunstgalerie? Oder Mrs. Jocelyn Pentecost?

Sie mußte es zugeben, das letzte war am wahrscheinlichsten. Und wenn es so war –? Von einem berühmten Künstler geliebt und gemalt zu werden, das war eine Ehre, die wenigen Frauen zuteil wurde. Natürlich kein Grund zum Stolz. Aber tief in ihrem Herzen empfand sie eine ganz geheime, stolze, warme Freude, die sie mit ins Grab nehmen würde. Niemand sollte je davon erfahren, auch ihr lieber Jocelyn nicht. Und Charles? dachte sie plötzlich. Was hatte

Charles davon – wo war für ihn die heimliche warme Freude, die er mit ins Grab nehmen konnte? Ihr wurde klar, daß der arme Charles eigentlich immer zu kurz gekommen war seit dem tragischen Tod seiner Frau.

Und sie konnte nichts für ihn tun. Sie verstand es zu trösten. Aber nicht Charles. Trost und Herzensbalsam hatte sie nur für den einen Mann, dem sie durch Gesetz und vor allem durch Liebe verbunden war. Und wegen dieser Bindung konnte sie Charles weder Trost noch Liebe spenden.

Und Jocelyn, dachte sie, fühlte sich in seiner Rolle durchaus wohl, ohne sich Gedanken darüber zu machen. Sie merkte, wie eine gewisse Gereiztheit in ihr aufstieg, während sie im Wagen neben ihm saß. Ruhig sagte sie: «Ich würde Charles gern trösten.»

«Wie meinst du das, May?» Er wandte den Blick nicht von der Straße.

«Ich möchte Charles gern trösten», wiederholte sie ruhig.

Er fuhr schweigend weiter und sagte dann ebenso ruhig: «Wie meinst du das – trösten?»

«So wie man ein Kind tröstet.»

Eine Verkehrsampel. Gelb. Dann Rot. Der Wagen hielt. «Ihn an mein Herz drücken», sagte May.

Gelb. Grün. Der Wagen stand noch immer. «Grün, Daddy!» zischte Amanda von hinten. Sie merkte zu ihrem Kummer, daß vorn eine leise und daher sicher höchst interessante Unterhaltung im Gange war.

Der Wagen fuhr an. «Klingt merkwürdig», sagte Jocelyn.

Sie schwieg. Er sagte: «Ja. Sehr lieb von dir, May. Ich verstehe schon. Aber – ich glaube, er würde es falsch auslegen.»

«Ja», sagte sie traurig. «Da hast du wohl recht.»
«Und das könnte für ihn sehr peinlich sein.»
«Ja, natürlich.»
Wieder eine Ampel. Jocelyn wartete einen Augenblick. Dann sagte er entschieden: «Ich glaube, es geht wirklich nicht, Liebes. Du kannst nicht einen Mann einfach in die Arme nehmen. Daß ich nicht eifersüchtig bin, brauche ich wohl nicht zu sagen. Aber – nun ja, es geht nicht, verstehst du?»

Als sie nach Ingerby kamen, bat May: «Laß uns noch ein bißchen herumfahren. Es ist noch früh, und ich bin so nervös.»
«Du? Nervös? Warum?»
«Es ist immerhin möglich, daß *ich* da heute abend enthüllt werde.»
«Oh, das glaube ich nicht, Liebes.» Trotzdem fuhr er zweimal um den Platz herum und dann auf den Parkplatz des Hotels. May hatte recht gehabt, es war immer noch früh. Als sie eintraten, waren nur Charles und zwei Kellner im Raum.
Beiden war etwas beklommen zumute. Charles hatte sie zwar eingeladen, aber die letzte Begegnung mit ihm war etwas angespannt verlaufen, und Charles war sowieso unberechenbar. Daß die Einladung freundlich, ja herzlich geklungen hatte, brauchte nichts zu bedeuten.
Doch jetzt kam er strahlend auf sie zu und streckte May beide Hände entgegen. Er gab ihr einen ehrerbietigen Kuß auf die Wange und schüttelte Jocelyn die Hand. «May! Jocelyn! Vielen Dank, daß ihr gekommen seid. Hallo, Amanda!»
May erinnerte sich an ihre Gedanken und Empfindungen im Wagen und bewunderte ihn im stillen. Wie gut er

sich verstellen konnte – kein Mensch hätte ihm angemerkt, wie einsam er in Wirklichkeit war.

Überall an den Wänden hingen Bilder von ihm. Jocelyn betrachtete sie mit Interesse, Amanda mit Langeweile. Aber Mays Augen hingen an einem großen Bild, das mitten im Raum auf einer Staffelei stand und mit einem Tuch verhängt war. Was mochte darunter sein? Sie wandte sich Charles zu. «Gaylord läßt sich entschuldigen, Charles.»

«Ja, ich weiß, er hat mich vorhin noch angerufen. Sehr nett und aufmerksam von ihm.»

May strahlte. Es tat gut, von Zeit zu Zeit festzustellen, daß ihre Bemühungen Früchte trugen.

Amanda hatte sich umgesehen. «Mr. Bunting», sagte sie, «die Dame auf dem Bild da hinten ist ja ganz lila.»

«Ja, und warum nicht?» fragte Charles. Er war äußerst empfindlich.

«Ich hab noch nie eine lila Dame gesehen.»

O Gott, dachte May resigniert, kaum hat eines meiner Kinder mal einen guten Eindruck gemacht, kommt das andere an und verdirbt ihn. Aber Charles sah Amanda nur mit einem nachdenklichen Blick an und fragte dann heiter: «So, und was möchtet ihr trinken?»

Das war ein neuer Charles! Höflichkeit war sonst nicht gerade seine Stärke gewesen. Er stand strahlend da, freundlich und zufrieden und – doch nicht glücklich? Nein, dachte May, Glück konnte es nicht sein. Für Charles gab es kein wahres Glück.

«Furchtbar nett von dir, uns einzuladen», sagte jetzt Jocelyn. «Ich meine wegen –»

«Lieber Jocelyn! Ich bitte dich! Vergessen wir das. Aber wo bleiben denn nur die anderen?» Er machte eine Handbewegung in Richtung der Staffelei. «Es ist bald Zeit ... Also, wie ist es, Sherry oder Gin mit etwas darin?»

Jetzt kamen auch andere Gäste. Charles begrüßte alle fröhlich und munter. In seinem Innern, dachte May, sah es sicherlich anders aus.

Jetzt fiel ihr auf, daß Liz nicht da war. «Charles», rief sie zu ihm hinüber, «wo ist Liz?»

«Sie kommt mit den anderen», rief er zurück.

Mit welchen anderen? May trank einen Schluck von ihrem Gin Tonic und begann einen Rundgang durch den Saal, um die ausgestellten Bilder zu betrachten. Aber ihre Gedanken kehrten immer wieder zu dem verhängten Bild auf der Staffelei zurück. Charles, selbstsicher und glücklich, wie es schien, plauderte heiter mit seinen Gästen. Seit den freundlichen Begrüßungsworten hatte er kaum einen Blick mehr für May gehabt. Und wie oft hatte sie sonst bei Veranstaltungen gespürt, daß seine Augen auf ihr ruhten. Offensichtlich war er entschlossen, ihr gegenüber nie wieder einen Schritt zu weit zu gehen. Fast bedauerte sie es. Oder hatte er sich vielleicht durch das Malen des Porträts innerlich von ihr befreit? Im Grunde ihres Herzens wollte sie gar nicht, daß er sich innerlich von ihr befreite.

Amanda trank gelangweilt Coca-Cola und wartete, daß Liz endlich kam. Auch sie hätte gern gewußt, was unter dem Tuch verborgen war. Ob Mummy auf Mr. Buntings Bild so streng und gemein aussah, wie sie in Wirklichkeit war? Sie überlegte, ob sie es wagen sollte, einen Blick unter das Tuch zu werfen. Vorsichtig schob sie sich durch den Wald von Erwachsenen hindurch in die Nähe der Staffelei.

Jetzt war sie da. Niemand, soweit sie sehen konnte, blickte in ihre Richtung. Sie streckte die Hand aus, nahm einen Zipfel des Tuchs und wollte sich gerade bücken, um unauffällig unter das Tuch zu spähen, als ein Herr, der vier Sherries ohne Tablett vor sich her trug, über sie stolperte und das Tuch ganz langsam von dem Bild herunterzurutschen begann. Mit einem wilden Schrei stürzte Charles durch den Raum und hielt mit starker Hand das Tuch am oberen Rahmen fest – zu spät, um zu verhüten, daß eine Ecke des Bildes sichtbar wurde: ein Stück Hintergrund, eine Frauenschulter, eine Haarsträhne.

«Entschuldigung», sagte Amanda. «Es tut mir leid.»

Charles sah sie an, sagte dann aber sehr sanft: «Macht nichts, mein Kind. Laß nur. Ich bin Schlimmeres gewohnt.»

Immer noch das Tuch haltend, rief Charles jetzt mit lauter Stimme: «Meine Damen und Herren, ich wollte noch auf meine Tochter und unsere anderen Gäste warten. Aber sie haben sich verspätet, und nun ist mir die Entscheidung aus der Hand genommen worden. Wir schreiten jetzt zur Enthüllung des Bildes.»

Applaus, Gelächter und Zurufe.

«Sie mögen anderer Meinung sein», fuhr Charles fort, «aber ich persönlich betrachte dieses Bild als mein wichtigstes Werk. Was die Mona Lisa für Leonardo, was Saskia für Rembrandt war, das ist – wenn ich das in aller Bescheidenheit sagen darf – dieses Bild für mich.»

Die Anwesenden schnappten nach Luft. Alle warteten gespannt. So stolz und empfindlich Charles Bunting auch war, als Künstler, wenn es um seine Arbeit ging, war er eher bescheiden. Wenn er in solchen Worten über ein Bild von sich sprach, mußte es schon etwas Besonderes sein.

May merkte, daß sie zitterte. Sie hatte das Gefühl, einer Ohnmacht nahe zu sein.

Charles sah sich jetzt um und sagte in einem leicht spöttischen Ton: «Aber ich kann unmöglich mein Bild selber enthüllen. Das schickt sich nicht. Dafür brauchen wir eine Dame.» Sein Blick fiel auf May. «May – tust du es mir zuliebe?»

«O nein», flüsterte sie. «Nein, nein.»

«Komm schon», sagte Jocelyn, und er legte die Hand unter ihren Ellbogen und steuerte sie durch den Raum.

Charles gab ihr ein Band in die Hand. «Hier – daran mußt du ziehen. Da müßte es klappen. Falls Amanda nicht den Mechanismus durcheinandergebracht hat.»

Ich will nicht, dachte May. Ich will nicht, daß die Leute sehen, wie er mich sieht, was er über mich denkt, ich will es nicht, ich will nicht. Aber sie zog an dem Band.

Lauter Applaus. Das Tuch fiel herab und enthüllte die Porträtstudie einer Dame in rotem Ballkleid, die auf einem vergoldeten Stuhl mit hoher Rückenlehne saß. May brauchte ein paar Sekunden, bis sie erkannte, daß es Mrs. Haldt, Christines Mutter, war.

Sie starrte und starrte. Dann schluckte sie und sagte großmütig: «Das ist das beste Bild, was du je gemalt hast, Charles.»

«*Ich* finde das auch. Aber bei einem solchen Modell ist das auch kein Wunder. Sie ist *großartig.*»

«Ja. Aber wann hast du es gemalt?»

«Sie mußten hierbleiben, wegen des Streiks, verstehst du? Sie hat mir viele, viele Stunden gesessen.»

«Wirklich?» Anscheinend hatte Charles selber seinen Trost gefunden.

Doch plötzlich wurde ihr die Ungeheuerlichkeit seines Verhaltens bewußt. Sie fing an zu lachen und lachte immer weiter. Er sah sie gekränkt an. «Was ist denn los?»

«Oh, Charles. Was *bist* du für ein taktloser Kerl!»

Er war beleidigt. Taktlos hatte ihn noch keiner genannt. Er dachte nach und sagte entsetzt: «Mein Gott, du meinst, Renate könnte es vielleicht übelnehmen, daß ich ausgerechnet dich das Bild enthüllen ließ. Daran hab ich gar nicht gedacht.»

Sie lachte immer noch. Unsicher fragte er: «Das meinst du doch – oder?»

«Ja, das auch», sagte sie spöttisch.

«Was denn noch?»

«Nichts», sagte sie. «Gar nichts weiter, Charlie-Boy.»

Er war sichtlich erleichtert. Doch in diesem Augenblick kamen drei weitere Gäste in den Saal: Liz Bunting, die May mit einem unsicheren Lächeln begrüßte, Christine, die May sehr selbstbewußt zulächelte, und Mrs. Haldt, eine glanzvolle Erscheinung.

Und in dem Augenblick, in dem Mrs. Haldt den Saal betrat, war es offensichtlich, daß sie nur Augen für Charles Bunting hatte – und er nur Augen für sie. Sie gingen aufeinander zu wie zwei Liebende an einem einsamen Strand, die weder Meer noch Himmel, noch Sonne sehen, sondern nur das Licht in den Augen des anderen. Mrs. Haldt hob die Hand, Charles murmelte «Renate!» und küßte ihr die Hand. Dann sahen sie einander strahlend an.

Die kleine überraschende Szene hatte etwas Rührendes. Niemand sagte ein Wort. Dann, nach einer Pause, folgte ein etwas verlegener Applaus.

Mrs. Haldt faßte sich schnell und fragte kühl: «Wer hat mein Bild enthüllt?»

«Angefangen habe ich», sagte Amanda mutig. «Und Mummy hat's dann zu Ende gemacht.»

«Aha, du warst es!» sagte Mrs. Haldt ebenso belustigt wie damals, als Amanda sie an der Haustür empfangen hatte. «Du scheinst jemand zu sein, der die Dinge gern in Bewegung setzt.»

Mrs. Haldt wandte sich May zu. «Mrs. Pentecost, das kleine Bild, das Charles von Ihnen angefangen hat, Sie wissen, das hausfrauliche –»

May warf einen Blick auf das rote Ballkleid, das von der

Staffelei aus den Saal beherrschte. «Sie meinen, wo ich wie eine Brueghelsche Bäuerin aussehe?» meinte sie.

«Nein, nein, meine Liebe. Sie sehen sehr englisch aus und sehr – gemütlich. Ich wollte nur sagen, Charles darf das nicht vergessen. Ich werde dafür sorgen, daß er es fertig malt. Sie können sich auf mich verlassen.»

«Sehr freundlich», murmelte May.

Mrs. Haldt neigte überaus liebenswürdig den Kopf und ging weiter. May nickte zurück. Sie war sprachlos. So war das also. Charles hatte keine Zeit verschwendet! *Sie hat mir viele, viele Stunden gesessen.* Und sicher hatte sie ihm keine Ohrfeige runtergehauen, wenn er zudringlich wurde.

May ging zu Jocelyn hinüber, der ihr mit einem stillen Lächeln entgegenkam. Jocelyn! Ihn unter den fremden Menschen wiederzufinden, das war, wie wenn man nach einer langen Reise über die eigene Schwelle trat.

«Eine schöne Frau, diese Mrs. – wie heißt sie doch?» sagte er. «Aber weißt du was, May», fügte er leise hinzu, «ich habe das Gefühl, er hat sich in sie verliebt.»

«Und wie!» erwiderte sie. «Bis über beide Ohren.»

«Großer Gott!» sagte Jocelyn.

Dann sah May weiter hinten Liz Bunting, die hoffnungsvoll zu ihr herüberblickte. Das kleine Gesicht sah so traurig aus, daß May zu ihr hinging und sagte: «Liz, Gaylord muß morgen abreisen. Willst du nicht mit uns nach Hause kommen? Wir essen zusammen, und morgen früh kann mein Mann dich nach Hause bringen.»

«Vielen Dank, Mrs. Pentecost», sagte Liz. «Ja, ich komme gern mit.»

Jocelyn hielt im allgemeinen viel von gelassenem Nichtstun, vor allem wenn der gelassene Nichtstuer er selber war. Es kam jedoch – wenn auch selten – vor, daß er dem Lauf der

Dinge nicht recht traute und doch lieber die Initiative ergriff – zu seinem eigenen und jedermanns Erstaunen.

So trat er nach einer Weile an Mrs. Haldt heran, die plaudernd in einer kleinen Gruppe stand, steuerte sie in eine ruhige Ecke des Raumes und sagte: «Entschuldigen Sie, ich bin ein alter Freund von Charles. Ich wollte Ihnen nur gern sagen, wie sehr mir Ihr Bild gefällt.»

«Das ist sehr liebenswürdig von Ihnen, Mr. Pentecost.»

«Ich hoffe, Mrs. Haldt, Sie nehmen mir meine Frage nicht übel. Aber Christine hat immer davon erzählt, daß sie in einem Schloß in Bayern lebt, mit ihren *Eltern* und ihrem Großvater.»

Sie bedachte ihn mit einem langen, kühlen Blick. «Nein, Mr. Pentecost. Sie wohnt zwar in einem Schloß in Bayern, und dort gibt es auch einen Großvater und einen Baron mit seiner Frau. Aber das sind nicht Christines Eltern. Sie lebt bei mir, ihrer Mutter. Ich bin dort die Wirtschafterin und Hausdame. Und ich bin Witwe.» Sie sah ihn an und lachte plötzlich. «Alles andere hat Christine erfunden. Aber *so* schlimm ist das doch nicht, nicht wahr, Mr. Pentecost?» Sie wurde wieder ernst. «Sie sehen also, Mr. Pentecost, Sie brauchen Ihren Freund nicht vor mir zu beschützen.»

«Verzeihung», sagte er. Plötzlich gefiel sie ihm. Auch die Tochter gefiel ihm. Sie hatten Stil, beide. Erstaunlich.

Er kam zu May zurück und sagte: «Sie ist Witwe.»

«Wer ist Witwe?»

«Mrs. Haldt.»

«Du lieber Gott, daran hatte ich noch gar nicht gedacht! Woher weißt du's?»

«Ich hab sie gefragt.»

«Oh, Jocelyn, Liebling!» Sie zog ihn an sich, legte den Kopf an seine Brust, und ihr Lachen tönte durch den Raum.

17

Gaylord wanderte langsam in die laue Septembernacht hinaus. Er wollte seinen finsteren Plan ausführen und die bitteren Ereignisse dieses Morgens jedenfalls symbolisch auslöschen. Aber irgendwie war die Glut erloschen, und nur Lustlosigkeit war geblieben.

Morgen früh würde er ins Internat zurückkehren. Die Schule fing wieder an. Er würde Miles nicht sehr vermissen. Miles blieb noch hier, bis das Semester in Oxford begann. Und Christine blieb vielleicht auch noch. Sie würden viel zusammen sein.

Warum tobte er nicht vor Eifersucht? Warum raste er nicht? Warum war er weder bestürzt noch traurig? Er fühlte überhaupt nichts mehr, nur eine große Leere. Nichts war ihm mehr wichtig, weder Liebe noch Freundschaft, weder Vergangenheit noch Gegenwart oder Zukunft. Was für ein kaltes Herz mußte er haben, daß er nichts mehr fühlte, wo jeder andere rasen würde vor Liebe, Eifersucht und Haß!

Er kam ans Wasser und betrachtete die *Christine*. Das Boot lag auf der Seite. Sein Boot – die Freude so vieler heller Sommertage, so vieler stiller Abende. Das Boot, dem er den Namen des Mädchens, das er liebte, gegeben hatte. Das Boot, das Schauplatz von Rogers Verrat gewesen war. Es lag auf der Seite, ein Wrack in der Dunkelheit.

Aber nichts regte sich in ihm. Gaylord war enttäuscht. Er mußte irgend etwas unternehmen. Er mußte seinen Plan ausführen, dann würde ihm wohler sein!

Er lief zu dem alten Schuppen, trat ein und machte Licht.

Zwischen Kartoffeln und Steckrüben und ein paar Arbeitsgeräten fand er, was er suchte. Er nahm den alten Traktorreifen, einen Packen Zeitungen und den Petroleumkanister und ging zurück zum Boot.

Er stieß und schob das Boot ins Wasser, warf die Zeitungen hinein und obendrauf den Reifen, goß das Petroleum über das ganze Boot, zündete ein Streichholz an und ließ es auf das Papier fallen. Dann schob er das Boot mit einem kräftigen Stoß in die Flußmitte.

Es war großartig. Die *Christine* ein schwimmender, lodernder Scheiterhaufen! Das Feuer zischte und knisterte, sprühte Funken und sandte eine schwarze Rauchwolke zum Himmel empor. Langsam und majestätisch glitt das Boot den Fluß hinunter, und Gaylord schaute zu. Seine Augen glänzten im Flammenschein und leuchteten vor Begeisterung. Kein Feuerwerk konnte schöner sein! Wo das brennende Boot vorbeiglitt, sah man Bäume und Hekken im hellen Licht erstrahlen und gleich darauf wieder ins nächtliche Dunkel fallen. Sogar das Wasser schien zu brennen. Vögel stießen lange Klagerufe aus, und ein Pferd wieherte angstvoll.

Gaylord wollte laut rufen und schreien und singen, aber es fiel ihm nichts Passendes ein. Wagner wäre jetzt das Richtige, dachte er. Und sicher hatte Wagner auch etwas geschrieben für eine solche Gelegenheit, aber Gaylord fiel nur das Preislied aus den *‹Meistersingern›* ein. Und so sang er es, bis seine Stimme in Tränen erstickte.

«Sag mal, Pentecost», sagte eine besorgte Stimme hinter

ihm im Dunkeln, «du bist doch wohl nicht plötzlich übergeschnappt?»

Gaylord hatte so lange in die Flammen gestarrt, daß er zuerst nichts erkennen konnte. Aber die Stimme kannte er. «Hallo, Miles», sagte er, bemüht, sich seine Erregung nicht anmerken zu lassen.

«Ist das *dein* Boot da draußen?»

«Ja.»

«Mein Gott. Es brauchte doch nur ein paar neue Planken.» Miles sah Gaylord besorgt an. «Was hast du vorgehabt? Ein Wikingerfeuer?»

«Ja, so etwas Ähnliches.»

Beide blickten dem Boot nach, der Flammenschein in der dunklen Nacht hielt ihre Blicke fest. Gaylord wäre lieber allein gewesen. Er hätte lieber allein den Scheiterhaufen seiner Hoffnungen entschwinden sehen.

Jetzt sagte Miles: «Du, Pentecost?»

«Ja?» Gaylord ließ den Blick nicht von der *Christine*, die immer noch lodernd brannte. Sie hatte jetzt fast die Stelle erreicht, wo Straße und Fluß dicht nebeneinander verliefen.

«Ich habe mit Gibson gesprochen, wegen der Übergabe und so. Er sagt, er will's mit dir in der ersten Mannschaft versuchen.»

Gaylords Herz schlug höher. Der Gedanke, daß der scheidende und der neue Rugby-Mannschaftskapitän über ihn sprachen, war berauschend. Und die Vorstellung, daß er vielleicht für die erste Mannschaft in Frage kam – nicht zu fassen. «Danke, Miles», murmelte er. Mehr brachte er nicht hervor.

Vielleicht zum erstenmal in seinem Leben wirkte Miles leicht verlegen. «Ich wollt's dir gern selber sagen», erklärte er. «Es tut mir leid . . . das Boot und – und *alles.*»

«Danke, Miles», sagte Gaylord. Und vor einer halben Stunde hatte er noch an Miles' Freundschaft gezweifelt!

«Und noch etwas, Pentecost. Du kennst doch Christine – ich meine, die Deutsche, ja?»

«Ja», sagte Gaylord mit gepreßter Stimme. Das Feuer brannte noch, aber die Flammen wurden kleiner, loderten nicht mehr so hoch. Doch das ganze Unternehmen hatte ihm nicht geholfen. Wo vorher die große Leere gewesen war, da spürte er jetzt ein Knäuel von Gefühlen, die er weder entwirren konnte noch verstand.

Miles sagte: «Also, bitte kein Wort zu irgend jemandem. Vor allem nicht zu ihrer Mutter. Aber wir sind – sozusagen verlobt.»

«Wer?» fragte Gaylord tonlos.

«Christine und ich. Du weißt doch, Christine, die Deutsche. Aber es ist noch geheim. Ich muß erst noch ihre Mutter gründlich bearbeiten. Sie dachte, ich wäre der Page.»

«Wer dachte das?»

«Christines Mutter.»

«Die kenne ich nicht.»

«Natürlich kennst du sie. Sie ist Mr. Buntings neue Flamme.» Er lachte. «Frag nur deine Mutter.»

«Was soll das heißen, frag nur deine Mutter?»

«Oh, du brauchst doch nicht gleich einzuschnappen! Amanda hat doch gesagt, zwischen deinen Eltern und Bunting, da gäb's ein Dreiecksverhältnis. Macht ja auch nichts, so etwas kommt vor, heutzutage –»

Gaylord warf sich auf Miles und schlug mit beiden Fäusten auf ihn ein. «Hör auf, Pentecost!» schrie Miles, während er zu Boden ging. Aber Gaylord war über ihm und trommelte auf seine Brust. «Das nimmst du zurück!» sagte er keuchend. «Das nimmst du zurück!»

«Was?»

«Das mit meiner Mutter und Mr. Bunting», sagte Gaylord und hielt inne.

«Ach, geh doch zum Teufel!» sagte Miles und versuchte Gaylord abzuschütteln. Aber Gaylord ließ nicht los. Beide schlugen wie wild um sich und rollten schließlich, immer noch fest umschlungen, ins Wasser.

Miles' Kopf ging zuerst unter. Als er japsend hochkam, nutzte Gaylord die Gelegenheit, holte aus und versetzte ihm einen Kinnhaken.

Miles japste und rührte sich nicht mehr. Gaylord stand auf, zog ihn an den Füßen aus dem Wasser und legte ihn ans Ufer. Miles lag da wie ein Toter. Nur die Lippen bewegten sich. «Das war verdammt feige von dir, Pentecost.»

Jetzt hörte man von der Straße her das Geklingel und Gerassel eines Feuerwehrwagens. «Bist du in Ordnung?» fragte Gaylord. «Ich glaube, ich muß da mal hingehen und denen erklären, was los ist.»

Er lief los, querfeldein über Wiesen und Gatter. Ihm war nicht ganz wohl zumute. Das Feuer brannte nur noch niedrig, das Boot befand sich jetzt ganz nahe an der Stelle, wo die Straße und der Fluß zusammentrafen. Auf der Straße beleuchteten die Scheinwerfer eines Autos einen großen roten Feuerwehrwagen, dessen Blaulicht gespenstisch in die Nacht zuckte. Die Feuerwehrmänner hatten einen Scheinwerfer auf die *Christine* gerichtet, und jetzt traf ein starker Wasserstrahl unter lautem Zischen auf das Boot. O Gott, da habe ich ja was angerichtet, dachte Gaylord.

May und Jocelyn fuhren nach Hause. Hinten im Wagen saßen Liz und Amanda. Als sie die Uferstraße erreichten, sah May ein rötliches Glühen in der Dunkelheit rechts über dem Wasser. «Halt mal an, Liebling, und stell die Scheinwerfer ab», sagte sie.

Jocelyn tat es. May schloß die Augen und öffnete sie wieder.

Der rote Schein kam vom Fluß her. Jetzt wurde er heller: eine flammende Insel, die den Fluß hinuntertrieb.

Amanda war zuerst aus dem Wagen und rannte zum Ufer hinunter, May und Liz folgten ihr. Amanda rief aufgeregt: «Mummy, das ist Gaylords Boot. Was kann da passiert sein? Toll, nicht? Aber wo ist Gaylord?»

Ja, wo war Gaylord? Sein Boot stand in Flammen und segelte den Fluß hinunter. Und wo war er? Irgendwo in der Dunkelheit mußte er sein, dachte May. Es sei denn . . . Sie starrte auf das brennende Boot. Nein. Sie war vernünftig, und auch Gaylord war vernünftig.

Jetzt hörte sie das Getöse eines Feuerwehrwagens, das rasch näher kam. Weiße Lichtstreifen durchschnitten die Nacht, blaue Lichter blitzten ungeduldig. Der Feuerwehrwagen und ein roter Jeep hielten neben ihnen, und der Lärm verstummte. In der plötzlichen Stille hörte sie das Knacken und Knistern des Feuers.

Männer sprangen von dem Wagen herunter und entrollten Schläuche. Einer trat zu ihnen und sagte: «Ich dachte schon, es wäre eine Motorjacht. Ist aber wohl nur ein Ruderboot, wie?»

«Ja. Es gehört unserm Sohn», sagte May.

Der Mann sah sie scharf an. «Haben Sie eine Ahnung, was mit dem Boot passiert sein kann?»

Jocelyn meinte: «Bei den Wikingern war das ein Bestattungsritus – eine Art Einäscherung. Aber –»

«Aber viele Wikinger dürfte es hier in der Gegend nicht mehr geben –, das wollten Sie doch sagen, nicht wahr?»

«Stimmt», sagte Jocelyn.

In diesem Augenblick rief eine Stimme aus der Dunkelheit: «Hallo, Mum!»

«Gaylord!» schrie Amanda. «Was ist passiert? Bist du ins Wasser gesprungen, als das Boot brannte?»

«Hallo, Gaylord», sagte Liz still. Sie hatte einen Moment befürchtet, sie werde umsinken vor Erleichterung, als sie ihn unversehrt vor sich sah.

«Gaylord!» May hätte ihren Sohn am liebsten in die Arme genommen und an sich gedrückt. «Was ist geschehen?» Und als er ins Scheinwerferlicht trat, rief sie: «Du bist ja ganz naß!»

«Ja. Wir haben uns geprügelt, Miles und ich, und da sind wir ins Wasser gefallen.»

«Und warum habt ihr euch geprügelt?» fragte sie.

«Er hat deine Ehre beschmutzt!» erklärte Gaylord.

«Mein Gott!» Sie überlegte. «So, und nun lauf schnell nach Hause und zieh die nassen Sachen aus. Du holst dir sonst noch eine Erkältung!»

Aber der Feuerwehrmann hielt Gaylord fest: «Moment, junger Mann. Haben Sie das Boot angezündet? Vorsätzlich?»

«Ja, so ungefähr.»

«Darf man fragen warum?»

«Ich weiß es nicht. Es war – es war ein Scheiterhaufen.»

«Und was soll das?»

«Ich weiß es nicht», sagte Gaylord und sah den Mann verwirrt an. «Ich weiß es wirklich nicht, Sir.»

May hatte eine Idee. «Liz, geh du schon mal mit Gaylord voraus und sorg dafür, daß er ein heißes Bad nimmt.» Sie lächelte Liz aufmunternd zu. «Verwöhne ihn mal tüchtig, ja?»

«Ja, gern, Mrs. Pentecost», sagte Liz und machte sich mit Gaylord auf den Weg.

May wandte sich an den Beamten: «Möchten Sie noch irgend etwas wissen?»

Das Feuer war inzwischen gelöscht. «Wissen Sie», sagte der Feuerwehrmann, «ich kenne das schon, bei jungen Leuten hat es meist keinen Zweck, nach den Gründen zu fragen. Man muß die Dinge hinnehmen und hinterher versuchen, sich einen Vers darauf zu machen.»

Jocelyn sah ihn voller Anerkennung an. «Sehr weise, wenn ich das bemerken darf.»

«Danke, Sir.»

Die Feuerwehrleute zogen die Reste der *Christine* ans Ufer und machten sie fest.

May und Jocelyn gingen zu ihrem Wagen zurück. Die Nacht war wieder dunkel und still.

«Ein Scheiterhaufen? Für wen?» sagte May. «Für seine Liebe? Seine Freundschaft?»

«Nein, das glaube ich nicht.»

«Wofür denn?»

«Das wird niemand je erfahren, und am allerwenigsten Gaylord selber. Aber – vielleicht für seine Kindheit.»

«Du bist ein kluger Vogel», sagte May. «Darauf wäre ich nie gekommen.»

«Komm, laß uns nach Hause fahren», sagte Jocelyn. «Ich hole Amanda. Gaylord kam mir ziemlich erschöpft vor.»

«Liz kümmert sich um ihn, das kann sie sehr gut, und außerdem ist sie selig, wenn sie für ihn sorgen kann.»

«Oder war es ein Scheiterhaufen für so etwas wie die verlorene Unschuld?» sagte Jocelyn nachdenklich.

«Das glaube ich nicht», erwiderte May. «Seltsam, aber ich glaube, seine Unschuld wird Gaylord nie ganz verlieren. Ich denke, was immer er durchstehen muß, sie wird ihm bleiben. Wie ein Schild.»

Sie schlenderten zum Ufer hinunter. May sagte: «Ich hoffe, daß Charles und seine lustige Witwe –»

«Ja, er ist wirklich sehr einsam geworden. Und du? Ich meine, du hast ihn doch gern gehabt. Du bist doch jetzt nicht . . .»

Sie hängte sich bei ihm ein. «Was ich an Schriftstellern immer so bewundere, das ist die Klarheit, mit der sie sich ausdrücken», sagte sie. «Nein, natürlich bin ich nicht . . .» Und sie dachte: Mein Gott, das soll mir eine Lehre sein. Ich bin mein Leben lang realistisch gewesen. Meine Liebe ist immer real gewesen, mein Mitgefühl auch, mein Herz sitzt hoffentlich am rechten Fleck, aber mein Kopf hat immer die Oberhand gehabt. Und plötzlich, mit vierzig, werde ich sentimental, weil ein Mann sich in mich verliebt und ich Mitleid mit ihm habe und weil die Jahre so schnell vergehen. Statt ihn fortzuschicken, rede ich von Trost, will ihn an mein Herz drücken! Und das hätte ich vielleicht sogar getan, wenn nicht ein Vogel vom Himmel gefallen wäre, und wenn der Mann mir nicht heute abend genauso einen Schlag versetzt hätte wie ich neulich ihm. Was für eine Lehre! Gott sei Dank, daß sie noch rechtzeitig kam. Sie sagte: «Aber ich hätte mich schon in ihn verlieben können.»

Er dachte nach. «Nein, ich glaube nicht. Du nicht.» Und nach einer Weile fügte er hinzu: «Weil ich meine, daß du vielleicht auch so einen Schutzschild hast wie Gaylord.»

«Ich weiß nicht», sagte sie. «Ich weiß es wirklich nicht.»

18

Die Sterne blickten herab auf das heitere und friedliche Stückchen England, das die Pentecosts sich geschaffen hatten.

Der alte John Pentecost schlief. Er war zur Schule gegangen, hatte geheiratet und seine Frau hergeben müssen, hatte Krieg und Frieden erlebt, und seine Welt hatte sich mehr und schneller verändert als die Welt irgendeines Menschen vor ihm: vom Handkarren über Autos und Flugzeuge bis zur Überschallmaschine. In seiner Jugend waren noch Teile Afrikas zu entdecken gewesen. Heute schickte man Sonden zum Mars. Er hatte Menschen erlebt – so schien es ihm jedenfalls –, die hart geworden waren wie der Beton, der sie umgab, und das Gelächter der Welt war schrill geworden, soweit es nicht schon verstummt war. Er war froh, alt zu sein. Er war froh, seine besten Jahre zu einer Zeit gehabt zu haben, als die Menschen noch bescheiden waren. Er war froh, daß er nicht wie Gaylord an der Schwelle einer Welt stand, die so hektisch aktiv war, daß sie ihre eigene Hohlheit nicht bemerkte. Schlaf und Vergessen: für einen alten Menschen gab es nichts Besseres.

Amanda hatte ihren Kummer darüber, daß Roger Miles offensichtlich Christine liebte, vergessen, denn sie hatte sich vor fünf Minuten in einen toll aussehenden jungen

Feuerwehrmann namens Reg verliebt. Sie war zehn Jahre alt, und für sie war die Welt herrlich und in Ordnung. Fröhlich schlug sie ein Rad und lief unter dem Sternenhimmel nach Hause.

May und Jocelyn spürten plötzlich wieder das feste Band der Liebe. Sie waren einander wieder nahe, ganz nahe. May war zurückgekehrt. Sie war in Gedanken fortgewesen, aber sie hatte sich nicht weit entfernt. Ein Schutzschild hatte sie vor Gefahren bewahrt. Die Jahre, die vor ihnen lagen, würden gute Jahre sein, solange sie zusammen waren. Und weiter wollte May heute nicht denken.

Und die Sterne blickten auch auf Gaylord Pentecost und auf Liz Bunting herab.

Nächtliche Landstraßen sind für Liebende geschaffen. Aber was nützen sie, dachte Liz Bunting bitter, wenn der Geliebte vor Kälte zittert und mit den Zähnen klappert. «Komm schnell ins Haus, Gaylord», drängte sie.

«Ich muß erst runter und nach Miles sehen.»

«Das ist doch Unsinn, Gaylord!»

«Nein. Er lag am Ufer, als ich wegging. Vielleicht ist er wieder ins Wasser gerutscht oder sonstwas.»

Sie hielt ihn am Ärmel fest, aber er machte sich los. «Hör zu», sagte sie ärgerlich, «Roger Miles wird nie etwas wirklich Schlimmes passieren. Der fällt immer wieder auf die Beine!»

Er hörte nicht auf sie. Aber als sie ans Ufer kamen, war von Miles nichts mehr zu sehen. «Was hab ich gesagt?» Liz war wütend. «Der ist bestimmt längst zu Hause, der gemeine Egoist. Und wir suchen hier, und ich wollte dir so gern etwas Warmes zu essen machen, während du badest, und nun ist deine Mutter bestimmt schon vor uns zu

Hause und wird für dich sorgen, und ich kann nichts mehr für dich tun, und morgen reist du ab und ich sehe dich erst zu Weihnachten wieder.» Diese für Gaylord erstaunliche Rede ging immer mehr in einen Klagegesang über, und Liz begann dabei immer schneller auf seine Brust zu trommeln.

Merkwürdig. So hatte sich Liz noch nie verhalten. Gaylord wußte nicht mehr, was er sagen sollte. Dann fiel ihm etwas ein, was er ihr hatte mitteilen wollen. «Du, Miles hat gesagt, ich komme vielleicht im nächsten Semester in die erste Rugby-Mannschaft.»

Sie hörte auf zu trommeln. Sie war erschöpft und beschämt und verzweifelt. Die Tränen liefen ihr über die Wangen. «Fein, Gaylord», sagte sie. «Das freut mich aber. Gut!»

«Nein, deshalb hab ich's dir nicht erzählt. Aber unsere Mannschaft spielt im November gegen Ingerby Grammar. Und ich dachte, du könntest vielleicht hinkommen und zuschauen.»

«Ja, Gaylord, schrecklich gern.» Aber eines mußte sie klären. «Hast du mir das schon sagen wollen, bevor ich – bevor ich mich eben so blöde benommen hab? Du sagst es nicht, bloß um mich zu trösten?»

«Nein, ehrlich. Außerdem hast du dich gar nicht blöde benommen. Und weißt du, Miles ist ein fabelhafter Kerl, aber –» er sprach, als sei ihm gerade ein Licht aufgegangen – «er ist wirklich ein gemeiner Egoist. Er denkt immer nur an sich.»

Sie gingen schweigend weiter. «Und Christine auch», fügte er nachdenklich hinzu.

«Vielleicht sind wir alle so», sagte Liz.

«Nein», sagte er. «Du nicht, Liz. Du bestimmt nicht.» Er mußte heftig niesen.

«Meinst du das im Ernst, Gaylord?» Sie ging neben ihm. Und sie mußte immer noch schlucken, und noch immer liefen ihr Tränen über die Wangen. Aber sie war plötzlich glücklich. Er hatte sie eingeladen, sich im Novemberschlamm auf einen Sportplatz zu stellen und sich ein Spiel anzusehen, das sie nie im Leben begreifen würde. Aber sie wußte, Gaylord hatte ihr mit dieser Einladung so etwas wie sein halbes Königreich geschenkt.

Sie gingen nebeneinander her, Liz Bunting und Gaylord, und rings umher war dunkle Nacht. Aber über ihnen funkelten die Sterne.

Eric Malpass

«Gäbe es einen Literaturpreis für die Verbreitung von guter Laune – kein Zweifel, er gebührte Eric Malpass.»

Dr. Margarete Schüddekopf

Die Gaylord-Romane

Morgens um sieben ist die Welt noch in Ordnung
Wenn süß das Mondlicht auf den Hügeln schläft

Sonderausgabe. 448 Seiten. Geb.
Und als Taschenbuchausgaben:
rororo Band 1762 und rororo Band 1794

Lieber Frühling komm doch bald

Wieder ein Gaylord-Roman. 256 Seiten. Geb.

Als Mutter streikte

Roman. 176 Seiten. Geb.
Und als Taschenbuchausgabe: rororo Band 4034

Beefy ist an allem schuld

Ausgezeichnet mit der ‹Goldenen Palme des Humors›
Eine liebenswerte Gaunerkomödie. Roman. 224 Seiten. Geb.
Und als Taschenbuchausgabe: rororo Band 1984

Fortinbras ist entwischt

Eine Gaylord-Geschichte. rororo Band 4057

Eric Malpass

«Ein souverän entworfenes Zeitgemälde.»
Sunday Times

«Das Leben des größten abendländischen Dramatikers blättert sich auf ... Was Malpass aus diesem Thema gemacht hat, ist staunenswert und couragiert. Er stellt ein exzeptionelles Leben so dar, wie es, Szene um Szene, hätte gewesen sein können. Das Ergebnis ist bemerkenswert: Malpass hat bewiesen, daß er mehr kann als humorvolle Unterhaltung zu bieten.»
Ingeborg Brandt in «Welt am Sonntag»

Liebt ich am Himmel einen hellen Stern
Ein Roman um William Shakespeare und Anne Hathaway
300 Seiten. Geb.

Unglücklich sind wir nicht allein
Ein Roman um William Shakespeare und seine Zeit
280 Seiten. Geb.

Hör ich im Glockenschlag der Stunden Gang
Ein Roman um William Shakespeares letzte Lebensjahre
230 Seiten. Geb.